T.S.艾略特的诗学世界

虞又铭 著

THE POETIC
WORLD OF
T.S.ELIOT

上海社会科学院出版社

前　言

　　T. S. 艾略特的诗学思想与诗歌创作闳中肆外，在文学史及批评史上意义重大。国内外虽已有了数量可观的相关著述，但仍留下不少值得推进与补正之处。本书研讨的起点，是将艾略特的诗学思想视作一个有机整体加以观照。这一方面意味着艾略特各方面的诗学主张有着内在的关联，另一方面也意味着其诗学思想有着前后相继的变化与发展。在此整体性观照的基础上，我们再将艾略特的诗学思想及创作置于西方与中国的宏观坐标系中，通过多个主题的比较看其具体的成就与位置、局限与可能。

一

　　从具体观点上，本书的写作主要有四个方面的证明。首先，艾略特早年提出的"传统与个人才能""客观对应物"以及"诗歌戏剧化"等主张，从20世纪20年代到20世纪50年代一直被诗人自己不断反思与挑战，进而得以深化或改变。他的这种开放的、敢于修正自我的态度曾以其惯有的自嘲，出现在他对自己的批评及创作生涯的回顾中。"那么那些经历了成功的总结性文章与术语又怎么样了呢？比如'感觉力的分化'以及'客观对应物'。同时我还想起了为《标准》杂志所写的那篇《批评的功能》。隔着如此久远的岁月，我不确定刚才提到的这两个术语在多大程度上仍然成立。当诚挚的学者与学生写信给我寻求解答时，我总是无言以对。"① 他甚至明言，自己早年提出的这些观点，之所以广为流行，就在于那一股年少气盛、意气冲动。"第一个原因就在于年轻人的武断。在年轻的时候我们看事情非常简单化，随着年龄的增长，我们就会有更多的保留，比如对自己的观点进行论证，用更多的括号来补充说明。我们关注对自己的反对意见，我们以极大的宽容心甚至同情心来看待对手。但当我们年轻时，我们对自己的意见是如此自信，相信自己拥有全部的真理；我们激情四射、愤愤不平。而读者呢，即便是成熟的读者，他们喜欢的也就是这样的自信的作者。"② 可见，艾略特对其早年提出的那些著名诗学观点的草率与局限，有着清醒的认识。这些观点因其提出时的草率与直接，很容易被作简单化的理解。因此，要获得它们完整的诗学意义，了解艾略特在其中寄寓的多角度的诗学思考，就必须以动态的眼光考察艾略特诗学思想在稳定之余的前后期变化。第二，本书认为，艾略特并不是一个主张二元对立的宗教诗人，他的基督教追求中包含着浓厚的对现世的执着，这不仅仅是说他关心现实，而是说他把"当下"与"现在"看作通向永恒的必经之路，这决定了时间、当下、经验、感受是其诗学体系中最为重要的维度。第三，艾略特的诗学倾向既有超越其名声的前沿性，又有其因循保守的一面。比如，他的某些反本质主义的想法，使其与解构主义思潮遥相呼应，而他在表现经验时过强的把控态度，又使其被认为未跳出浪漫主义与象征主义的窠臼。最后，经过对艾略

---

① T. S. Eliot, "To Criticize the Critic", *To Criticize the Critic and Other Writings*, London: Faber and Faber, 1965, p. 19.
② Ibid, p. 16.

特诗学本身复杂性的梳理，我们也将看到艾略特诗风在中国的强劲影响力一直持续到今天——当然其中囊括了许多积极的改变。而艾略特在形而上与形而下之间所作的打通，也使其与中国古典思想发生着有趣的共鸣。

二

上述总体思路与具体观点的提出，是在既有研究基础上所作的推进与回应。我们在蔚为大观的艾略特诗学思想的研究中，看到各种细致切入的角度以及精准的观察；在近来学界所关注的艾略特的法西斯主义倾向、艾略特的生态诗学面向等问题上，我们也看到认识艾略特诗学的新的角度与可能。对艾略特诗学思想与特质的研究方兴未艾，也仍值得深化。

在英语学界早期的艾略特研究中，较为全面的是《T. S. 艾略特的成就》(*The Achievement of T. S. Eliot*，1958) 一书。评论家马西森（F. O. Matthiessen）以九个章节，对艾略特的核心诗学思想及主要作品进行了全面分析。最重要的是，作者能够注意到艾略特诗学思想的辩证性。譬如，在讨论"客观对应物"说的第三节中，他就指出艾略特在主观情思与外在意象之间搭建的"完全对应"[1]的桥梁其实并不稳定。外在意象常常具有多元的指涉，比如《圣灰星期三》中承载"我"向上攀登的旋梯就同时表现着诗人的向上超越之心和向下返回感官经验世界之意。正因为看到意象和情感之间复杂多元的内在搭配，马西森指出，艾略特自己对"客观对应

---

[1] 艾略特：《哈姆雷特》，《艾略特诗学文集》，王恩衷编译，国际文化出版公司，1989，第13页。

物"的运用显示出的是"根本上的戏剧性"[1]。这一观点避免了对"客观对应物"说的简单理解。但马西森并没有穷尽问题的全部,比如他对"客观对应物"作了文学表现上的分析,但这种戏剧性表现背后包含着艾略特的哪些自觉不自觉的考虑与自我更正,仍有待挖掘。

学者们不但注意到艾略特诗学思想本身的复杂性,还注重从文学史、批评史的角度来纵向考察艾略特。在此方面具有代表性的,有罗伯(Edward Lobb)的《T.S.艾略特与浪漫主义批评传统》(*T. S. Eliot and the Romantic Critical Tradition*, 1981) 以及舒斯特曼(Richard Shusterman)的《T.S.艾略特与批评的哲学》(*T. S. Eliot and the Philosophy of Criticism*, 1988)。罗伯的著作反思了艾略特诗学思想与浪漫主义之间的关系,认为二者之间并非完全对立。他在"非个人化"主张、动态传统观以及对感觉的强调中,看到了艾略特与济慈之间的联系;在主客体的统一中,看到了艾略特与柯勒律治之间的承接;在艾略特的"统一的感受力"说中,看到了华兹华斯对童真与原始感受力的重视。[2] 所有这些都说明,艾略特与浪漫主义传统之间有着不可分割的关联。这一研究不但有利于我们更全面地认识艾略特,正如罗伯所说,它也将促进我们重新思考现代主义的传统面向。但不可否认的是,罗伯的这一研究在艾略特诗学思想本身的复杂性的探讨上显得有些不足。舒斯特曼的《T.S.艾略特与批评的哲学》聚焦于艾略特中后期的诗学思想,对

---

[1] F. O. Matthiessen, *The Achievement of T. S. Eliot*, New York and London: Oxford University Press, 1958, p. 67.
[2] See Edward Lobb, *T. S. Eliot and The Romantic Critical Tradition*, London: Routledge & Kegan Paul, 1981, pp. 60 - 92.

其中所包含的历史主义和开放性作了梳理,并从分析哲学和哲学阐释学角度把艾略特与伽达默尔、维特根斯坦进行某种相似性上的比较。这是对艾略特诗学思想研究的一次颇具冲击力的推进。不过,可与艾略特作比较的诗学浪潮还有很多,本书以新批评、解构主义为切入口,来看艾略特的诗学贡献与特质,但在另一方面,诗歌史的发展也彰显出艾略特的局限之处,这也是我们不能忽视的。

还有许多学者从哲学的角度展开对艾略特诗学思想的论述,如弗里德(Lewis Freed)的《T. S. 艾略特:作为哲学家的批评家》(*T. S. Eliot: The Critic as Philosopher*,1979)、斯卡夫(William Skaff)的《T. S. 艾略特的哲学:从怀疑主义到超现实主义诗学1909—1927》(*The Philosophy of T. S. Eliot: From Skepticism to a Surrealist Poetic 1909 - 1927*,1986)以及恰尔兹(Donald J. Childs)的《从哲学到诗歌:T. S. 艾略特关于知识和经验的研究》(*From Philosophy to Poetry: T. S. Eliot's Study of Knowledge and Experience*,2001)等,均有力地提升了对艾略特精神探索的认识。

弗里德的著作将艾略特的诗学思想与英国新黑格尔主义者布拉德雷的哲学思想紧密联系在一起。在他看来,"布拉德雷对批评家艾略特所起到的不是边缘性的而是核心性的影响"[1]。这一论断显然是正确的。事实上,艾略特攻读哈佛大学哲学博士学位时撰写的毕业论文正是《F. H. 布拉德雷哲学中的知识与经验》("Knowledge and Experience in the Philosophy of F. H. Bradley"),晚年的艾略特也曾回顾说布拉德雷对他的影响巨大。[2] 相对来说,这一点在国内的

---

[1] Lewis Freed, *T. S. Eliot: The Critic as Philosopher*, Indiana: Purdue University Press, 1979, p. 45.
[2] T. S. Eliot, "To Criticize the Critic", *To Criticize the Critic and Other Writings*, London: Faber and Faber, 1965, p. 20.

艾略特诗学研讨中并未得到广泛重视。弗里德从多个侧面揭示了艾略特的文学主张与布拉德雷唯心主义之间的联系，但仍留下一些遗憾。比如，在指出"统一的感受力"说的布拉德雷主义基础的同时，弗里德未能看到在感觉与思想的整合之外，艾略特还将个体性的感觉深深嵌入形而上的信仰的探寻中，在笔者看来，感觉、思想和信仰三者之间的结合才完整地构成了艾略特所说的"统一的感受力"。同样重要且有待整理的是，艾略特诗学对时间性的强调当中所包含的布拉德雷的影响。

相对于弗里德，斯卡夫在解析艾略特诗学的过程中涉及更多的哲学家。他从布拉德雷、柏格森、罗素等人的哲学影响出发，解释了"传统与个人才能""非个性化""客观对应物"等概念的形成。无疑，这对从哲学史的角度把握艾略特诗学思想极有意义，但艾略特自身思索的多元性则相应淡化了不少，他脱胎于这些哲学影响而展露出的后现代性也未能得到充分揭示。

恰尔兹所作的分析精湛而细腻。他从七个方面论述了艾略特诗歌中的"知识与经验"，主要包括艾氏创作中的神秘主义、象征主义、柏格森主义、布拉德雷主义、美国特征等方面。然而，同样因为是从哲学观念出发，恰尔兹著作中对作品的解读被限制进了种种框架，艾略特诗学自身的演进也就很难得到呈现。而且，有的时候，诗学表现与各个影响源之间的对应关系，其实本身也很难划定界限。

除了从其诗学主张、哲学背景来对艾略特进行探讨，国外学者也会从其精神追求的复杂性来看其诗学表现。前述马西森的著作在题为"艺术品的整体"的第五节中，就敏锐地指出，艾略特在表达宗教追求过程中还交融着一份怀疑主义精神，在对永恒纯净之地的渴望中，没有以否决现实生命为代价。他颇具说服力地引用了艾略特对帕斯卡、丁尼生等人的论述来说明这一点。马西森的这一观点在美国评论家罗森萨尔（M. L. Rosenthal）那里有着明确的响应。在《驶入未知：叶芝、庞德、艾略特》(*Sailing into the Unknown: Yeats, Pound, and Eliot*, 1978)和《现代诗人》(*The Modern Poets*, 1965)两本书中，罗森萨尔都明确地指出艾略特具有宗教怀疑主义。他甚至指出："也许我们该看到艾略特先生的宗教关怀只是表面上的。当然，诗人本身对待宗教关怀的态度是严肃的。"[1] 出于这种认识，罗森萨尔细致地揭示出艾略特诗行中的微妙与立体之处。马西森和罗森萨尔的分析，展现出一个更具现实关怀的艾略特，但指出其宗教追求中具有一定的怀疑成分，还远远不够。笔者认为艾略特精神追求的真正特点在于，他探寻的是超越二元对立的宗教信仰，力求克服此岸与彼岸之间的分离、瞬间与永恒的割裂。只有把对其宗教追求的理解推进到这个位置，才能就其中的诗学意义——"当下"与"瞬间"的强调、统一的感受力等——作完整的把握。

三

除了对艾略特的诗学特质有着持续的考察，当下西方学界对艾略特的另一热点关注在于艾略特与法西斯主义的关系，但遗憾的是，这一方面的讨论尚未能够与对艾略特诗学思想的梳理充分结合起来。我们尚需在政治观与诗学观的综合对照中，推进对艾略特的完整认识。

对艾略特法西斯倾向的所有批评，缘起于艾略特在20世纪

---

[1] M. L. Rosenthal, *The Modern Poets*, Peking: Foreign Language Teaching and Research Press, 2004, p. 103.

20年代编辑《标准》（*Criterion*）时所采取的颇具争议性的政治立场与态度。艾略特不但接纳对法西斯主义持同情态度的作者的文章，同时也亲自撰写并在《标准》上发表了《法西斯主义的文学》（"The Literature of Fascism"）一文。这篇文章是对五本著作的书评。五本著作对法西斯持不同意见，而艾略特在评论过程中表现出了一种模棱两可的态度——这成为艾略特最常被诟病之处。比如他提到两位英国作者巴恩斯（J. S. Barnes）与里昂（Aline Lion），都是"法西斯主义的英国同情者"[①]，而他也含蓄地表达了对这二人著作的敬意："因为对政治观念感兴趣，而不是对政治感兴趣，我发现这最后两本书是最重要的。但阅读其他三本书又能对批评巴恩斯先生与里昂女士的理论起到有价值的帮助。"[②] 尽管艾略特在文中也对法西斯主义提出了批评，但他并不认为民主制度是更好的选择，相反，他拉平了法西斯主义与其他政治制度的距离，认为它们都应该受到批评。艾略特说："人们从政治话语中获取情感上的兴奋，如同从其他类型的话语中所能获得的那样；'民主''法西斯主义''君主制''共和制''帝国'等词汇给不同的个体带来各种各样的行为上的刺激；我们当中很少有人不会对这其中某个词汇产生特定的回应。始终致力于去信奉些什么的人类是可悲的——尽管不是悲剧性的；与此同时，总是那么可笑。"[③]

艾略特对法西斯主义的这种不明确的态度，招致了大量批评。当然，也正因为他表达上的模棱两可，批评家们在艾略特与法西斯主义的关联程度上并无一致的判断。有的批评家比较直接，不留情

[①②] T. S. Eliot, "The Literature of Fascism", *The Complete Prose of T. S. Eliot*, Vol. 3, eds., Frances Dickey, Jennifer Formichelli and Ronald Schuchard, Baltimore: Johns Hopkins University Press, 2015, p. 541.

[③] Ibid, p. 542.

面,比如杰梅·斯塔耶(Jayme Stayer)认为"艾略特对法西斯主义有兴趣并不是个秘密。20世纪20年代的许多知识分子都着迷于初期阶段的法西斯。因为第一次世界大战之后的世界四分五裂,而布尔什维克革命又在其浪潮中引发了更大的混乱,许多知识分子(当然也包括中产阶级)认为,唯有一个强有力的中央政府才有可能解决经济危机以及种族对立等问题。许多持此观点的人都认为,民主制度应部分地或者在相当大程度上为战争负责,正因为此,需寻求新的制度"[1]。更有学者在艾略特与意大利的法西斯领导人墨索里尼之间找到共鸣之处,"墨索里尼把法西斯主义定义为'一种有组织的、集中化的、威权式的民主制度',这与艾略特及刘易斯的想法完全吻合——虽然此种集中化、威权式的政府对'民主制度'这一标签的态度并不明确"[2]。

有的批评则相对温和,细腻地指出艾略特对法西斯主义的同情是有距离的,认为艾略特只是在法西斯运动中看到了人们对欧洲民主制度的弊端所进行的反思与批判,他同意的是法西斯运动所体现的克服社会混乱的诉求,所以"艾略特不是任何后墨索里尼法西斯运动的支持者:他支持的是促生法西斯主义的那些观念,但又看到实践中的失败已充分证明这些观念的不可行"[3]。同样持此观点的还有特里·伊格尔顿(Terry Eagleton),他把艾略特在法西斯问题上含糊不清的态度定位为欧洲右翼保守派的政治立场。这一立场在伊

---

[1] Jayme Stayer, "A Tale of Two Artists: Eliot, Stravinsky, and Disciplinary (Im) Politics", *T. S. Eliot's Orchestra: Critical Essays on Poetry and Music*, ed., John Xiros Cooper, London and New York: Garland Publishing, 2000, p. 300.
[2] Lion Surette, *Dreams of a Totalitarian Utopia: Literary Modernism and Politics*, Montreal & Kingston · London · Ithaca: McGill-Queen's University Press, 2011, p. 160.
[3] Cairns Craig, *Yeats, Eliot, Pound and the Politics of Poetry: Richest to the Richest*, London and New York: Routledge, 1982, pp. 279-280.

格尔顿看来,是艾略特及其编撰的《标准》杂志的作者们——伍尔夫、劳伦斯、叶芝、赫胥黎、温德姆·刘易斯、E. M. 福斯特等——的共同选择:"并非所有这些作者都是右翼分子,但他们呈现出来的右翼面目却极为显著。在一个文化出现了危机的时代,正是这些离散者与隔绝于世的人可以踌躇满志地带着雄心抱负对他们所处的历史时刻作出回应。因而,也正是这些对现代文明提出最具探索性问题的人,才能创作出最好的文学艺术。但是,这些焦虑不安的人也是最偏爱专制政治的。这么多作家在对历史危机作出回应时,寄望于绝对权威,赞同暴力镇压反对性元素,他们的这种启示录式的诉求是我们享受这些艺术佳作时所必须付出的代价,如果我们如此选择的话。"[①]

在温和的批评中,史蒂夫·艾力斯(Steve Ellis)的意见似乎最为具体和公允。他通过对《什么是基督教社会》《关于文化的定义的札记》等艾略特中期作品的解读,指出艾略特是反法西斯的,但反对得过于抽象,只关注到法西斯主义有替代宗教的倾向,而没有真正有力地反对法西斯主义在现实中的各种暴行:"艾略特对慕尼黑的反应当中模糊不清的一处在于,他对于国际政治或政治人物的关注是如此之少,对于张伯伦与希特勒的各种戏剧化的谈判,对于德国在领土扩张上的野心——所有这些被报刊以及慕尼黑协定之后出版的图书所跟踪的话题,他的关注是如此之少。实际上,慕尼黑谈判只是促使艾略特聚焦于他身边事情的发展变化,只是让其聚焦于他自己对社会健康度的诊断。"[②]

[①] Terry Eagleton, *Nudge-Winking*, 2002, https://www.lrb.co.uk/v24/n18/terry-eagleton/nudge-winking.

[②] Steve Ellis, *British Writers and the Approach of the World War II*, New York: Cambridge University Press, 2015, p. 19.

上述对艾略特法西斯倾向的批评，或尖锐或谨慎，观点多元，但要更准确地评析艾略特的"法西斯情结"，还需引入艾略特的诗学观念来作参考对照。从社会政治观的角度，我们可以更好地理解艾略特的诗学观，而其诗学上的立场与变化则可为其社会政治观提供佐证与说明。事实上在笔者看来，从20世纪20年代到20世纪40年代，艾略特"非个人化"诗学思想的自我颠覆与发展完整地映现了他在政治上从法西斯的"同情者"到批判者的转变过程，本书第二章首节将对此作出梳理。

从生态批评角度理解艾略特也是近年来的一个热点。有的学者认为，《荒原》当中所提及的坎农街酒店、大都会酒店、低泰晤士街鱼市，以及威廉王街、穆尔盖特金融中心等，象征着一个已经秩序化了的、等级化了的商业经济社会。在这样一个社会中，"城市人彼此之间被间离开来"①，就连性爱经验（如《荒原》中《火诫》部分）也显得任务化、机械化了。这种破碎的、不自然的社会现状只能通过新的更具包容性的"生态-经济逻各斯"②来加以克服。这样的论述的确提示了艾略特所暗示出来的商业经济社会中人与自然、人与他人之间原本亲熟关系的失落。与此思路相接近，特布兰谢（Etienne Terblanche）在《E. E. 卡明斯：诗歌与生态》（*E. E. Cummings: Poetry and Ecology*，2012）一书中对艾略特《四个四重奏》中的"土地"意识作了更为浓墨重彩的揭示。艾力斯（Steve Ellis）的论文《一个营养不足的世界：T. S. 艾略特戏剧中的食物与饮品》（"An Under-Nourished Universe: Food and Drink in T. S. Eliot's Plays"）则将生态批评应用在了艾略特的戏剧作品上，文

---

①② Dragoș Osoianu, "The Urban Ecology in T. S. Eliot's *The Waste Land*", *Ovidius University Annals* (Economic Sciences Series) 16.1 (2016), p. 222.

章讨论了艾略特剧作中吃喝场景总是缺失的问题，认为这既有第二次世界大战前后英国食品配给制度的现实背景，又暗示出艾略特所忧心的传统丢失的问题：人们了解食物，但在世俗化的世界中人们忽视甚至遗忘了食物所蕴含的宗教意味。"艾略特绝不是对食物不感兴趣，那么，这其中表现的是他思考当中的一个重要部分，即世俗化与精神化之间的矛盾。一方面，好的食物、适当的餐饮是一个国家健康状况的必要组成部分，但另一方面，这样的一种健康观念又与正确的、精神层面的考虑相去甚远。"[1]

至于艾略特与生态主义有无实质性的接触，有的学者也给出了证据。迪亚铂（Jeremy Diaper）在《T. S. 艾略特与有机主义》（*T. S. Eliot and Organicism*，2018）中就指出，艾略特《关于文化的定义的札记》的题记中所提到的菲利普·梅勒（Philip Mairet）就是当时活跃于欧洲的重要的生态主义者，而梅勒关于文化无法设计（prearranged）、只能养成（cultivated）的观点完全充分地复现在艾略特自己关于文化的看法中。迪亚铂此言不虚，艾略特在《关于文化的定义的札记》中拒绝将文化视为一种产品，而是将其视为由一颗种子长成的大树。这一文化观所体现的生态意味是不言而喻的，可以印证他的生态关怀。

生态批评提醒我们从自然与社会、现在与过去等角度，来理解艾略特的写作用意，视角独特，但其中所涉及的传统、宗教、记忆、文化、个体的位置等，仍旧需要我们详加考察，梳理出它们对于艾略特究竟意味着什么，而不是简单地点出它们的重要性。因此本书无意从生态批评角度来进行一次艾略特研究，而是要在吸取生态批

---

[1] Steve Ellis, "An Under-Nourished Universe: Food and Drink in T. S. Eliot's Plays", *Yeats Eliot Review* 31.1/2 (2015), p. 23.

评启示的基础上，尝试去解决生态批评未加明确的诸多问题。

四

国内对艾略特诗学思想的评介自1995年之后成果颇丰，先后有多部重要著作问世，如张剑先生的英文著作《艾略特与英国浪漫主义传统》(1996)、蒋洪新先生的《英诗新方向——庞德、艾略特诗学理论与文化批评研究》(2001)、董洪川先生的《"荒原"之风：T. S. 艾略特在中国》(2004) 以及刘燕先生的《现代批评之始：T. S. 艾略特诗学研究》(2005) 等。《艾略特与英国浪漫主义传统》从文学史的角度，论述了艾略特与浪漫主义之间的联系与区别。蒋洪新、董洪川与刘燕先生的著作则从非个性化、思想的知觉化、形式有机论、现代语言的复杂性、诗歌戏剧化等方面对艾略特作了分析。这些著作对于国内艾略特研究均起到了开辟与引领作用，对本书的写作也启发巨大，在此一并致敬。

综上，艾略特诗学思想的研究，虽已获得了坚实的基础，但确有诸多有待辨析之处。它内在的逻辑关联、前后之间的自我推进、辩证的视野、开放的立场以及难以忽视的局限，均要求我们在研究中继续跟进。在以下各章节的论述中，我们将结合其批评性文章、演说以及文学创作，综合地对其诗学立场、诗学表现进行梳理与评判。特别是，作为开启一代诗风的文学创作者，艾略特的创作不时为其诗学理论作出精妙的注解或是补充，因此，我们不但会把他的代表性诗歌以及多部戏剧作为文学作品来读，也会把它们作为其重要的诗学思想文献来看。

在章节安排上，第一章对艾略特诗学思想的几个主导方面——

文学自律性的强调、"非个人化"诗学主张以及"感受力的统一"说——予以内涵上的辨析。在它们之间，"非个人化"诗学有力地体现了艾略特对文学自律性的强调，而"统一的感受力"说则通过对感觉、感知的强调，恰当地补正了艾略特在反浪漫主义过程中对感性因素的否定。第二章观察艾略特在诗学天平上的重心位移。在"传统与个人才能"问题上，艾略特自20世纪20年代中期开始，一步步加强了对个人因素、个性才能的重视，这呼应于他在政治观上从法西斯主义的"同情者"到批判者的转变。"客观对应物"说在艾略特对多元个性视角的肯定中，同时也在他对语言中介作用的自觉中，逐步得到了反思。而艾略特中后期对文本复调性的调整以及对时间性的重视，也都包含着对其早期观点的更新与推进。第三章从文学史、白璧德、新黑格尔主义及宗教等方面看艾略特诗学背后错综复杂的精神资源。第四、五章则在前三章论述的基础上，从比较的视野出发，既看其在西方诗学思潮中的特殊位置，也彰显他和中国思想与诗歌创作在不同层面的共鸣。

目 录

第一章 艾略特诗学思想的本体立场 ……………………… 1
 第一节 文学自律性的多重辨析 ……………………… 2
 第二节 非个人化追求与作品独立 …………………… 18
 第三节 理想的文学品质：统一的感受力 …………… 42

第二章 艾略特诗学思想的内在发展 ……………………… 50
 第一节 个性化的逐步强调与反法西斯之辨 ………… 51
 第二节 "客观对应物"的层层消解 ………………… 80
 第三节 复调性的弱化与音乐性的增强
    ——以后期剧作为例 ……………………… 90
 第四节 哲性诗学："瞬时性"与"当下性" ……… 103

第三章 艾略特诗学思想的渊源构成 …………………… 116
 第一节 文学长河中的诗学渊源 …………………… 116
 第二节 人文主义与宗教节制：艾略特与欧文·白璧德
     ……………………………………………… 130
 第三节 终极实在与个人视角：艾略特与 F. H. 布拉德雷 ……………………………………… 142
 第四节 此岸与彼岸相贯通的基督教信仰 ………… 152

第四章　艾略特与西方诗学思潮 …………………… 164
  第一节　批评与解释：艾略特与新批评派的交锋 ………… 165
  第二节　文学是什么：艾略特与解构诗学的响应及间距
        ………………………………………………………… 175
  第三节　"客体派"诗学对艾略特的分庭抗礼 …………… 187

第五章　艾略特诗学的中国回响 ……………………… 220
  第一节　九叶诗人对艾略特的诗学接受与主题变奏 ……… 220
  第二节　城市"荒原"与悬置的反讽
        ——当代上海诗人与艾略特的共鸣 ………………… 237
  第三节　"旋转的世界的静点"与"般若波罗蜜"
        ——艾略特与禅宗思想的契合 ……………………… 251

结　语 ………………………………………………………… 268

主要参考文献 ………………………………………………… 271

第一章　艾略特诗学思想的本体立场

任何一个批评家的诗学体系，总有一个逻辑起点，艾略特也不例外。我们通常会提及艾略特对浪漫主义思潮的反对，但这一反对有一个基本目的，那就是文学的自律性。著名的《传统与个人才能》（1919）一文在大张旗鼓地反对浪漫主义个人至上论的时候，已经透露出艾略特的用意所在："诚实的批评和敏感的鉴赏，并不注意诗人，而注意诗。"[①] 1932年的系列演讲"诗歌之用与批评之用"更是对文学自律性反复强调。通过对华兹华斯、柯勒律治和雪莱的批判，艾略特一步一步地说明文学作品应该有其自身的存在特性，而不能被等同于人的主观表达。之后他对但丁、歌德的多篇论述，也都力图让文学区别于纯粹的信仰与哲学。正因为文学自律性的强调在艾略特的诗学世界中有着一以贯之的、毫不动摇的表现，因此我们把它视为其诗学体系的中轴或逻辑起点。

浪漫主义之所以被反对，就是因为对作家个人情思的强调淹没了文学作品的本体价值。初上文坛的艾略特提出的"非个人化"要求，不仅是讨论传统与个人才能的关系，也是要在文学的自律与他律之间作出取舍。当然，"非个人化"对诗人来说究竟意味着什么，《传统与个

---

① 艾略特：《传统与个人才能》，《艾略特诗学文集》，王恩衷编译，国际文化出版公司，1989，第4页。

人才能》并不拥有完整的答案,我们需要结合艾略特的其他批评文章以及他的实际创作来综合理解其"非个人化"主张对文学自律性的践行。

艾略特的另一核心诗学主张在于"统一的感受力"说。从逻辑关系上讲,"统一的感受力"说是对"非个人化"诗学的一种有益补充。因为,通过对感觉、感知因素的强调,它恰当地补正了"非个人化"诗学对感性因素的否定,从而使艾略特的诗学思想更平衡地体现出情与理的结合。值得注意的是,人们在讨论"统一的感受力"说时通常只涉及感觉与思想的结合,其实,它还涉及感觉与信仰之间的交融,我们将在第三节对此予以梳理。

第一节　文学自律性的多重辨析

在艾略特看来,文学绝不可混淆于宗教、伦理、哲学、社会学、心理学等领域,任何打着文学旗号而不注意文学与他者界限的做法都为艾略特所反对。即便是唯美主义"为艺术而艺术"的口号,也被艾略特看出了破绽。下面我们将从文学与个人伦理生活、文学与社会关怀及哲学探索、文学与宗教等方面来梳理艾略特在文学自律性问题上的多重辨析。

一、"为艺术而艺术"的非艺术旨归

"为艺术而艺术"是英国唯美主义先驱人物瓦特·佩特在《文艺复兴》一书中提出的艺术主张,它宣扬的是艺术为自身的目的而存在。艾略特不只一次地谈到佩特,但在他严格的分析中,佩特的"为艺术而艺术"并没有真正做到为艺术自身立法,反而是混淆了艺术和伦理生活之间的界限,远离了文学艺术自身:"'为艺术而艺术'

的信条事实上对谁都不适用；佩特是最少将这种理论付诸实践的人，他花了许多年工夫，与其说是阐明了这一理论，还不如说是在把它当作生活的理论加以详细地说明，这绝对不是一码事。"①

在《文艺复兴》一书的"结论"中佩特写道："对诗歌的热爱，对美的渴望，对为艺术而艺术的忠诚，这些品质具有最多的智慧，因为艺术来到你身边，坦率地承认：它给你生命当中随时来临的时刻只带来最高的品质，而且仅仅为了你生命时刻的享受，别无其他目的。"②艾略特在自己的文章中引述了这段话，并严格地指出："这样的名言本身就是一种伦理理论；这种理论与艺术无关，而是和生活有密切关系。"③

按照这一思路，佩特《文艺复兴》一书的序言，也一定属于艾略特批评的范围，因为它着重强调了审美给人带来的快感与享乐："这首歌或是这幅画，出现于生活中或出现于一本书中的这一富于魅力的个性，对于我来说到底是什么？它在我身上真正能产生什么效果？它是否给我带来快感？如果是的话，那又属于什么类型、什么程度的快感？由于它的出现以及在它的影响之下，我的天性有什么样的变化？对这些问题的回答是美学批评家必须处理的最基本事实。"④"我""快感""我的天性"等类似词汇的确在佩特的美学批

---

① 艾略特：《波德莱尔》，《艾略特诗学文集》，王恩衷编译，国际文化出版公司，1989，第108页。
② 艾略特：《阿诺德和佩特》，《艾略特文学论文集》，李赋宁译，百花洲文艺出版社，1994，第220页。其他中译文可见佩特：《文艺复兴·结论》，《唯美主义》，赵澧、徐京安主编，中国人民大学出版社，1988，第78页；佩特：《文艺复兴》，张岩冰译，广西师范大学出版社，2000，第227页。
③ 艾略特：《阿诺德和佩特》，《艾略特文学论文集》，李赋宁译，百花洲文艺出版社，1994，第220页。
④ 佩特：《文艺复兴·序言》，《唯美主义》，赵澧、徐京安主编，中国人民大学出版社，1988，第70页。

评中占据着比较显眼的位置。

艾略特的用意——强调文学应有自己的界限,不能与生活、享乐混同——我们完全理解,但不得不说,他对佩特的批评却是有些简单化的。事实上,佩特在《文艺复兴》一书中的观点非常模糊、复杂,并不能一概而论。佩特在序言与结论中提到,"享乐""快感""天性"应作为艺术批评关注的基本面向,这样的观点,正如韦勒克所说,"其实并不代表他的方法和他的哲学"①。韦勒克指出,这种关于艺术的印象化的观点在《文艺复兴》一书中其实寥寥无几。我们不必像韦勒克那样完全推翻艾略特对佩特的批评,但我们至少应该看到佩特在书中的艺术观的确是混杂的。一方面,他确实重点探索、描述艺术给人的心灵带来的满足,但另一方面他也没有忘记艺术本身是有其规律与特点的。比如书中关于达芬奇的一章,既勾勒了达芬奇的创作与其好奇心之间的关系,也指出了达芬奇的好奇心导致了对艺术形式的忽略。"有时,这种好奇与对美的渴望相互冲突,它倾向于使他过分深入到事物的内部而忘记事物的表面才是艺术真正开始和结束的地方。这一理智及其观念与知觉和对美的渴望之间的较量,构成了了解列奥那多米兰生活的关键。"② 在此,形式上的奥秘同样是艺术批评的重点关注对象。

所以应该说,在艺术与个体伦理生活之间,佩特的脚步并不清晰。这对于热切建立文学自律意识的艾略特来说,恰恰可成为攻击的标靶:"即使在佩特那一部分只能被称作文学批评的作品里,佩特总首先是一个道德家。"③ 不过,艾略特从时代的无决断状况来理解

---

① 韦勒克:《近代文学批评史》(第四卷),杨自伍译,上海译文出版社,1997,第445页。
② 佩特:《文艺复兴》,张岩冰译,广西师范大学出版社,2000,第134页。
③ 艾略特:《阿诺德和佩特》,《艾略特文学论文集》,李赋宁译,百花洲文艺出版社,1994,第218页。

佩特倒是十分中肯的。正是在宗教影响急剧解体的过程中，文学艺术慰藉人的心灵的责任被极大地提升了，对其功能的强调大过了对其机制的关注。艾略特说，佩特的《享乐主义者马雷俄斯》一书"真正重要性是它记录了十九世纪思想史和文化史的一个重要时刻。那个时代所发生的思想解体，艺术、哲学、宗教、伦理和文学之间的相互独立，这个进程被那种为了实现这些领域的不完善的综合而制订的五花八门的空想计划所阻止。宗教变成了道德，宗教变成了艺术，宗教变成了科学或哲学……"①。总之，佩特的"为艺术而艺术"说在内涵立场上不够清晰与彻底，而艾略特对文学自律性苛刻以求的强调也一直在进行。

二、对浪漫派诗人的苛刻批评

1932年，艾略特的系列讲座"诗歌之用与批评之用"延续了对文学自律性问题的探讨。华兹华斯、柯勒律治、雪莱、济慈等英国浪漫诗人都进入他的观察之中。而在艾略特犀利的批判矛头下，济慈是唯一真正坚守着文学自身的诗人，华兹华斯、柯勒律治、雪莱都因过多地将社会关怀与哲学探索引入文学领域而模糊了文学与其他人文领域之间本应存在的界限。

在结集出版的《诗歌之用与批评之用》中，艾略特不客气地对华兹华斯和柯勒律治提出了这样的看法："如果他们的兴趣不是如此广泛，且交织着那许多分散的激情，他们可能会成为伟大的诗人。"② 艾略特不满意两位湖畔诗人文学观中过多的非文学关怀，并

---

① 艾略特:《阿诺德和佩特》，《艾略特文学论文集》，李赋宁译，百花洲文艺出版社，1994，第224页。
② T. S. Eliot, *The Use of Poetry and the Use of Criticism*, Cambridge: Harvard University Press, 1961, p.59.

引用华兹华斯的《抒情歌谣集·序》以及柯勒律治的《文学生涯》来证明自己的看法。

华兹华斯告诉读者，《抒情歌谣集》中"这些诗的主要目的，是在选择日常生活里的事件和情节，自始至终竭力采用人们真正使用的语言来加以叙述或描写"①。虽然华兹华斯认为日常的情节、微贱的田园题材和大众的语言能够使诗歌表现更加真实动人，但在艾略特看来"正是华兹华斯的社会兴趣激发了他关于韵文形式的表述，并支撑着他关于诗歌措辞的观点"②。有的看法认为，华兹华斯强烈的社会关怀与他的诗歌创作是无关的，针对这一观点，艾略特举出华兹华斯的《革命与独立》一诗，说明华兹华斯的"公众精神"③ 是充分贯穿在他的诗作之中的。

华兹华斯在诗论、诗作中表现出强烈的社会关怀的确是事实，除了《抒情歌谣集·序》，他的诗作《序曲》《写于早春》就表现出了对法国大革命的热情与反思。但不得不指出的是，《诗歌之用与批评之用》对华兹华斯的评断还是过于武断，仅仅就题材和语言选择上的一些倾向就对华兹华斯作出总体上的概括并不公平。其实，华兹华斯在主张采用日常题材和大众语言的同时，也强调要补充以"想象力的色彩"，要将日常事物的"不平常状态"④展现出来，这明显是在寻求超越实际生活之上的文学效果。而在《抒情歌谣集》1815年的新版序言中，华兹华斯更是在一开头就明确列出文学创作的五种能力，它们分别是观察和描绘能力、感受能力、沉思能力、

---

①④　渥兹渥斯：《抒情歌谣集》序言，《十九世纪英国诗人论诗》，刘若端编，人民文学出版社，1984，第5页。
②　T. S. Eliot, *The Use of Poetry and the Use of Criticism*, Cambridge: Harvard University Press, 1961, p. 65.
③　Ibid, p. 64.

想象和幻想能力、虚构以及判断能力。[1] 客观地说，这五项文学创作的基本能力完全是与文学活动本身密切相关的，这说明华兹华斯完全意识到文学表现自身的特殊性。

应该承认，艾略特在文学自律性问题上对华兹华斯的批判有失公允。而华兹华斯遭遇到的苛刻批评，柯勒律治也未能幸免。在《文学生涯》的第十三章，柯勒律治就想象与幻想二者间的差异作了比较探究，他说"想象"能够：

> 溶化、分解、分散，为了再创造；而在这一程序被弄得不可能时，它还是无论如何尽力去理想化和统一化。它本质上是充满活力的，纵使所有的对象（作为事物而言）本质上是固定的和死的。
>
> 幻想与此相反，只与固定的和有限的东西打交道。幻想实际上只不过是摆脱了时间和空间的秩序的拘束的一种回忆，它与我们称之为"选抉"的那种意志的实践混在一起，并且被它修改。但是，幻想与平常的记忆一样，必须从联想规律产生的现成的材料中获取素材。[2]

这是柯勒律治对文学创作不同构思状态的两段探讨，艾略特在《诗歌之用与批评之用》的第四部分作了引用。柯勒律治的探讨显然是极其精细的，从个人的理解出发，区分了想象和幻想，但如此细致

---

[1] 渥兹渥斯：《抒情歌谣集》一八一五年版序言，《十九世纪英国诗人论诗》，刘若端编，人民文学出版社，1984，第36—37页。
[2] 柯尔立治：《文学生涯》，《十九世纪英国诗人论诗》，刘若端编，人民文学出版社，1984，第61—62页。

的研究并没有赢得艾略特的好感,反而被认为是把"对复杂哲学问题的关注带到了诗歌研究之中"①。换言之,艾略特认为柯勒律治的文学探讨已经越界到了哲学领域。艾略特甚至还就此进一步挪揄说,虽然柯勒律治声称自己读过很多德国哲学家的著作,但其实他并没能学到什么。②

不论其批判标准是否过于严格,艾略特对文学自律性强调的程度已可见一斑。在对华、柯二人论述的最后,艾略特进一步总结了自己的观点,认为华兹华斯和柯勒律治的问题"不仅仅是说他们对各种哲学主题以及具有时代重要性的实际问题有着广泛的兴趣,而是说他们的这些兴趣是交织在一起的","诗歌对他们来说是经过整合后的所有兴趣的总体表现"。③要之,湖畔派两位代表诗人在文学观中融入非文学关怀的做法为艾略特不容,因为这意味着对文学自身的忽视和遗忘。

相反,在诗论中对社会现实、哲理思索较少关注的济慈得到了艾略特的高度评价。艾略特赞扬济慈的书信是所有英国诗人书信中写得最好的,并称济慈"把握着诗歌的最高之用"④。他在《诗歌之用与批评之用》的第五章引用了济慈1918年的两段文字,来彰显济慈的伟大:

> 但我有这样的感觉,如果华兹华斯在那一刻想得稍微更深一些,他就根本不会写那首诗了——我将把它判断为在他生命中最愉快的时刻之一中写下的篇章——那将是一幅速写式的精

---

①③ T. S. Eliot, *The Use of Poetry and the Use of Criticism*, Cambridge: Harvard University Press, 1961, p. 72.
② Ibid, p. 71.
④ Ibid, p. 94.

神风景画——而不是一种对真理的追求。①

不过，我必须顺便说起一件近来一直压在我心头上的事情，它令我更加谦卑更能伏低恭顺，这就是我认识到的一条真理——天才的伟大在于他们像某些精微的化学制剂，能对中性的才智群体发生催化作用——但他们本身并无独特性，也没有坚决的性格。他们中的出类拔萃者有突出的个性，我称其为"强人"……②

第一段文字主张的是人的智性对自然的文学表象，拒绝抽象真理对诗歌的入侵。第二段文字则探讨了诗人在创作活动中所应持的非个人化状态。艾略特指出，分散在济慈书信中的类似诗论"保持着与直觉的紧密联系；并且它们和他所处时代没有明显的关系，就如同他本人对公众事物显得毫无兴趣一样"③。此时，艾略特选取的参照系正是华兹华斯，他再度批评华兹华斯"具有对社会生活和社会变化非常纤细的感知"④，并且和雪莱一样"理论化"，而"济慈没有理论，形成一种理论不是他的兴趣，且悖逆于他的思想"⑤。简言之，艾略特肯定济慈，乃是因为济慈的讨论紧扣文学自身的特点和文学创作的特性，而不从自己的社会观、哲学观出发为自己的诗论打下任何条条框框。

我们可以理解艾略特对文学自律性的反复强调，但正如我们看到的，艾略特对华兹华斯、柯勒律治的辨析并不完美。我们可以想

---

① 济慈:《济慈书信集》，傅延修译，东方出版社，2002，第42页。
② 同上书，第50页。
③④⑤ T. S. Eliot, *The Use of Poetry and the Use of Criticism*, Cambridge: Harvard University Press, 1961, p. 93.

起他的《荒原》等作品同样充满了社会关怀,他的《哈姆雷特》等批评性文章同样给出一定的诗学理论。有时候他似乎忘记了文学创作、诗学思想完全可以接纳外部因素并加以文学转化,就像他自己常做的那样,但艾略特的苛刻正显示出文学自律性关注在其诗学思想中的重要地位。

三、但丁与莎翁:文学、宗教与哲学的界限

当然,除了济慈,还有其他诗人同样为艾略特所尊崇。但丁,几乎是其中最受尊崇的那一个。尽管宗教在艾略特思想中处于不可或缺的地位,但在1929年的《但丁》一文中艾略特却理智而清晰地在文学与宗教之间划出了界限。

《荒原》曾引用《神曲》中的诗行来强调炼狱对灵魂的净化作用,《但丁》一文却极力淡化对基督教信仰的探讨,而着重说明宗教与文学之间的差异和张力。艾略特力图告诉读者,文学与宗教并不冲突,但宗教本身并不是文学的必然组成部分;相反,我们可以与文学中的宗教观念保持距离,同时仍能充分享受文学本身。

"我的意思是我们不能忽略但丁的哲学和神学信仰,不能跳过那些最清楚地表达了这些信仰的字节;但是,另一方面,你自己却并没有必要相信这些信仰,认为《神曲》中的某些部分只能引起天主教徒或者中世纪学者的兴趣,这样的看法是错误的。因为在哲学信仰和诗性赞同之间存在着差别(我在这里只是指出这一差别而已)。"[①] 上引这段话的意思很明确,艾略特相信一个在信仰上与但

---

① 艾略特:《但丁》,《艾略特诗学文集》,王恩衷编译,国际文化出版公司,1989,第90—91页。

丁根本不同的人同样有可能欣赏到《神曲》的文学之美，因为归根结底，信仰代替不了文学本身。关于这一点，艾略特在《但丁》一文中反复强调："另外，我们可以看到在但丁作为诗人和但丁作为一个人所持的信仰之间存在着差别。"①

点出信仰与诗-文学之间的距离，只是艾略特论述的第一步。在这之后，他具体指出信仰如何转化成了文学表现。"实际上，即使是但丁这样伟大的诗人要想仅仅依靠理解而不信仰就能创作出《神曲》这样的作品，这几乎是不可能的；但是他个人的信仰在变成诗的同时变成了另外一种东西。"②艾略特说的这"另外一种东西"也就是文学区别于信仰的东西，是文学本身的特质。

《神曲》的文学特质在艾略特看来主要有三个方面。首先，《神曲》将观念性的东西转化为了具体的意象和形象。但丁不是抽象地描绘宗教思想的深邃，而是通过具象来加以传达。艾略特说："对于大师的这种在每一时刻都能用视觉意象表现艰深事物的能力，我们只能感到敬畏。"③当然，艾略特眼中的但丁远不止于此。《神曲》的意象不是对事物外貌的直接描绘，而是在形象中融入了作者的想象，从而使作品意象成为幻象和梦想的结合。正是在但丁这一艺术手法的对照下，艾略特认为现代人丢失了自由的想象力，而仅把"幻象"和"梦想"视作潜意识的外化，他说："我们除了梦幻之外一无所有，我们已经忘了看见幻象——人们今天认为只有反常的和没有教养的人才会看见幻象——曾经是一种更有意义、更有趣味和更有修养的梦想。我们想当然地认为梦从下方跃出：也许正因为如

---

①② 艾略特：《但丁》，《艾略特诗学文集》，王恩衷编译，国际文化出版公司，1989，第91页。
③ 同上书，第99页。

此，我们的梦的质量受到了损害。"① 这段引文在赞扬但丁自由运用想象力的同时，也显然批评了弗洛伊德心理学对"梦想"的定位。总之，但丁的意象世界不是简单的对事物的形象表现，而是在意象中加入了自己的创造，从而为读者创造了一个融合着现实与超现实的艺术世界。但丁文学上的成功还在于他最大幅度地表现了包括高贵与低贱在内的各种层次的情感和经验，拓展了人类经验感受的范围。艾略特比较了但丁和莎士比亚的不同之处，认为莎士比亚善于挖掘人类情感的复杂多面，展现了"最大的广度"②；而但丁则在纵深度上更加突出，将人类情感的各个层次描写得淋漓尽致。从地狱中的堕落、卑贱到天堂中的圣洁、崇高，但丁都能生动地予以表现。

在概述了《神曲》的种种文学特点之后，艾略特于文末收关处一针见血地重申，文学读者对但丁的关注不应该是但丁的信仰，而是"他的想象、幻想，以及感受形式"，"我们必须学着接受这些形式：这种接受比任何可以称为信仰的东西更加重要"。③ 这些文学表现的因素使得但丁的作品不仅仅是宗教信仰类作品。不论艾略特对但丁文学成就的论述是否全面准确，他在文学与宗教之间保持恰当距离的诗学立场已经明白无疑。

当然，正如我们在阅读其诗歌时发现的，艾略特自己的文学创作从来没有中断过与宗教的联系。他本人也在1935年的《宗教与文学》一文中强调了文学创作不能堕落于世俗化的现状，而要保持对形而上的、超自然的精神世界的追寻。但是，即便是在对文学与宗

---

① 艾略特：《但丁》，《艾略特诗学文集》，王恩衷编译，国际文化出版公司，1989，第77页。
② 同上书，第97页。
③ 同上书，第105页。

教之间联系的强调中,艾略特仍然小心地指出自己的立场绝非是要将文学视作宗教思想的传声筒,他理想中的文学绝不是"诚心诚意想要达到宗教的目的的人的作品",而"应该是无意识地具有基督教性的,而不是存心地和挑战态度地做成这样的"①。也就是说,文学虽然不能抛弃宗教的参与,但"宗教的目的"绝非文学目的本身,它只能"无意识"地融会在种种文学性的表现之中。这再度体现了艾略特对文学与宗教之间差异与张力的自觉。

和对待宗教信仰的态度一样,艾略特也反对将文学与哲学混为一谈,他用自己最为推崇的诗人之一莎士比亚来阐明这一立场。他不满于批评家们从各种外部视角来理解莎士比亚,对莎士比亚作非莎士比亚的理解。这样的批评风气,在艾略特看来,塑造出了五花八门的莎士比亚,但"其错误的程度则与莎士比亚优越于我的程度成正比"②。

艾略特看到,有人从社会政治视角来概括莎士比亚,如"把莎士比亚说成是一个保守派的新闻记者,或是一名自由主义的新闻记者,或是一位社会主义新闻记者"③;从宗教角度,"我们还有一位新教徒的莎士比亚,一位怀疑主义者的莎士比亚,而且还有理由可以证明莎士比亚是一位英国圣公会天主教教徒,或者甚至是一个信奉罗马天主教教皇至上的天主教教徒"④;从哲学角度,"有人提出了蒙田的莎士比亚(这并不是说蒙田有任何哲学体系可言),还有人

---

① 艾略特:《宗教与文学》,《艾略特诗学文集》,王恩衷编译,国际文化出版公司,1989,第130页。
②④ 艾略特:《莎士比亚和塞内加斯多葛派哲学》,《艾略特文学论文集》,李赋宁译,百花洲文艺出版社,1994,第149页。
③ 同上书,第148页。

提出了马基雅维利的莎士比亚"①。于是，艾略特幽默地表示，一个"斯多葛派的或塞内加的莎士比亚"②也呼之欲出了，但他的用意在于，"我仅仅想要在塞内加的莎士比亚还没有来得及出现以前就把他消灭掉。如果我这样做能够阻止他的出现，那么我的企图也就实现了"③。

古罗马剧作家塞内加在伊丽莎白时期英国的影响，艾略特是完全承认的，他在《伊丽莎白时代的塞内加翻译》（1927）与《莎士比亚和塞内加斯多葛派哲学》（1927）两篇文章中均有说明。但艾略特也指出，塞内加的宿命论以及其中蕴含的斯多葛派哲学，在莎士比亚剧作——比如《李尔王》——中只是被用来达成其戏剧目的。如果剧作有其他需要，那么"你在《哈姆雷特》里或许可以得到更多的蒙田，在《奥赛罗》里得到更多的马基雅维利"④。所以，所有这些哲学或思想，都只是被莎士比亚用来成就其作品本身，莎士比亚不属于其中任何一个流派，其中任何一个思想也无法说明莎剧本身的成功与伟大。因为我们评述莎剧的成功与伟大，并不是在评述这些哲学或思想的成功与伟大，这完全是两回事。这些哲学或思想，因为流行，恰好作为"材料"被时代强加在莎士比亚身上，成为其表达感情的"媒介"⑤，而"材料"与"媒介"绝不等于最后成形的剧作。艾略特甚至有些夸张地表示，即便这些哲学、思想可以被视作莎士比亚的"后盾"，它们也只是"确实比莎士比亚本人远远不如的人们的思想"⑥。

---

①②③ 艾略特：《莎士比亚和塞内加斯多葛派哲学》，《艾略特文学论文集》，李赋宁译，百花洲文艺出版社，1994，第152页。
④ 同上书，第160页。
⑤ 同上书，第162—163页。
⑥ 同上书，第162页。

所以，无论是但丁还是莎士比亚，在艾略特看来，他们的成就并不在于神学思想或哲学思想，而在于属于他们自己的制作，"诗人制作诗歌，形而上学家制作形而上学，蜜蜂制作蜂蜜，蜘蛛分泌线状物体；你很难说这些制作者当中任何人相信或不相信：他只管制作"[①]。

四、审视爱伦·坡：拒绝"纯诗"

在上述各个方面的辨析中，艾略特无疑显示出了持续的、强烈的文学自律意识。文学，应有它自己的疆域与特点，它不能与快感、现实关心、宗教信仰、哲思等范畴相混淆。但正如他在论述但丁、莎士比亚的过程中所表明的，文学与其他领域之间又不是截然分明的关系。文学要区分于"他者"，这并不等于文学不需要"他者"的加入。艾略特不仅强调了作为"制作"的文学，在一定程度上，他也认同文学对人生的教益，他主张文学的自律性，但并不推崇"纯文学"。这在他1948年的演讲《从爱伦·坡到瓦莱里》中得到最为集中的体现。

在这篇演讲中，艾略特回顾了法国象征主义诗人波德莱尔、马拉美和瓦莱里对爱伦·坡的推崇。在艾略特看来，爱伦·坡在诗歌艺术上的成就颇为有限，比如词意使用的轻率、韵律上的失败以及素材的空洞稀薄。法国诗人们对爱伦·坡的推崇，不是基于其创作成就，而主要源自对其诗歌主张的肯定，即诗歌本身大于一切。

虽然在演讲中并未直接引用爱伦·坡，但从坡的两篇代表性诗

[①] 艾略特：《莎士比亚和塞内加斯多葛派哲学》，《艾略特文学论文集》，李赋宁译，百花洲文艺出版社，1994，第165页。

论《诗的原理》《创作哲学》可以看出,艾略特对坡的把握是准确的。对于坡来说,教益、主题这样的东西,应该完全被诗歌创作所抛弃,任何试图在真理与诗歌之间作融合的努力都应该被放弃,因为它们是如此不同:

> 据说,每一首诗都应该顽强地给予一条教训,并且就按这条教训,来宣布关于作品的诗的价值的判断。我们美国人特别赞助这种高见;而我们波士顿人尤其特别把它充分发展了。我们这样想:单纯为诗而写诗,以及承认这是我们的意图,就会是承认我们自己极端缺乏真正的诗所具有的尊严和力量——然而,简单的事实却是这样,只要我们让我们内省自己的灵魂,我们立刻就会在那里发现,天下没有、也不可能有比这样的一首诗——这一首诗本身——更加是彻底尊贵的、极端高尚的作品——这一首诗就是一首诗,此外再没有什么别的了——这一首诗完全是为诗而写的。①

> 我以出于内心的那样深切的敬意,来对待真,但是我却要多少限制一下,真在给予印象时所采用种种方式。我宁愿在应用它们时加以限制。我不愿滥用它们因而削弱它们。真理的要求是严肃的;她对长春花毫无同情。诗中必不可少的一切,就正是与她毫无关系的一切。给她戴上宝石和花朵,那只是把她弄成一个虚夸的怪物。在坚持一个真理的时候,我们所需要的是语言的严格,而不是语言的繁缛。我们必须是简单、明白、

---

① 刘象愚编选《爱伦·坡精选集》,山东文艺出版社,1999,第637—638页。

洗炼。我们必须是冷静、镇定、不动感情。我们必须处于这么一种心理状态中，几乎是和诗的境界相反。的确，谁要是看不到真理和诗在给予印象时所表现的根本性的和判若鸿沟的差别，谁就必然是盲目的。谁要是不顾这些差别，定要企图调和油一般的诗与水一般的真理，谁就是必然患着理论狂热病而不可救药了。①

艾略特认为，这种"为诗歌而诗歌"的立场与态度在法国诗人们那产生了极大的共鸣。这一共鸣代表着人类诗歌发展的第三阶段，即"主题退居幕后，它不再是诗歌的目的"②，或者说"主题为诗歌而存在，而不是诗歌为主题而存在"③。在第一阶段，人们享受诗歌带来的乐趣，但首要关注的是诗歌的主题；到了第二阶段，主题与文体风格的重要性得以并列。从第一阶段到第三阶段，诗歌走向了"纯诗"。虽然艾略特并不认为要把主题放在诗歌的首要位置，但他也毫不犹豫地指出，仅仅重视灵感的抒发、语言的精巧运用以及诗歌审美效果的创作，"无论如何都只是从高度文明到野蛮的退化"④。因为这意味着文学创作放弃了人性的关怀和灵魂的观照，而偏安于个人兴趣与词句的把弄。这种美学态度，在艾略特看来只可能在一种情况下有效，即当我们已经对人性彻底失望的时候："科学发现发明无穷尽地深精细究，政治社会机器无止境地细化发展，也许会将我们带到那样一个阶段，那时，人们对人性有着一种不可抗拒的厌

---

① 刘象愚编选《爱伦·坡精选集》，山东文艺出版社，1999，第638页。
②③ 陆建德主编《从爱伦·坡到瓦莱里》，《批评批评家》，李赋宁、杨自伍等译，上海译文出版社，2012，第39页。
④ 同上书，第42页。

恶，乐意接受最原始简单的折磨，却不愿再背负现代文明的重担。"[1] 否则，只要我们对人之为人的存在抱有希望，认为其值得拯救，就不应将文学与信仰、真理等主题相切割。正是在此，艾略特清晰地将自己的文学自律意识区分于象征主义诗人的"纯诗"理想，他不能认同的正是爱伦·坡在文学四周所划定的隔绝："那么，让我来扼要地重述一下吧。文字的诗可以简单界说为美的有韵律的创造。它的惟一裁判者是趣味。对于智力或对于良心，它只有间接的关系。除了在偶然的情况下，它对于道义或对于真理，也都没有任何的牵连。"[2]

第二节 非个人化追求与作品独立

艾略特的文学自律意识，首先在"非个人化"这一具体的诗学主张中得到呼应和贯彻。因为处于世纪的转折点上，文学自律性面对的最大障碍就是浪漫主义式的个人情思对文学的占领。要取得自身的合法性，文学就必须走出这"非个人化"的一步，从而使作品自身得以凸显。正如刚刚踏上文坛的艾略特所大声疾呼的，"艺术的感情是非个人的"[3]。

当然，艾略特的"非个人化"诗学主张也是一个复杂的组成。总的来说，它有三个方面的内涵。一是对传统的强调，在传统中寻找到克服个人随意性的"惯例"，超越个人情思的局限，并应对文学

---

[1] 陆建德主编《从爱伦·坡到瓦莱里》，《批评批评家》，李赋宁、杨自伍等译，上海译文出版社，2012，第43页。
[2] 刘象愚编选《爱伦·坡精选集》，山东文艺出版社，1999，第641页。
[3] 艾略特：《传统与个人才能》，《艾略特诗学文集》，王恩衷编译，国际文化出版公司，1989，第8页。

的世俗化倾向。二是以事件、场景构成"客观对应物",将情感具象化,这既是为了避免抽象的表达,也有利于完整呈现情感的复杂性。三是注重作品内部结构的建造以及节奏的变化,以容纳广泛而多元、带有戏剧性张力的情感与思想。

一、强调"传统"的三重理由

艾略特对传统的推崇,最明显地表现在 1919 年的《传统与个人才能》一文中。文章开始处,艾略特就针对浪漫主义对个人的张扬,提出了传统至上观。他说:"我们称赞一个诗人的时候,我们的倾向往往专注于他在作品中和别人最不相同的地方。我们自以为在他作品中的这些或那些部分看出了什么是他个人的,什么是他的特质。我们很满意地谈论诗人和他前辈的异点,尤其是和他前一辈的异点,我们竭力想挑出可以独立的地方来欣赏。实在呢,假如我们研究一个诗人,撇开了他的偏见,我们却常常会看出:他的作品中,不仅最好的部分,就是最个人的部分也是他前辈诗人最有力地表明他们的不朽的地方。"[①] 浪漫主义者看重与标榜的"个人特质",在艾略特看来简直成了虚妄的假设,因为所谓的"特质"只不过是前人伟大之处的再现。

艾略特关于"传统"的这一浓墨重彩的强调,会令人对其保守的文学立场感到困惑,虽然他也作了补充说明:"然而,如果传统的方式仅限于追随前一代,或仅限于盲目地或胆怯地墨守前一代成功的方法,'传统'自然是不足称道了。我们见过许多这样单纯的潮流

---

① 艾略特:《传统与个人才能》,《艾略特诗学文集》,王恩衷编译,国际文化出版公司,1989,第 1—2 页。

很快便消失在沙里了；新颖总比重复好。"① 文学创作不是僵化地模仿传统，不是单纯地重复过去，但即便是"新颖"，对于艾略特来说也仍然是与过去紧紧捆绑在一起的，他提醒人们既要注意"过去的过去性"，也要注意梳理"过去的现存性"，即当下的意义。无论如何，过去/传统是绕不过去的背景与起点，它们不但代表着历史意识，也是创新的依据。

通过《传统与个人才能》，我们可以了解到艾略特对于传统的重视，但这种重视在这篇文章中是以主张的面目出现的，缺乏原因上的说明。要了解艾略特强调传统的具体理由，我们还得关注其写于相近时期的其他几篇文章，比如《伊丽莎白时代四位剧作家》(1924)。在对莎士比亚及其同时代剧作家的论述中，艾略特从文学"惯例"的角度提出了传统的重要性。他认为，当时英国剧作家们普遍存在的一个缺点就是在舞台呈现与人物塑造上过于随意，缺乏特定的、统一的规则意识。如海伍德（Thomas Heywood）的《被仁慈害死的妇女》中人物旁白的使用，在现实化的对话场景中显得突兀与不自然。又如莎士比亚的《麦克白》对鬼魂角色的使用太过混杂。艾略特说，《麦克白》中引诱麦克白与班柯的三个女巫，在同时期英国剧作当中，可算是成功的，是"超自然力量的光辉范例"[②]，但《麦克白》后半部分出现的班柯的鬼魂形象，在性质上则与女巫形象完全不同，"属于如此不同范畴"[③]。二者同时出现在同一剧中，表明了作者立意上的混乱。为何女巫与班柯的鬼魂在性质上如此不

---

① 艾略特：《传统与个人才能》，《艾略特诗学文集》，王恩衷编译，国际文化出版公司，1989，第2页。
②③ 艾略特：《伊丽莎白时代四位剧作家》，《艾略特文学论文集》，李赋宁译，百花洲文艺出版社，1994，第87页。

同？艾略特并未详细解释，但回顾《麦克白》的情节，我们基本上还是可以认同艾略特的看法。女巫在《麦克白》中，是同时显现在麦克白与班柯面前，对二者的未来均作出预言，并得到事实的印证；而后来班柯被杀，其鬼魂出现在酒宴之上，就只有凶手麦克白一人可见。依此场景设置而言，女巫形象代表着超自然的力量的客观存在，而班柯的鬼魂则更像是麦克白内心的自我折磨。二者的属性的确有较大的差距，但在作品中都以鬼魂形象得以外化，混淆了"一种鬼魂和另一种鬼魂的界限"[①]。所以，艾略特批评说，"伊丽莎白时代剧作家们的目标是一方面达到完全逼真的效果，另一方面又不放弃他们作为艺术家遵守那些非现实主义的惯例所得到的好处"[②]。这对艾略特来说，代表着伊丽莎白时代剧作家们在艺术上的一种贪婪，即"对每一种艺术效果都渴望同时得到，以及不情愿接受任何限制，也不愿遵守任何限制"[③]。

因此，为了摒除个人的任意性给剧作的艺术效果带来的混乱，艾略特强调遵守创作"惯例"，包括"题材上、处理上、韵律上或戏剧形式上，以及一般人生哲学上的任何特殊惯例或任何其他惯例"[④]。这些惯例将保证戏剧作品在程式上的合理性以及艺术效果的一致性。这些惯例一方面来自戏剧史、文学史中已经得到检验、获得了认可的传统，当然也包括了人们的创新——但其合理性必须已经得到公认。在某种程度上，这些惯例就像是芭蕾舞表演中的那些

[①②] 艾略特：《伊丽莎白时代四位剧作家》，《艾略特文学论文集》，李赋宁译，百花洲文艺出版社，1994，第87页。
[③] 同上书，第88页。
[④] 同上书，第82页。

已经被限定好了的程式，它们是"非个人的"[①]，芭蕾舞演员必须在这些程式框架内来表演。或者说，一个艺术家"通过集中精力完成他的任务来间接地表现他的个性，正像一位机器师制作一件高效率的机器，或像一位陶瓷技师制作一个大壶，或像一位木匠师傅制作一条桌腿那样专心致志地完成任务"[②]。在此，"惯例"事实上就是一种传统的力量，它不限制个体创新，但却能恰当地约束作家作为个体的随意与任性、无知与渺小。因为能够控制"艺术失控"，惯例使作品的张力更加集中和突出。

事实上，艾略特认为，传统并不仅仅是在人们有意识地尊重、遵守惯例的时候才出现并显出其意义，真正的文学创作在其一开始的时候就已经与传统密不可分了。因为，真正的文学创作本身就是一种与传统相关的批评活动。在《批评的功能》（1945）当中，艾略特对创作与批评的这一内在关联作了分析。他首先对以自我情感表达为中心的文学立场表示了不屑，因为如果以自我表达为创作的全部，那么"我们不仅能够随心所欲地喜欢我们所喜欢的，而且能够任意找出理由来喜欢它"[③]。在艾略特看来，这还不是文学，只是自我的感受、体会。当作品开始形成的时候，感受、体会便与大量的批评活动融合了："一个作家在创作过程中的确可能有一大部分的劳动是批评活动，提炼、综合、组织、剔除、修饰、检验：这些艰巨的劳动是创作，也同样是批评。"[④] 在批评活动中，我们就自我的情趣作比较和分析——不仅是与自己，更是与他人作比较与分析，是

[①] 艾略特：《伊丽莎白时代四位剧作家》，《艾略特文学论文集》，李赋宁译，百花洲文艺出版社，1994，第84页。
[②] 同上书，第85页。
[③④] 艾略特：《批评的功能》，《艾略特诗学文集》，王恩衷编译，国际文化出版公司，1989，第67页。

把自己的感悟与来自传统的"共同的遗产和共同的事业"[1]作联结，在宏大的参照系中看到自己的价值与意义所在，寻找到表达的最佳方式。当然，艾略特也意识到这并不适用于每一个作家，因为"一个二流作家必然舍不得投身于任何共同的行动；因为他主要的任务是在维护表明他自己特色的那种微不足道的特点；只有那些根底踏实，在工作中舍得忘我的人才能合作，交流和作出贡献"[2]。

最后，艾略特主张文学传统的重要性，还在于他对当时欧洲文明发展的失望，以及他所寄望的文学对社会世俗化趋势的抵抗。在艾略特看来，社会的发展已经被机械化、商业化和都市化的生活方式及其价值观所占领，由此而出现了"国家的世俗化，社会转变为群氓，知识阶层的分化。而平息混乱的明显的世俗主义解决方法，就是使一切从属于政治权力。就这一解决方法也包括使赚钱的兴趣从属于国家的利益而言，它给人民提供了某种及时的尽管也许是虚幻的安慰"[3]。在这样一个以利润为轴心的、平均化的大众社会里，文学艺术难以自保。所以艾略特对于他那个时代的"当代文学"总体上持否定态度，"当代文学作为一个整体却倾向于使人们堕落"[4]，因为它们中的大多数都只是提供"乐趣""快感"或"享受"，都"受到了世俗主义的败坏"[5]。作品的出版受到商业力量的驱动，伪个性大行其道，艾略特不无讽刺地说：

---

[1] 艾略特：《批评的功能》，《艾略特诗学文集》，王恩衷编译，国际文化出版公司，1989，第61页。
[2] 同上书，第62页。
[3] 艾略特：《基督教与文化》，杨民生、陈常锦译，四川人民出版社，1989，第47页。
[4] 艾略特：《宗教和文学》，《艾略特文学论文集》，李赋宁译，百花洲文艺出版社，1994，第248页。
[5] 同上书，第250页。

> 我相信从来没有一个时代像现在这样有如此巨大的读者群，或如此毫无抵抗能力地暴露在我们自己时代的各种影响前面的读者群。我相信从来没有一个时代像现在这样，读一点书的人读活人的书的数量大大超过他们读死人的书的数量；从来没有一个时代像现在这样极端狭隘，这样与过去完全隔离。目前出版商可能已太多了；已出版的书确实是太多了；一些刊物还在不断地鼓动读者要"跟上"正在出版的新书。①

更重要的，这不仅仅是文学自己遭了殃，失去了道德与宗教感的文学又会反过来腐蚀社会。"道德就易于受到文学的变动"②，当我们对文学中出现的令人反感的事情感到厌恶，我们很快就会发现它们被下一代人坦然接受。"道德标准对时代变革的适应性有时会得到人们的赞许，被人们满意地认为是人类不断进步的标志，但是实际上它只能标志着人们的道德判断的基础是多么不牢靠。"③ 所以，艾略特强调文学传统，正包含着对社会文明的忧虑与期待；他的这一诗学主张与其强烈的社会现实关怀是内在嵌合的。正因为此，我们在其诗作中常常能看到，他对文学传统的化用不仅仅是表达、意象使用上的，也是社会批判性的。恰如《荒原》在古今诗文的互文结构中，不断调动起关于过去的回忆，展现出对现实的批判与反思。《对弈》就化用了莎士比亚《哈姆雷特》中的段落。"明儿见，毕尔。明儿见，璐。明儿见，梅。/明儿见。/再见。明儿见，明儿见。/明天见，明天见"，源自《哈姆雷特》第四幕第五场中奥菲莉娅发疯后的

---

① 艾略特：《宗教和文学》，《艾略特文学论文集》，李赋宁译，百花洲文艺出版社，1994，第250页。
②③ 同上书，第238页。

一段话，本包含着奥菲莉娅深重的忧伤、绝望以及对生活的告别，但在《荒原》中却成了女士们密谈后轻松的告别。《火诫》中，"可爱的泰晤士，轻轻地流，等我唱完了歌"来自英国文艺复兴时期诗人斯宾塞的《迎婚曲》①，本是描写泰晤士河上的愉快景象，表达诗人对儿女新婚的祝福。而在艾略特的诗作中，现今的泰晤士河只漂流着庸俗男女游乐后残余的垃圾，"空瓶子，夹肉面包的薄纸，/绸手绢，硬的纸皮匣子，香烟头/或其他夏夜的证据"②。诗人只能写道："在莱芒湖畔我坐下来饮泣。"理想的失落、现实的鄙俗，在艾略特不动声色的描写中尽显无遗。诗人既以与文学传统的联系建构作品，又同时反观现实，彰显出深厚的历史意识与当下关怀。

二、"客观对应物"的双重必要性

以传统为坐标，吸收前人的艺术手法与主题旨归，这能够扩大经验的有效性、表达的普遍意义，有利于克服个人才情的渺小与随意，但这不是说诗人从此就可以彻底抛弃自己的主观情思。相反，艾略特完全肯定诗人抒发自身情思的权利，只不过他希望这种抒发能够经过某种艺术形式的转化，而艺术形式也能够帮助诗人更为充分地表达。

单纯的抒情与呐喊，在艾略特看来正是雪莱、拜伦甚至歌德所犯下的错误，这些作家过于直接的情思表达并不直接地构成文学艺术。艾略特说，我们在读作品时，当然会有交流，"从作家到读者之

---

① 斯宾塞：《迎婚曲》，《斯宾塞诗选》，胡家峦译，漓江出版社，1997，第123—136页。
② 文中涉及的艾略特汉译诗句，如无特别注释，均出自赵萝蕤等译《艾略特诗选》（山东大学出版社，1999）；艾略特诗句英文原文，均出自1971年版的《艾略特诗歌戏剧全集1909—1950》(T. S. Eliot, *The Complete Poems and Plays 1909‑1950*, New York: Harcourt, Brace & World, 1971)，特此说明。

间的对话,但不能由此就把诗歌看作对话的中介。可能对话会发生,但它不能说明任何事情"[1]。或者说,作品绝不是从作家到读者的信息传递。只有通过艺术处理,个人情思才能得以进入作品的层面,"客观对应物"的必要性首先正在于此。所以,《哈姆雷特》(1919)一文提出,"用艺术形式表现情感的唯一方法是寻找一个'客观对应物';换句话说,是用一系列实物、场景,一连串事件来表现某种特定的情感"[2]。在自己的创作中,艾略特创造"客观对应物"的努力是极为明显的。时间的停滞是他常表现的一种感受,但诗人未曾就此感受作抽象的呼喊,而是把它释放在了系列性的景象中,比如"让我们走吧,你和我,/此时黄昏正朝天铺开/像手术台上一个麻醉过去的病人""而且实在还有时间/让沿着街道滑行的黄烟/用背脊磨擦窗玻璃"(《J. 阿尔弗瑞德·普鲁弗洛克的情歌》)。在此,"时间"通过空间化的意象——铺开的黄昏、被麻醉的病人、手术台、用背脊摩擦窗玻璃的黄烟等被表现出来,传递出昏晕、慵怠、停滞的心理感受。《多风之夜狂想曲》中也有相近含义的"客观对应物",诗人写道:"午夜在摇撼记忆中过去的一切/像一个疯子摇撼一株死了的天竺葵。"以"记忆"为代表的时间维度显然已经丧失了流动性、延续性,因而就如同空间性的"一株死了的天竺葵";处于时间停滞中的人,只能如疯子般作绝望的摇晃。

另一方面,"客观对应物"这一概念还包含着对情感、思想复杂性的认知。在艾略特看来,有许多情思是没有办法直接被讲述出来的,它们只能被投射到"客观对应物"上,以获得整体性的呈现。

---

[1] T. S. Eliot, *The Use of Poetry and the Use of Criticism*, Cambridge: Harvard University Press, 1961, p. 108.
[2] 艾略特:《哈姆雷特》,《艾略特诗学文集》,王恩衷编译,国际文化出版公司,1989,第13页。

所以，在《哈姆雷特》一文中艾略特虽然批评了莎士比亚这篇剧作中的失败之处，即莎士比亚没能帮哈姆雷特找到释放其心中复杂情感的"客观对应物"，但他认为莎士比亚依然伟大，因为莎士比亚至少尝试着呈现这样复杂诡异的心理感受：

> 哈姆雷特面对的困难是：他的厌恶感是由他的母亲引起的，但他的母亲并不是这种厌恶感的恰当对应物；他的厌恶感包含并超出了她。因而这就成了一种他无法理解的感情；他无法使它客观化，于是只好毒害生命、阻延行动。不可能有什么行动可以满足这种感情，莎士比亚也不能改变情节来帮助哈姆雷特表达自己。①
>
> 这种无法用实物加以表达，或者超过了实物的强烈感情，疯狂而暴戾，是每一个有感性的人都经历过的；毫无疑问，它是病理学家研究的课题。它常常发生在青春期：普通人让这样的感情睡去，或者调整他的感情以适应现实世界；艺术家则通过强化世界以达到自己情感水准的能力，使它们始终富有生机。②

哈姆雷特的悲剧正在于其自身情感不能在其母亲——作为"客观对应物"——身上释放。深切的血缘联系，总会在哈姆雷特对母亲形成仇恨的那一刻又将其化解。莎士比亚试图面对、呈现这样一种"疯狂而暴戾"且犹豫不定的情感，而在普通人的心中，这样的情感早就被规约或平均化了。"客观对应物"之所以为创作所必要，就在

---

① 艾略特：《哈姆雷特》，《艾略特诗学文集》，王恩衷编译，国际文化出版公司，1989，第13页。
② 同上书，第13—14页。

于"释义只能传达出原意的一部分,这是因为诗人专注于意识的边沿,越过边沿,尽管意义依然存在,语言已无能为力"[①]。可惜的是,莎翁在此剧中未能给主人公制造好一个"客观对应物"来寄托这种无法以理性、逻辑言明的情感。

或许正是基于对平均化、日常化情感的排除,我们可以看到,艾略特在自己作品中建构的"客观对应物"的一个重要特征便是"新奇"。20世纪10年代至20世纪20年代,有许多批评家认为,艾略特的诗作"忘记了诗歌的第一本质在于美"[②],认为"艾略特先生的新(newness)和奇(strangeness)自然使他该被咒骂"[③]。虽然采取的是否定态度,但这样的批评不可谓不精准。无论是表现自我虚弱时的"我在被公式化时,狼狈地趴伏在一只别针上,/我被别针别住,在墙上挣扎"(《J. 阿尔弗瑞德·普鲁弗洛克的情歌》),还是描写记忆的空白时的"海滩上一根扭曲的树枝/已冲得光而且滑/好像世界暴露了它骷髅的秘密/僵直而白"(《狂想曲》),抑或是讲述现实凋敝时的"四月是最残忍的一个月,荒地上/长着丁香,把回忆和欲望/参合在一起"(《荒原》),都超越了人们的常规思维。人变成虫,世界化作骷髅,原本百花开放的春天却显得残忍,无不令人感到意外与震撼。但这些描写,是对诗人剧烈而复杂的心理感受的艺术转换,不能因其反常、突兀而否定其存在的必然。恰如艾略特所说,诗歌就是要"促进感受力的革命","打破平常的

[①] 艾略特:《诗的音乐性》,《艾略特诗学文集》,王恩衷编译,国际文化出版公司,1989,第179页。

[②] Arthur Waugh, "The New Poetry", *T. S. Eliot: The Critical Heritage*, Vol. 1, ed., Michael Grant, London: Routledge & Kegan Paul, 1982, p. 67.

[③] Unsigned review, "Is this Poetry", *T. S. Eliot: The Critical Heritage*, Vol. 1, ed., Michael Grant, London: Routledge & Kegan Paul, 1982, p. 99.

感知模式"。①

三、内部结构与戏剧空间的强调

除了"客观对应物"能够起到的非个人化效果,艾略特也十分注重作品内部的组合、结构关系所起到的作用。快速的转换与拼贴,是其早期诗作最为青睐的一种结构方式。在《荒原》第五部分《雷霆的话》中,坟墓上回绕的歌声、空荡多风的教堂、摆动不停的大门、枯骨、屋脊上的公鸡、闪电、湿风、雨等一连串客观意象在一段之中前后相继,在对世界死亡枯寂景象的描绘中又埋下希望重生的种子;而在《四个四重奏》的首篇《烧毁了的诺顿》中,记忆中的脚步、眼前的玫瑰花瓣、干枯的水池、阳光中的流水、静静的荷花等意象则共同造就了过去与现在、毁灭与救赎、此岸与彼岸交织于一体的迷宫。这些画面之间的连接,有的有逻辑关联,有的则来得突兀,有些意义明显,有些则隐晦难测。但它们之间奇特的拼合,与文学传统的应用、客观对应物的建构一道,构成了艾略特笔下富有审美难度的艺术世界。而这一诗学效果的形成,来自艾略特对玄学派诗人的借鉴。在《玄学派诗人》(1921)中,艾略特就指出邓恩、克利夫兰等 17 世纪英国玄学派诗人的作品具有"思想快速联想的发展"的特点,能够"将各种意象和多重联想通过撞击重叠而浑成一体"②。

当然,意象、客观对应物之间的组合连接关系,在艾略特看

---

① T. S. Eliot, *The Use of Poetry and the Use of Criticism*, Cambridge: Harvard University Press, 1961, p. 149.
② 艾略特:《玄学派诗人》,《艾略特诗学文集》,王恩衷编译,国际文化出版公司,1989,第 26 页。

来可以是多元的，不一定要像玄学派诗人的作品那样始终保持转换的速度与紧张的撞击力。张弛相间，同样是理想的选择，只要能够使所表现的情感与思想足够持续与宽广，它就是合理的。"在长诗中，一些部分可能会被故意设计得比其他部分缺少'诗性'。这些段落，假如单独选出来可能会黯然无光，但相对照而言，可能会引出其他部分的重要意义，并将它们连接成一个比任何部分都更具意义的整体。艺术激情尽可能广泛的变化可以使长诗增色。"①

另一个艾略特所极力主张的结构方式，是"声音"的戏剧化、多元化。这一诗学观点在其早期的《"修辞"与诗剧》一文中就已提出。在这篇文章中艾略特反对直抒胸臆的"对话风格"（conversational style）②，反对作家作"直接的演说"（direct speech），他认为只有二流、三流的作家才会这么来写作。艾略特相信，只要一个作家有着"多样化的思想与感觉"③，并且需要处理多样化的主题，那么作品就不应该由一种声音占据，走向戏剧化的多元对话是必然之途。这不仅仅是说，一个作品当中应该有代表不同意见的声音，更意味着，一个主人公身上也应该有不同的"声音"和"身份"。

艾略特提到，莎士比亚的《奥赛罗》《科里奥兰纳斯》以及《安东尼与克莉奥佩特拉》都已经达到了在个人身上实现多元声音的水平。但艾略特对于这些作品的论述有些简单，他只提到了三个作品中主人公的几句台词，至于这些台词为何表现了主人公的多元立场，

---

① 陆建德主编《从爱伦·坡到瓦莱里》，《批评批评家》，李赋宁、杨自伍等译，上海译文出版社，2012，第33页。
②③ T. S. Eliot, "'Rhetoric' and Poetic Drama", *The Sacred Wood and Major Eearly Essays*, Mineola: Dover Publications, 1998, p.124.

文章并无具体解释。但仔细查阅被提及的相关莎剧，我们也不难理解艾略特的意思，比如《安东尼与克莉奥佩特拉》中爱诺巴勃斯对茂西那斯的那段对话。爱诺巴勃斯与茂西那斯分别是安东尼与屋大维手下的大将，值双方和谈之际，二人有一段对白，其中，茂西那斯带着罗马人的优越感以及对埃及的鄙视，向爱诺巴勃斯询问埃及的情况：

> 茂西那斯：听说十二个人吃一顿早餐，烤了八口整个的野猪，有这回事吗？
> 爱诺巴勃斯：这不过是大鹰旁边的一只苍蝇而已；我们还有更惊人的豪宴，那说来才叫人咋舌呢。①

紧接着，爱诺巴勃斯向茂西那斯介绍，埃及女王克莉奥佩特拉"比图画上巧夺天工的维纳斯女神还要娇艳万倍"，她的画舫散发出的香气"弥漫在附近的两岸"，更令人吃惊的是"年龄不能使她衰老"，"最为丑恶的事物一到了她的身上，也会变成美好"②。这些描述，作为读者，我们一听便会感觉到其中的虚假，由于过度夸张，我们不会认为爱诺巴勃斯所言为真。正如勒加特（Alexander Leggatt）所指出的，"爱诺巴勃斯的措辞明确了一点，即这一切不过是人类虚构出来的东西"③。爱诺巴勃斯似乎就是要让茂西那斯听到其中的虚假，并分外加强这种虚假，这其实是爱诺巴勃斯对罗马将军的一种

---

① 莎士比亚：《莎士比亚全集》（第九卷），朱生豪译，人民文学出版社，2014，第 258 页。
② 同上书，第 259 页。
③ Alexander Leggatt, *Shakespeare's Political Drama: The History Plays and the Roman Plays*, London and New York: Routledge, 1989, p. 164.

"挑战与蔑视"①。爱诺巴勃斯在此处对埃及的讲述，既保持了礼貌，不对茂西那斯的文化想象作出直接的批驳，以夸张的方式满足了罗马将军们的想象，但又明确提醒他们，这些都是虚构，极为有力地讽刺了对方；当然，这其中也包含着爱诺巴勃斯对克莉奥佩特拉奢侈生活的不满。这一由多种"声音"构成的戏剧化表达使爱诺巴勃斯占据了谈话的上风，茂西那斯和同伴阿格立巴听其叙述时，先是啧啧称奇，最后感受到其强大的机锋，只能匆匆告退。这一段台词，实际上表现了对模式化的埃及想象的批判，向我们显示了莎士比亚对当时欧洲人异域想象的一种反思。尽管这未必是艾略特所探讨的话题，但爱诺巴勃斯谈话中所显示的"声音"的"精巧"（subtle）与"发散"（dispersed）②，应该是艾略特已经明确感受到并加以主张的。

对多元声音的强调在艾略特自己的诗歌与戏剧作品中也广泛可见。丹尼斯·布朗（Dennis Brown）在《现代主义者的自我》一书中曾指出，"如果说现代哲学的主线现在必须从布拉德雷对'术语与关系'的拒绝开始算起，经过维特根斯坦不成功的'逻辑空间中的事实'模式，和他关于语言游戏理论的《哲学研究》，以至德里达及逻各斯中心主义的解构，'普鲁弗洛克'比艾略特的论文更能代表一种实质性的贡献"③。在《J. 阿尔弗瑞德·普鲁弗洛克的情歌》当中，叙事者既是普鲁弗洛克，注视着"在屋里妇女们来来去去/谈论着米开朗琪罗"，又是观察者普鲁弗洛克，看着自己"狼狈地趴伏在

---

① Alexander Leggatt, *Shakespeare's Political Drama: The History Plays and the Roman Plays*, London and New York: Routledge, 1989, p. 164.
② T. S. Eliot, " 'Rhetoric' and Poetic Drama", *The Sacred Wood and Major Eearly Essays*, Mineola: Dover Publications, 1998, p. 127.
③ Dennis Brown, *The Modernist Self in Twentieth-Century English Literature: A Study in Self-Fragmentation*, New York: St. Martins Press, 1989, p. 36.

一只别针上"，或者如"一对褴褛的钳子/慌张地爬过沉寂的海洋那样的地板"。作品在"反思他人"与"反思自我"之间来回游走。《荒原》中，双性人帖瑞西士则超越了作者男性的视角，以双重视角和预知能力更具说服力地揭示出现实的堕落。《多风之夜狂想曲》则将作者单一的视角，转换为竖立在街道上的一座座街灯，同样以多重视角的并列更全面地凝视现实。而《圣灰星期三》则生动地描绘出诗人心中两种视角的矛盾与交锋：向上的超越之心激烈地碰撞着回归现实之意，那唯一的、至上的"道的声音"与现实世界紫杉树中吹来的风声同时出现，两种倾向交织在诗作之中，形成令人玩味的拉锯。

当然，最为浓墨重彩地体现艾略特对多元声音追求的，是其写于1935年的《大教堂里的谋杀案》。这部作品正如同巴赫金所说的"复调"那样，"不同声音在这里仍保持各自的独立，作为独立的声音结合在一个统一体中……把众多的意志结合起来"[①]。也正因为此，我们不能把这部《大教堂里的谋杀案》简单地视为一种"中世纪的奇迹或神秘，一种宗教精神的展示"[②]。与其说剧作展现了大主教贝克特虔诚的基督教信仰，不如说它揭示了神性与权欲在贝克特内心的争锋与对话。在此基础上，剧作还大力推出骑士的视角，与贝克特展开辩驳，并容许观众从各自不同的角度来审视作品。这就在贝克特分裂的自我之间，贝克特与骑士之间，观众与作品、观众与观众之间建构了多重复调对话。

第一重复调对话存在于大主教贝克特的内心世界中，表现了贝

---

① 巴赫金：《诗学与访谈》，白春仁、顾亚玲等译，河北教育出版社，1998，第27页。
② James Laughlin, "Mr. Eliot on Holy Ground", *T. S. Eliot: The Critical Heritage*, Vol. 1, ed., Michael Grant, London: Routledge & Kegan Paul, 1982, p. 318.

克特内心中"神性自我"与"权欲自我"之间的争锋。

故事发生在12世纪的英国。剧作开始时,贝克特因为坚持宗教至高权威而与英国国王分裂,已在法国流亡了七年。现在他突然回到英国,虽只身一人,但仍引起了各方势力的震动,每一方都想拉拢贝克特以壮大自己的力量。于是,国王与割据各地的男爵们先后派遣了三个"诱惑者"来规劝贝克特,但都被拒绝,贝克特坚持国家最高权力仅属于教会。最后,国王派遣来四个骑士,再度劝说无果后将贝克特刺死在教堂。

表面看上去,这是一出完完全全的宗教悲剧。主人公恪守自己的信仰,将最高的荣耀与权威赋予神和信仰,为此不惜付出生命,轰轰烈烈走上死亡之路。在回到大教堂的那一刻,贝克特就已经作好了为宗教威权献身的准备,他对神甫们说道:"饥饿的老鹰暂时/只会盘旋尖啸,渐渐向我们逼近/只等待着借口、伪装与机会。/结局将是上帝命定的,简单而突然。/……所有的一切都在为此准备着。拭目以待。"① 显然贝克特已经预料到他的归来一定会遭致杀身之祸,但即便如此,他仍毫不畏惧地站在上帝一边坦然面对命运。看得出,贝克特的内心有着强烈的向圣冲动,他对上帝的皈依是虔诚忘我的。我们将他的这一面称作他的"神性自我"。

然而这"神性自我"并不纯粹,它隐含着一个他者,一种强大的异己力量——个人权欲。在对前三个诱惑者的拒绝中,贝克特并没有从宗教角度给出任何具有说服力的理由,反而表现了对最高权力及其附属优越感的重视。第一个诱惑者代表国王,回忆了当年贝克特与国王的亲密关系,认为二者将来完全可以冰释前嫌,但贝克

---

① 对《大教堂里的谋杀案》剧作文本的引用,译自 T. S. Eliot, *The Complete Poems and Plays 1909 - 1950*, New York: Harcourt, Brace & World, 1971。

特表示不相信将来。第二个诱惑者还是代表国王,他指出,替国王效力同样可以为百姓做很多正义的事情,但贝克特站在信仰角度作出的回应却是与他的权力意识紧密相连的:"不!我,拥有着天堂与地狱的门匙,/在英格兰至高独尊,/带着教皇赋予的权力,定夺一切,/怎能降格去考虑那种微不足道的权力?/我的工作,是代理人类应对地狱的诅咒、/谴责国王,而不是在他仆人堆中效劳。"第三个诱惑者代表割据各地的男爵,希望贝克特能与男爵们结盟共同反对国王;贝克特回答说既然自己不与国王携手,那就只会皈依上帝,因为他无法放弃高高在上的权力优越感,降尊屈膝与曾经的属下合作:"落在一群饥饿之兽手中,和落在一头饥饿之兽手中,/同样悲惨。/未来的某一天会证明这一点。/我曾经担任大法官,你等之流乐意徘徊在我的门外……我曾经如同巨鹰高高地统治着鸽群,/难道现在我却要变作狼形混迹狼群之中吗?"

无疑,贝克特的"神性自我"夹杂着他对最高权力的深深满足以及对保有这份权力的强烈欲望。只不过,"神性自我"对自身中的异质力量尚无察觉,但欲望的升腾终究难以阻挡,经过前三个诱惑者的层层铺垫,贝克特心中的权力欲望终于幻化成形,直接以自我的他者——"权欲自我"的形式出场了,即第四诱惑者。

"权欲自我"(第四诱惑者)在对"神性自我"的附和中逐步令后者方寸大乱。第四诱惑者不代表国王和男爵,而一再强调他代表着贝克特的内心世界。的确如此,第四诱惑者与贝克特立场一致——为宗教在国家中的至上权威而牺牲,但二人讨论的"牺牲"都不是纯粹为了信仰,而带有强烈的"权力"欲求。第四诱惑者说,世俗权力只会不断消亡,历史的洪流会将个人的一切辉煌清洗殆尽,因此现实的荣耀与权力都不值得留恋。这段言论立刻吸引了贝克特的注意,使他的权力欲望开始直露,贝克特不禁问道:"那还有什么可做的呢?还有什么其他可以做的?/难道没有一种永恒的王位可被赢取?"第四诱惑者便向贝克特描绘出了杀身成仁后权力永存的图景:"是的,托马斯,是的。你也想到了这一点。/有什么能和那永远与上帝同在的/圣人的荣耀相媲美?/相比于天堂的华贵的丰富/那国王的、帝王的世俗荣耀,世俗的骄傲/难道不是贫瘠?/寻找成为烈士之路吧,让自己/在世俗中最低,在天堂高居。/向下远远看去,海流纹丝不动,/那些迫害你的人,永遭痛苦/热情干枯,无以补偿。"这幅图景让贝克特大惊失色,因为它的确就是他内心所想,传递出的是至高无上的权力感与优越感,寄托了贝克特太多的权力欲、虚荣心与骄傲心,以至于贝克特感觉自己所有的内心秘密都被打开了:

> 托马斯:不!
> 　　　你究竟是谁,用我内心的欲望来诱惑我?
> 　　　其他诱惑者,代表着世俗,
> 　　　以具体可感的快乐与权力来施展诱惑。
> 　　　你又提供什么?你想要什么?
> 诱惑者:我提供的是你自己所愿想的。我要
> 　　　你付出你所有的。这对于达到那永恒光荣的境界
> 　　　不算过分吧?
> 托马斯:其他人允诺给我实在的好处,虽然毫无意义
> 　　　但却真实。而你给我的却是
> 　　　通向地狱的幻梦。
> 诱惑者:它正是你日夜所想的。

托马斯：在我病弱的灵魂中，可有一条路/不通向被诅咒的骄傲？/我熟知这些诱惑/意味着当下的虚荣和将来的折磨。/是否只能通过更多的罪恶，来驱逐罪恶的骄傲？/我是否可以既不行动也不遭难，又均不致毁灭？

贝克特先是在惊讶中拒绝第四诱惑者提供的这幅永恒的权力图景，并斥责第四诱惑者提供的是"通向地狱的幻梦"，但在后者的步步紧逼下，贝克特终于不再否认这"通向地狱的幻梦"其实正是自己心中所想，表现的是自己对"当下的虚荣"的追求以及"罪恶的骄傲"。

无可否认，第四诱惑者正是贝克特权力欲望的外化，这一欲望是如此强大以至于它自行构成了贝克特的另一个自我，即"权欲自我"。它的出场，促使"神性自我"发现了自己的另一面。剧作在此展现的，正是一场自我与自我的对话，这恰如巴赫金称赞陀思妥耶夫斯基"把一切都平列而同时地理解和表现，似乎只在空间中而不在时间里描绘，其结果，甚至一个人的内心矛盾和内心发展阶段，他也在空间里加以戏剧化了，让作品主人公同自己的替身人，同鬼魂，同自己的 alter ego（另一个我），同自己的漫画相交谈"①。

当然，贝克特的"神性自我"与"权欲自我"在初步遭遇之后，二者的争锋便从秘密纠结状态转为公开。这正如巴赫金对"复调"的界定那样，对峙双方的异质与矛盾，并没有以一种辩证的方式和解，而是愈发激烈地争锋着。"神性自我"开始自省，要消灭那不可遏制的"权欲自我"。在第一幕最后的描写中，贝克特强烈批判第四

---

① 巴赫金：《诗学与访谈》，白春仁、顾亚玲等译，河北教育出版社，1998，第38页。

诱惑者说:"最后一种诱惑是最大的阴谋:/以错谬之理,行真善之举。/自然的活力中隐藏着细微的罪恶/这就是我们的生命展开的方式。"纯真与丑恶、崇高与虚伪相伴相随,并列左右,这就是贝克特对自己内心世界甚至人类世界的总结与反省。他更想剔除自己的权欲,保持真善之举的纯粹性。在第一幕与第二幕之间的自我忏悔中,他就表示不再以至高无上的权力、高高在上的优越感为目标,不再为自己个人去欲求任何东西,而要将全身心都献给上帝。

但贝克特的虔诚信仰未能扑灭其心中的个人私欲,"神性自我"没有成功压制住"权欲自我"。贝克特与国王骑士的对话说明了这一点。在第二幕,骑士质问贝克特为何在法国国王和罗马教皇面前攻击英国国王,为何不给英国王子以合法地位。贝克特没有从正面作出任何实质性回答,他没能站在纯粹信仰的角度来维护教会的权威,更没有为自己掺杂的权力欲望而道歉,而是莫名其妙地将所有责任都推到小神甫们和教皇的身上,说一切与自己无关,所有问题的决定权都在罗马教皇。这显然是贝克特对自己责任的一种推诿,是对实质问题的回避。这恰恰表明,"权欲自我"仍然在为自己作出种种遮掩与辩白,"神性自我"没能清除掉这自我的他者,进而以一种纯粹的面目出场。所以,尽管贝克特最后大义凛然地走向死亡,但他的被杀不能被简单地赋予同情,那仅仅是某种值得怜悯的表象。贝克特的内心状态、行动选择的合法性都以问题的形式留存了下来,也正因为此,骑士视角、观众视角的多元加入才成为可能。

艾略特在第二幕中特意安排四个国王骑士轮流发言,揭示贝克特行为中的疑点,从而让骑士们的视角与叙述取得足够的力量,来制衡贝克特的弱势形象——某种极具欺骗性的形象。骑士们的轮流发言虽然是在贝克特死后,但他们向观众演说,就是要向观众指出贝克特的虚伪与可疑,争取观众的理解与支持。所以,从形式上讲这是四个骑士的独白,但从实质上这正是骑士与打着宗教虔诚招牌的贝克特的辩论,是双方不同立场、异质声音之间的一场对话。准确地说,这是一场骑士"同缺席者的对话"[1],它展现出的正是巴赫金所说的"众多意识的对峙"[2]。

厄斯是四位骑士的首领,他首先面对观众发言。他表示,自己尊重英国观众的"公平"精神,理解观众可能会因贝克特的弱势地位而对其表示同情。但他随即话锋一转,说既然观众具有英国绅士的公平精神,他们就不应该只听贝克特的一面之辞,而须倾听"事件双方的意见"。正因为此,他表示下面骑士的发言就是要为理解这个"极度复杂的问题"提供"各种不同的视角"。第二个骑士接着发言,他说出了骑士们心中的矛盾。这位骑士坦言,他们在刺杀贝克特的过程中并不像表面上那么无所顾虑,而只是"意识到这是我们的职责,同时我们必须自己去完成"。他们对贝克特主教同样"怀有巨大的崇敬",对最终的刺杀"深深抱歉"。

第三个骑士则请求观众拿出理性而不仅仅是同情。他尖锐地指出贝克特担任大主教前后的立场转变,指出其言而无信且加深了国家的分裂。原来,当时的英国社会权力分散,国王、教会和各地贵族三股势力之间的明争暗斗让国家不得安宁。针对这样的现实,国王意图收拢权力、整顿秩序,而时任国家大法官的贝克特对国王的这一计划是"全心全意支持"。正由于贝克特的忠诚,国王决定支持贝克特出任大主教,以期统一世俗权力与宗教权力。可是,在成功获得大主教职务之后,贝克特却突然辞去了大法官的职务,"开始采

---

[1] 巴赫金:《诗学与访谈》,白春仁、顾亚玲等译,河北教育出版社,1998,第115页。
[2] 同上书,第34页。

取一种苦行者的生活方式，公开弃绝了他曾经支持的每一项政策"。他不再支持国王的整顿计划，变本加厉地抬高教会的权威，甚至不给王子以宗教上的承认。第三个骑士的这番言说击中了贝克特的要害，贝克特担任大主教前后的立场突变颇可疑。结合第一幕贝克特的表现，我们可以推论，"权欲自我"的过分膨胀正是贝克特的前后立场突变中无法掩饰的重要因素。

第四个骑士强化了第三个骑士的意见，认为贝克特担任大主教后突然背叛了国王，面对国家的分裂无动于衷，变成了"一个自我中心主义怪物"。他敏锐地点出，当骑士们就此事向贝克特追问时，后者却顾左右而言他，不作回答；而且，在他们进入教堂前贝克特本可以轻易逃走，但他却执意要面对。贝克特这些表现，没有给心存疑虑的骑士们留下任何缓和的余地，这说明贝克特已经预先为自己决定了死的方式——以死成为宗教烈士，拒绝再做任何正面积极的沟通。所以，为其死亡负责的不应是别人，而应是贝克特本人。

四位骑士慷慨陈词，有理有据，开诚布公。显然，他们并非是毫无信仰的武夫，他们对国王的忠诚、对大主教的尊敬、对职责的遵守、对事件的反思并行于心。他们的言说也将贝克特内心的可疑之处揭示了出来，后者并非纯洁无瑕，他的宗教信仰与他的背信弃义、拒绝交流、自我中心、成为烈士的自我设计交错一体。骑士们的言说有力地呼应了剧作第一幕对贝克特"权欲自我"的刻画，佐证着贝克特心中潜隐着的权力欲望。于是，这一大教堂里的谋杀案更显扑朔迷离：善恶是非难以简单判定，谋杀与自杀界限并不分明，高尚与卑劣混杂一体，内心想法与外部行动时而吻合时而脱节。

不难看出，骑士视角与贝克特的弱势形象都具有赢取人们信任的理由和力量——虽然没有公开忏悔自己的权力欲望，但贝克特个人的自我反省，加上临终前对上帝的坚定归从，都会赢得很多价值与道德判断上的同情；而骑士们冷静理性的分析、真诚的自剖，同样能够取得人们的信任与支持。因此尽管双方没有同台争辩，艾略特却相信对话双方，两种声音一定难分伯仲、相持不下，他安排骑士首领厄斯命令各位骑士"安静地各自回家。务必小心不要在街角结队逗留，也不要轻举妄动以免引起公众骚动"，这表明艾略特相信，贝克特的弱势、虔诚姿态与骑士们尖锐的质疑已经成为两股不相上下的话语力量，甚至可能引起不同意见之间危险的冲突。

骑士发言后，剧作迅速结束，但应注意，艾略特选择了一个开放式的结局，他最后将这场谋杀案交予观众和读者去评说。第二幕中四个骑士的谈话完全是面向观众和读者的，是要为观众和读者提供多种"视角"，给他们带来意义的多重可能性。骑士厄斯在剧末提醒诸位骑士不要聚众讨论，以免引起不同意见之间的矛盾与冲突，这与其说是一种劝诫，不如说是一种促动，促动观众们在戏后展开自由的阐释与交流。看得出，艾略特丝毫不想垄断作品的意义，他的目标正在于邀请观众与读者加入作品，品评作品的一切甚至作者。[①]

艾略特所主张的并由《大教堂里的谋杀案》鲜明体现出的这种复调诗学、多元声音的展现，对于拓宽人们对事件的理解、提升作品的启发性具有重要意义。至 20 世纪 40 年代，艾略特的批评文章与创作实践在复调性的追求上则有了明显的调整，他在强调声音多元的同时，更加注重多元之间的和解与融合，声音之间的冲突与并

---

① 巴赫金"复调"，因为具有不同声音对话的敞开性，理应包括作者、作品、观众三个维度。张杰先生在《巴赫金对话理论中的非对话性》(《外国语》2004 年第 2 期) 中对此作了有力的阐述。

列不再是重点。我们将在第二章第三节再予以详述。

第三节 理想的文学品质：统一的感受力

艾略特构筑的"非个人化"诗学，力图使文学作品不再扮演作者传声筒的角色，克服作家个人的局限，进而体现出其自身的特性。这一诗学立场，鲜明地响应着他自觉的文学自律意识，但艾略特还有一个平衡着"非个人化"诗学的主张，即"统一的感受力"说。

从内在逻辑上说，"统一的感受力"说也是对"非个人化"诗学的一种补正。"非个人化"诗学的一个重要面向正在于抑制浪漫主义带来的感性浪潮，正如艾略特自己所说的："诗不是放纵感情，而是逃避感情。"[1] 但艾略特的诗学天平并没有完全倒向理性的控制，他还是给文学创作保留了相当多的感性因素，"客观对应物"说与复调空间的营造都肯定了主观情感及其复杂性对于创作的重要，对此上一节已有论及。而"统一的感受力"说更加肯定了感觉与感知对于文学不可替代的意义。

需要特别指出的是，研究者在讨论艾略特"统一的感受力"这一主张时，通常只涉及艾略特直接提到的情与理、感觉与思想的结合，但在笔者看来，"统一的感受力"还应包括感觉与信仰的结合。感觉感知、理性思索和宗教信仰这三者间的交融，才完整地构成了艾略特所谓的"统一的感受力"。在这样一种诗学追求中，人类的各类经验能够克服彼此间的分化与割裂，进而取得统一与完整。

---

[1] 艾略特：《传统与个人才能》，《艾略特诗学文集》，王恩衷编译，国际文化出版公司，1989，第8页。

一、感觉经验中的理性批判

早在1919年的一篇文章中，艾略特就极力推崇感性与理性之间的结合，他说："也许，人们走向成熟的最佳途径是经历这样一种经验，它同时是感觉性与知性的；毫无疑问，很多人会承认他们最亲熟的观念来到跟前时都带着一份感觉-感知的特质，而且，他们最亲熟的感觉经验就好像是'身体性思想'。"[①] 这一观点在1921年的《玄学派诗人》一文中有着更加形象的表现。在《玄学派诗人》中，艾略特赞扬17世纪的英国诗人们可以像"闻到玫瑰花香一样立刻感受到他们的思想"[②]，因为思想在诗中已经转化为"经验"（experience）和"感觉"（sensations）。他进一步指出，在17世纪以降的英国诗歌中，这种原本统一的感受力逐步走向"分化"，而存在于古今之间的这一差别，正是"智性诗人和思性诗人间的区别"[③]。

思性诗人，是直接以思想入诗的诗人。这样的诗人，包括华兹华斯、柯勒律治、雪莱以及阿诺德等，对于他们艾略特都曾作过诗学上的批判。在他看来，这些诗人直截了当地在诗中表露自己的理性思索，提出观点，以至于混淆了诗歌与社会学、哲学、心理学、伦理学等其他人文领域的界限。这一点本章第一节曾有过交代。在自己的创作中，艾略特则时刻注意跨越这一误区。

当普鲁弗洛克在庸常的现实中"被公式化"的时候，诗作的批判却从来没有流于公式化、抽象化，而总是转化为具体的感性经验。普鲁弗洛克无法作出决断挣脱开生活之流，"你有时间我也有时间，还有时间犹疑一百遍"，但形成这一困局的是更加细致的内心感觉：

[①] T. S. Eliot, "A Sceptical Patrician: A Review of *The Education of Henry Adams*", *Athenaeum* (May 1919), p.362.
[②][③] 艾略特：《玄学派诗人》，《艾略特诗学文集》，王恩衷编译，国际文化出版公司，1989，第31页。

"熟悉了那些黄昏，早晨，下午，/我曾用咖啡勺衡量过我的生活；/我从远远那房间的音乐掩盖下面/熟悉了那些微弱下去的人声逐渐消失。/因此我该怎样大胆行动？"日日夜夜的娱乐消遣、咖啡与音乐的混合、人声的喧哗，正是这些感觉经验麻痹了普鲁弗洛克的内心世界，"我已经熟悉这一切"，使其难以找到心灵的突破口。

普鲁弗洛克对中产阶级女性世界的讽刺——此处且不论其公正与否，也是由感性经验为根底的。"在屋里妇女们来来去去/谈论着米开朗琪罗"，只是外在的讽刺，它随后进一步转化到内心感觉中："我已经熟悉这些胳膊，都熟悉了——/戴镯子的，雪白的，赤裸的胳膊，/〔但是在灯光下，一层浅褐色的茸毛！〕/是衣裙上的香味/使我说走了题？"完全感官化的词汇，表现了女性肉体在普鲁弗洛克心中造成的迷惑，生动地展现了其心理堕落的程度，同时极具象征性地表现了艺术日益被世俗化、物质化的现实。布鲁克斯和华伦说，这段描写中"暗示有一种厌恶，有一种对现实和肉体的弃绝"[1]。我们要说，如果没有这些细腻的感觉经验作为支撑，诗作所传达的"厌恶"将远不及现在这样有力。

尤其值得注意的是，在艾略特早期诗歌中，嗅觉是其感觉经验描写中的重点。除了令普鲁弗洛克甘心沉沦的香水味，还有许多其他气味在其诗中扮演重要角色。比如，"冬天的黄昏安身稳下来了/带来通道里牛排的气味"（《前奏曲》），"牛排"带来的嗅觉经验将场面"定位在能够闻到气味、气味也不会跑掉的地方"[2]，以使读者

---

[1] 布鲁克斯与华伦在《理解诗歌》中对该诗的评述，见艾略特：《T. S. 艾略特诗选》，紫芹选编，查良铮译，四川文艺出版社，1988，第14页。
[2] Leonard Unger, "Actual Times and Actual Places in T. S. Eliot's Poetry", *The Placing of T. S. Eliot*, ed., Jewel Spears Brooker, Columbia: University of Missouri Press, 1991, p. 92.

能够亲身切近诗人所体会到的日常生活对人的围困。《多风之夜狂想曲》也有类似表现,"回忆来自/没有太阳的枯干的天竺葵/和缝隙里的尘土,/街上栗子的气味,/关紧的屋子里女性的气味,/走廊里的香烟/和酒吧里鸡尾酒的气味"。在由各种嗅觉经验合成的世界中,诗人引领着读者一同去体会日常生活的拥挤与喧哗,以及因为缺乏意义而最终导向的寂寥与虚无。但这只是我们所用的批评性、分析性的词语,作为诗,《多风之夜狂想曲》是这样来表达用意的,"我想到的某种无限温柔/忍受着无限痛苦的东西"。对庸常生活的理性批判是以诗人的具体感受为中介的。恰如评论家恩格尔(Leonard Unger)曾指出的,《普鲁弗洛克与其他观察》这部诗集的题名就明确提示我们,这组作品要表现的是作为观察的东西,即"留意与感知"中的世界。这组诗歌正是"对被瞬间经验到的事物的阐述"[①]。上例种种,都体现出艾略特是要把"个人的和私自的痛苦转化成为更丰富、更不平凡的东西,转化成普遍的和非个人的东西"[②],在个人的感觉经验中展开对现实的普遍性批判。与此同时,感觉、感知并没有停留在对现实的批判中,它们还延伸到艾略特对永恒、无限境界的追求中。艾略特通过主体的感觉经验来表达宗教信仰,接近那不可触摸的无限世界。

二、感觉经验与信仰的交织一体

艾略特从根本上反对任何抽象的宗教信仰,而要求将之具体化,

[①] Leonard Unger, "Actual Times and Actual Places in T. S. Eliot's Poetry", *The Placing of T. S. Eliot*, ed., Jewel Spears Brooker, Columbia: University of Missouri Press, 1991, p. 93.

[②] 艾略特:《莎士比亚和塞内加斯多葛派哲学》,《艾略特文学论文集》,李赋宁译,百花洲文艺出版社,1994,第164页。

这在他对但丁的肯定中表现得很明显。艾略特赞叹但丁可以把天堂这一至福境界以及地狱等超验境界转化为具体可感的意象形式。但丁的这种具象化能力在艾略特看来非常重要，因为"我们必须通过感觉意象的具体化才能想象到，或许才能体验到这种境界"[①]。也即，抽象的理解不能通达永恒，人必须通过自己的感觉世界去体悟永恒。

其实，感觉经验与信仰之间的结合，在艾略特的哈佛时期就有了理论上的基础。当时，艾略特接触到英国新黑格尔主义者布拉德雷的思想，并以后者为题在1914—1916年期间创作了自己的哲学博士论文《F.H.布拉德雷哲学中的知识与经验》。在这篇论文中，艾略特吸收了布拉德雷的唯心主义思想，否认事物的客观实在性。因为事物总是要通过人类的感觉经验而诉诸人，而且，感觉经验是因人而异的。这样，关于事物就很难有统一的认识和观念，认识与观念世界实际上充满了各种差异和对立。知识与真理如此，宗教也不例外。对于艾略特来说，以上帝为代表的无限永恒境界并不外在于人，信仰必然内在地包含着人对它的感受、理解和期待，且因人而异。正如坦普林（Ronald Tamplin）所归纳的，对于艾略特来说"宗教不仅是一个关于超越性真理的问题，也是一个关于人的反应的问题"[②]。没有每一个个体的直接参与，信仰终究是某种空洞的外部知识。又恰如艾略特后来在《四个四重奏》中所说的，"他们（they，泛指玫瑰园里的一切——引者注）就在那里，作为我们的客人，被我们/接待，同时又接待我们"。"被接待"与"接待"体现出的一体两面性提示我们，人不单单是"玫瑰园"的客人、来访者，

[①] 艾略特：《但丁》，《艾略特诗学文集》，王恩衷编译，国际文化出版公司，1989，第84页。
[②] Ronald Tamplin, *A Preface to T. S. Eliot*, Peking: Peking University Press, 2005, p.48.

也是它的主人；我们不但为它所吸引、牵引，也可以从自己的感觉经验出发去体会它、认识它、构建它。对此，《四个四重奏》还有很多具体而鲜活的描绘。

组诗开篇带领我们进入"玫瑰园"，而展现在我们眼前的第一个意象就是"在一盆玫瑰花的花瓣上搅得尘埃飞扬"。"玫瑰"在基督教中象征着上帝之爱与永恒，但它却和充满世俗气的、感知意味极强的"尘埃"意象并列在一起。这样的并列使得永恒之爱不再那么遥不可及，我们的日常感觉经验中也许原本就包含着通往神圣之路的方法。相似的描写在《小吉丁》中也有出现。第一部分讲到人们于"仲冬之春"前往"小吉丁"，这路上"你会发现五月里白色的山楂花又盛开，/浓郁的芬芳里带着甜味"。"浓郁的芬芳里带着甜味"的原文是"voluptuous sweetness"，但"voluptuous"不直接是"浓郁"的意思，而是带有"肉欲的""肉感的""性感的"之意。原来，在这象征永恒境界的"仲冬之春"中，花朵的绽放依然诉诸人的感觉和感知。这两例可以表明，艾略特在对无限永恒境界的探索中十分注意属于人的反应，注意表现人的感觉经验与信仰的交织。这是诗人在此岸与彼岸、形而上和形而下之间所作的整合性努力。

《东科克尔村》的最后部分更是大胆地在人与上帝的合一过程中表现主体的感觉经验："我们必须是静止的，静止地移动/进入另一种强度/为了进一步的结合，一种更深的沟通。"[1] 评论家大卫·穆迪（A. David Moody）从词性出发对这段诗行作了下述分析——"结合""沟通"是名词对最高境界的客观描述，但必须注意这两个名词前面有"进一步的""更深的"两个形容词来修饰和界定。这就

---

[1] 艾略特：《四个四重奏》，裘小龙译，漓江出版社，1985，第202页。译文略有改动。

是说，"这些名词只能指示着方向"，"正是那些形容词承载着愿望的张力"，从而"使永恒的东西显得是原创的、个人的"。① 这里，大卫·穆迪指出修饰永恒境界的两个形容词"进一步的"和"更深的"表现的是个人的声音、个人的愿望。的确如此，但更确切地讲，这两个形容词表现的是人对永恒境界的想象性认识，是诗人以现实世界的感觉范畴来描述信仰的尝试，是《四个四重奏》中个人感觉与宗教信仰之间的又一次交叉。

尽管《四个四重奏》是艾略特的扛鼎之作，但其中期的力作《圣灰星期三》在表现感觉经验与信仰的交叉上，丝毫不落下风。在大力描写感知、感觉世界之前，艾略特在这首诗的第四部分先讲到如何领略"道"："拯救时间，拯救梦境/这个道的标志听不到，说不出/直到风从紫杉中抖出一千声耳语。"② 原来，领略"道"不是通过某种唯一的、所谓真正的"道"的声音，而是通过具体可感的"一千声耳语"。或者说，"道"不应是抽象的，而应是具体的。正因为如此，到了全诗的最后一部分，"我"不但没有进入某种抽象的、不可描述的永恒境地，反而回到了自由开放的、没有定矩的人的感觉世界："在失去的紫丁香和失去的海浪声中/那颗失去的心渐硬又欢欣，微弱的精神加速背叛/因为那弯弯的金色杆子和失去的海洋味儿/加速收回/鹌鹑和飞鸥的啼唤/瞎了的眼睛/在象牙门的中间塑造空空的形式/气味使有着沙土的盐味复新。"③ "欢欣""海洋味儿""啼唤""盐味"等词汇，呼唤的正是人的各种感觉经验。在这些真

---

① A. David Moody, "Four Quartets: Music, Word, Meaning and Value", *The Cambridge Companion to T. S. Eliot*, ed., A. David Moody, Shanghai: Shanghai Foreign Language Education Press, 2000, p. 156.
② 艾略特：《四个四重奏》，裘小龙译，漓江出版社，1985，第115页。
③ 同上书，第118页。

真切切的感觉经验的复活中,朝圣之旅第一次摆脱了压抑感而表现出自由和舒畅。本诗中由大海唤起的感觉经验,应该说还带有艾略特的童年经验——艾略特曾就故乡的密西西比河说过这样一番话:"我觉得在一条大河边上度过童年的人有些东西是无法向不是在大河边上成长起来的人交流的。"[1]《圣灰星期三》中个人化的感性知觉对无限永恒的参与可见一斑。

艾略特在感觉与思想、信仰之间所作的整合有着重要的意义,它要沟通形上与形下、不可捉摸与具体可感、普遍有效与个别具体等对立的两极。这再一次说明,艾略特并不是要将现实主题、哲学、神学排斥在文学世界之外,相反,他是要将它们作适当的转化。个人的情感在艾略特那里也不仅仅是过于随意的、有局限的,它们具有被升华的、实现普遍化意义——通过哲学与信仰——的可能。这些诉求与其文学自律性的强调、"非个人化"的主张之间,无疑有着诸多相互映照与补充之处。

---

[1] 彼得·阿克罗伊德:《艾略特传》,刘长缨、张筱强译,国际文化出版公司,1989,第10页。

第二章　艾略特诗学思想的内在发展

在第一章中我们对艾略特诗学思想的逻辑起点和基本方面作了梳理与把握，看到文学自律性追求、"非个人化"主张以及"统一的感受力"说对艾略特来讲是一个相互关联的整体。"非个人化"主张响应着其文学自律性的追求，而"统一的感受力"说又平衡着"非个人化"诗学对感性因素的压制。

但艾略特对"非个人化"诗学的补正，并不仅限于"统一的感受力"说，他对"非个人化"诗学本身的反思与调整其实一直在进行。事实上，从 20 世纪 20 年代到 20 世纪 50 年代，艾略特一步一步澄清了自己对个人才能的贬抑，愈来愈强调文学创作中的个性因素。他不是放弃了传统的重要性，而是更为细致地结合更多实例来思考传统、非个人化、普遍性何以通过个性化的创作成为可能并得到拓展。他在诗学上的这一转向，也与他在政治观上的转变——从对法西斯的欲言又止的同情到明确的批判和拒绝——遥相呼应。本章第一节我们将聚焦于艾略特诗学与政治立场之间的这一奇特同步。

在作家的个性因素之外，艾略特还充分注意到千差万别的读者的个体性对文学的重要意义。这两方面的考虑，又共同构成了对"客观对应物"说的反思。作家间彼此不同的情思、读者多元的接受，都使得艾略特曾经在主观情感与客观场景之间搭建的一一对应关系无法实现。再加上之后他对文学之"语言"维度的关注,早期所设想的情感与客观对应物的结合只能走向不确定。

艾略特诗学发展的第三个方面,是其关于复调文本的考虑。艾略特从早期文集《圣林》开始便提倡文本当中的戏剧张力、多元"声音",第一章第二节对此已有论及。但至中后期,他对"声音"多元性的强调开始减弱,更注重"声音"与"身份"在张力中的和解。这一转变有其批评文字为证,并需结合其后期的三部戏剧作品来加以认识。

时间性,是现代与后现代思潮所普遍关注的话题。本章最后一节,我们也将关注艾略特带有哲理性的时间诗学。在对"瞬时性"和"当下性"的反复咏叹中,他把对文学语言、知识、历史与信仰的思考融汇为了一个整体。

第一节 个性化的逐步强调与反法西斯之辨

艾略特提出的"统一的感受力"说,为感性因素在文学中保留了应有的空间,它有效地平衡着《传统与个人才能》一文的极端与偏颇。与此同时,"传统与个人才能"这个话题本身,对于艾略特来说也是未完结的。他在自己的批评生涯中一再对之进行新的界说,试图纠正《传统与个人才能》一文的偏颇。从厚古薄今地强调"传统",到强调传统当代化以及这一过程中的个人作用,再到明确重视"个人才能"与个性声音,艾略特这一转变过程,足足持续了三十年。

一、厚古薄今、贬抑个性

在 1919 年的《传统与个人才能》一文中,艾略特首次提及"传统与个人才能"的关系问题。他以坚定的语气反复强调了传统对个人创作的重要性，而贬抑创作者的个性因素。艺术家"得随时不断地放弃当前的自己，归附更有价值的东西，一个艺术家的前进是不断地牺牲自己，不断地消灭自己的个性"[①]。个人的情感、个人的才能在文学艺术中都是应被淡化的东西，甚至，"要做到消灭个性这一点，艺术才可以说达到科学的地步了"[②]。得到无条件肯定的，是作家必须依附于其中潜心学习的"传统"。

但是，在如此开门见山地表明了厚古薄今的文学传统观之后，艾略特为日后的自我反思留下了种子，那就是他对文学传统当代化的肯定。这一点也被美国学者拉贝特视为艾略特诗学的"奠基石"[③]。艾略特提醒说，传统不是某种僵化、固定的东西，因此也根本不是后人可以直接继承下来的东西，而是必须在时代的实际情况下得到某种重构而复活的东西。也就是说，诗人"不但要理解过去的过去性，而且还要理解过去的现存性"[④]。"过去的现存性"，就是要用当代的文学创作更新文学传统的内涵，或以新的形式使文学传统焕发新的活力。他甚至一度将艺术作品与当代（而非传统）的关系提到相当的高度："如果只是适应过去的种种标准，那么，对一部新作品来说，实际上根本不会去适应这些标准；它也不会是新的，因此就算不得是一件艺术作品。"[⑤]

[①][②] 艾略特:《传统与个人才能》,《艾略特诗学文集》，王恩衷编译，国际文化出版公司，1989，第4页。

[③] Jean-Michel Rabate, "Tradition and T. S. Eliot", *The Cambridge Companion to T. S. Eliot*, ed., A. David Moody, Shanghai: Shanghai Foreign Language Education Press, 2000, p. 210.

[④] 艾略特:《传统与个人才能》,《艾略特诗学文集》，王恩衷编译，国际文化出版公司，1989，第2页。

[⑤] 同上书，第3页。

对文学传统当代化的强调，是与创作者的个人才能紧密相关的。正是由于创作者在当代条件中的独特创作，传统才能真正被响应、激活，得到更新。理想的创作是，"产生一件新艺术作品，成为一个事件，以前的全部艺术作品就同时遭逢了一个新事件。……每件艺术作品对于整体的关系、比例和价值就重新调整了；这就是新与旧的适应"[①]。可惜的是，这种对个人才能、个性声音的强调在《传统与个人才能》中并不占据主导，但这一方向的思考在艾略特的诗学思考中却一直持续了下去。

二、传统延续的不可控

《传统与个人才能》对"传统"的推崇，在1927年的《伊丽莎白时代的塞内加翻译》一文中得到了初步的纠正，尽管未必是有意识的。这篇文章对古罗马剧作家塞内加在英国伊丽莎白时代的巨大影响作了梳理，而艾略特看到的却是影响发生的不可控性甚或偶然性。

文章把影响塞内加的古希腊斯多葛主义作为研讨的起点，可是什么是斯多葛主义的影响呢？事实上并不存在一个统一的斯多葛传统及其散发出的影响，因为民族性与社会运转的不同，斯多葛主义在古希腊与古罗马就意味着不一样的东西。"罗马人要比希腊人单纯得多。在最好的情况下，罗马人受的教育是对国家的忠诚，他们的美德是公众的美德。希腊人固然也有相当强的国家意识，但他们还有一种强烈的传统道德观念，这种观念似乎在他们和天神之间建立起一种直接的联系，不需要国家作为中介。此外，希腊人还具有对

---

① 艾略特：《传统与个人才能》，《艾略特诗学文集》，王恩衷编译，国际文化出版公司，1989，第2页。

事物抱怀疑态度的和违反公认标准的精神。因此罗马人具有更高的效率，希腊人具有更大的兴趣。因此希腊斯多葛主义不同于罗马斯多葛主义。"① 艾略特并没有再进一步具体界说希腊斯多葛主义与罗马斯多葛主义的不同，但他认为塞内加是完全罗马化的，"我们必须把塞内加的人物更多地看作罗马的子孙"②，而其剧作中的斯多葛哲学，更像是抽象而费力的说教，相较于希腊作品的相关表现要逊色很多。塞内加剧作中的哲学缺乏希腊戏剧中的那种"令人惊异的统一性：哲学上具体和抽象的统一，生活中的思想和感情、行动和思考的统一。在塞内加的剧本里，戏剧完全寓于词句中，而词句背后并不存在着更深一层的现实。他的角色似乎都用同一种声音说话，而且都在扯着嗓子喊话；他们轮流背诵台词"③，"塞内加的许多毛病看起来似乎是'颓废的'，但归根结底却纯粹是罗马人的和（狭义的）拉丁民族的特性"④。

在斯多葛主义到塞内加的传统延续中，民族与社会的特性起到了至关重要的作用，造成了显著差异，而从塞内加到英国伊丽莎白时期的戏剧，时代与个人的兴趣同样主导了传统的走向。艾略特指出，带着斯多葛主义的塞内加戏剧，在整个欧洲都产生了广泛的影响，但是意大利的塞内加戏剧与法国的塞内加戏剧又是不一样的。"法国戏剧从一开始就是有节制、有教养的。格雷维尔、丹尼尔和亚历山大所写的塞内加式的戏剧是和法国戏剧，尤其是和加尼叶，联系在一起。而意大利戏剧则是极端残忍好杀的。"⑤ 而通过《西班牙悲剧》向英国人展现塞内加影响的托马斯·基德以及乔治·皮尔，

---

①②④ 艾略特：《伊丽莎白时代的塞内加翻译》，《艾略特文学论文集》，李赋宁译，百花洲文艺出版社，1994，第97页。
③ 同上书，第94页。
⑤ 同上书，第114—115页。

则更青睐意大利化了的塞内加，在塞内加式的创作中融入了许多意大利式的血腥情节与恐怖气氛。在艾略特看来，这些噱头本不属于塞内加本人的剧作，"对基德和皮尔来说，塞内加是彻底地意大利化了"①。但因为这种暴力与血腥描写，恰好符合当时人们的阅读趣味，也就自然而然地被接受了，"有证据可以证明当时公众对于警察法庭的恐怖案件的兴趣和今日人们对此的兴趣是同样强烈的"②。就这样，这种在基德等人个人阅读兴趣的推动下，在时代风气的作用下，莎士比亚的那些带有塞内加特点的剧作也统统染上了恐怖气息，比如"在《泰特斯·安德洛尼克斯》这个剧中——丝毫没有真正是塞内加的东西。在这个剧中，人们任意地、毫不相干地犯罪，塞内加从来没有这种犯罪的任意性和不相干性的毛病。塞内加的俄狄浦斯弄瞎了自己的眼睛，这样写有传说为本，而且刺瞎眼珠这个行动的本身远不比《李尔王》中同一行动那么令人厌恶。在《泰特斯》剧中，当着观众的面，主人公割下了自己的手，观众还目睹了拉维尼亚被斩断双手和被割舌的表演"③。

民族的、社会的、个人的、时代的等多种因素，均掺杂在传统的形成与延续中。艾略特直言不讳地表示，这其中有着"文学'影响'的偶然性"④。如果我们不得不接受传统演变的复杂性，那么《传统与个人才能》中对传统的过分倚重就不得不被反思了，因为提到传统我们首先就要回答诸如此类的问题：谁的传统？在哪里延续？在哪个时代产生影响？当然，可以说艾略特对斯多葛与塞内加影响的分析正体现了《传统与个人才能》所提及的"过去的现存性"，但

---

① 艾略特：《伊丽莎白时代的塞内加翻译》，《艾略特文学论文集》，李赋宁译，百花洲文艺出版社，1994，第115页。
② 同上书，第112页。
③④ 同上书，第114页。

此处艾略特以实例分析强调的是这种"现存性"的复杂,他更自觉地认识到传统的延续绝不是无条件的。

三、传统当代化与"具体的人"

1933年,艾略特在弗吉尼亚大学作了名为"陌生的众神之后"的演讲。在演讲的开始,他有的放矢地说:"很多年前,我写了题为'传统与个人才能'的文章。在那之后的十五年当中,我发现或者说注意到,其中有某些不能令人满意的表述和不只一个的非常可疑的推论。"① 回看《传统与个人才能》当中有些偏激的观点,我们不难想象,艾略特是要继续调整自己的诗学天平。果然,虽然这次演讲依旧肯定传统,但厚古薄今式的传统观明确地让位于对传统当代化的严肃强调,而个人才能和个性化创作也因为有助于传统当代化而得到更为充分的尊重。

为了消除当年造成的误解,艾略特毫不吝惜地用整个演讲的前三分之一来说明传统当代化的必要性。"传统不仅仅是,或基本上不是某些教条式信念的守持;这些信念在传统的形成过程中取得它们鲜活的形式。"② 他把传统与教条区分开来,将之视作一个"过程",须时时保持"鲜活"的过程,这无疑回响着《传统与个人才能》曾经发出的关于传统当代化的微弱声音。显然,艾略特意识到当初被一带而过的东西有着不可忽略的重要性。他接着强调说,绝不能以僵化的传统为守持的目标,正如"收集落叶并把它们贴上树梢的热情与努力,是一种精力的浪费:优良的树木会生长出新的枝叶,而

---

① T. S. Eliot, *After Strange Gods*, London: Faber and Faber, 1933, p. 15.
② Ibid, p. 18.

干枯的树木应该被交予利斧"①。试图回到"一个旧的传统",或是"恢复一个传统",抑或是认为传统"对立于所有变化",都是错误的传统观。②

更重要的,艾略特提到的传统当代化,已不仅仅是一种方法、策略,更是一种改变了的对于前人、对于文学史的尊崇态度。他直言不讳地说,任何传统中都"混杂着好的与坏的",并且每个时代人们的判断各不相同,"一个时代中某一健康的信念,除非它是一种基础性的东西,可能在另一个时代就成为一种邪恶的偏见"③。这一灵活开放的态度,是《传统与个人才能》中完全不见的。于是,这篇演讲接下来大张旗鼓地对"个人"表示出肯定也就不出意外了。艾略特说:"我们可以做的是运用我们的头脑搞清楚,对于我们来说,最好的生活不是政治宣言式的抽象,而是在具体地方的具体的人;记住,一种没有理性参与的传统是不值得守持的。"④类似的话,在《传统与个人才能》中不是找不到,但此处对个体性予以强调的力度,却是《传统与个人才能》所不能比拟的。综观《陌生的众神之后》这篇演说,艾略特所做的并不是彻底推翻1919年所有看法,但他显著地调整了"传统与个人才能"之间的诗学天平,更加强调个体对传统的意义,而不是相反。

当然,有人会反对说,此次演讲的第二、三部分完全是对个性化文学创作的否定,对此质疑我们需要作小心的辨析。的确,艾略特在后两部分批驳了个性化思潮,但其出发点是文学创作个性化已经完全脱离了宗教共识,脱离了由基督教意识带来的最起码的"善"

---

①② T. S. Eliot, *After Strange Gods*, London: Faber and Faber, 1933, p. 18.
③④ Ibid, p. 19.

"恶"意识。也即，后两部分是对个性化创作中宗教、道德问题的一次警醒，而不是就文学创作本身而言的，正如艾略特本人在这次演讲开始时所交代的，他是以"一个道德家的角色"[①] 来进行此次演说的。所以，演说的第一部分与第二、三部分并不矛盾，它们各有侧重。正如艾略特提醒我们的，在遵循宗教道德底线的前提下，他并不反对文学创作的个性化："我讲正统并不意味着，已经有一条狭窄的道路供作家们去遵循。即使在教堂严格的律令下，我们也很难指望每个神学家都能成功地于每一特殊方面都遵循正统，因为正统不是一群神学家的集合，而是教堂本身。"[②]

四、叶芝与"思想、情感的独特个性感"

在《陌生的众神之后》中，艾略特提出了具体时空中具体的人对于传统更新的重要性，而同样作于20世纪30年代的演讲"批评之用与诗歌之用"（1932）则细腻地指出了作家个体性、具体性形成的过程：

> 任何诗人的心智都以其独特的方式形成，从他的阅读中——从画报到廉价小说，的确是这样，再到严肃图书，还有极少可能是从简单化的作品中，而即便是这些作品也是某些诗人的滋养品——选择诗材，一个意象、一个短语或者一个词。这些素材可能过后就对诗人再也没有用处，但这些选择也可能一直融入在诗人的感知中。一个十岁男孩的经历，一个小男孩在岩石潭中凝望大海并第一次发现海葵的经历，这些简单的经

[①] T. S. Eliot, *After Strange Gods*, London: Faber and Faber, 1933, p. 12.
[②] Ibid, p. 32.

验（对于这一个小孩来说，它们看上去也并不简单），可能在其思维中沉睡二十年，然后改头换面在韵文中再次出现，并被赋予了想象的力量。①

阅读经验、幼年经历、听到的只言片语都会转化进日后的创作。这段表述，本是用来反对柯勒律治关于"想象"（imagination）与"幻想"（fancy）的划分——艾略特认为二者中均含有记忆的成分，并无断然的界限，但生动地提醒了我们每一个作家、每一个人都是具体与独特的。

如果按照《传统与个人才能》《伊丽莎白时代四位剧作家》等篇章的思路，即便你发现了自己的独特性，也要克制甚至放弃，进而在传统中寻找更大的依托。但对于20世纪30年代之后的艾略特，一个作家有个性而没有将之发挥出来，才是真正的失败。他正是以此标准来评价叶芝的。

艾略特说自己只对叶芝后期作品有些兴趣，理由在于："我曾在早先的一些论文中，称颂过我所谓艺术中的非个性化的东西。现在我却认为，叶芝后期作品之所以更成功的原因就是其中个性得到了更大程度的表现。"② 他并不是放弃了对非个性化、普遍性真理的追求，而是觉得如果没有个体的、具体的经验提供支持，任何普遍的真理就难以产生吸引力："我们来看一下所有的选集都收的是他的早期作品：《当你老了》；或1893年同一卷中所收的《死亡之梦》。这些都是很美的诗作，但仅仅是匠人的作品，因为诗中人们感觉不到

---

① T. S. Eliot, *The Use of Poetry and the Use of Criticism*, Cambridge: Harvard University Press, 1961, p. 70.
② 艾略特：《叶芝》，《艾略特诗学文集》，王恩衷编译，国际文化出版公司，1989，第167页。

那种为普遍真理提供材料的独特性。"① 相对而言,叶芝后期的成就在于有了"思想、情感的独特个性感"②,"他在开始作为一个独特的人说话的同时,开始为人类说话了"③。很明显,重点已不是以一般统筹特殊,而是从特殊之中见出一般。

艾略特的概述符合叶芝创作的实际。早期的叶芝多以爱尔兰本地神话传说为题材,或表达对神秘的理想境界的追求,或展露其个人的情感经验,民族主义与浪漫主义气息十足,但却难比他中期之后诗作中一般与特殊的精妙结合。比如1919年的诗集《库勒的野天鹅》就充满张力地体现了叶芝在身体性与智性之间的矛盾纠结,如《人随岁月长进》《活生生的美》等。这种对自己激情与欲望毫不掩饰的坦白,在艾略特看来"是一个了不起的胜利"④,与此同时,对肉身与精神关系的思考,则使诗作的关注更具有超越个人与地方局限的普遍性。

我们不妨以诗集《塔堡》(1928)中的名篇《丽达与天鹅》为例,来具体看看艾略特所指出的叶芝在个人性与普遍性之间的结合。这首诗作在神话的、性的与政治的不同维度之间有着奇特的跨越:

> 突然一下猛击:那巨翼仍拍动
> 在踉跄的少女头顶,黝黑蹼掌
> 摸着她大腿,硬喙衔着她背颈,
> 他把她无助的胸脯贴在他胸上。

---

①②③ 艾略特:《叶芝》,《艾略特诗学文集》,王恩衷编译,国际文化出版公司,1989,第167页。
④ 同上书,第168页。

她惊恐不定的柔指如何能推开
渐渐松弛的大腿上荣幸的羽绒?
被置于那雪白灯心草丛的弱体
怎能不感触那陌生心房的悸动?

腰股间一阵摇动就造成在那里
城墙被破坏,屋顶和碉楼烧燃,
阿伽门农惨死。

　　　　　就如此遭劫持,
如此任空中那野蛮的生灵宰制,
趁那冷漠的巨喙能把她丢下前,
她可借他的力吸取了他的知识?

1923①

表面而言,诗作讲述的是一则古希腊的神话传说。宙斯化身为美丽的白天鹅,强暴了斯巴达王廷达瑞斯的夫人丽达,这场性行为的结果之一便是海伦的诞生。对海伦的争夺,引发了著名的特洛伊战争。战争给希腊人与特洛伊人均带来巨大损失,最终以希腊人的胜利告终,但希腊联军主将阿伽门农在凯旋后被妻子谋杀。叶芝的诗作将这个传说的主要场景,都复现了出来,但就像他的许多以爱尔兰古代传说为题材的诗作一样,叶芝的这首《丽达与天鹅》也不是就传说写传说,而是包含着鲜明的政治含义,诗作末尾特意标明的"1923"直接证明了这一点。1923年的爱尔兰正处于内战的高峰期,

---

① 叶芝:《叶芝诗集》,傅浩译,上海译文出版社,2018,第449页。

英国与爱尔兰达成的建立自由邦的条约在爱尔兰内部引起了分裂，支持条约方与反对条约方陷入了战争的泥潭。这场战争，归根结底仍是由英国对爱尔兰的侵占而引起的。所以，自德克兰·基波德（Declan Kiberd）提出天鹅与英国殖民者、丽达与被侵略的爱尔兰之间的对应关系之后，[①] 神话在诗中与现实政治的暗合已经广为批评界所接纳。当然，诗作以神话来隐喻英国与爱尔兰的关系，在古今之间的对比中，加强了对侵略与殖民行为的普遍性反思，但更重要的是，这种带有普遍意味的政治反思在诗中并不抽象或概念化，因为它与诗作独特的对性经验的呈现融汇在了一起。

《丽达与天鹅》用来隐喻现实政治的性关系，并不局限于强暴与被强暴。"他把她无助的胸脯贴在他胸上"（He holds her helpless breast upon his breast）、"渐渐松弛的大腿"（loosening thighs）、"柔指"（vague fingers）[②] 都暗示着丽达的主动接受或者是双方之间非强迫性的关系。这些模棱两可的描写，"在诗中阻碍着围绕强暴的解释"，相反，它们暗示着"身份识别中的流动性"[③]。再加上诗作末尾所说的"趁那冷漠的巨喙能把她丢下前，她可借他的力吸取了他的知识"，我们应该可以明了，叶芝所看到的英国与爱尔兰的关系是极为复杂的。爱尔兰当然受到了侵略，但也已经从或者应该从英国文明中获得一些促进自身发展的东西，因此双方之间并不能被简单地界定为敌人关系或朋友关系。如果明白这一点，支持英爱条约派

[①] Declan Kiberd, *Inventing Ireland: The Literature of the Modern Nation*, Cambridge: Harvard University Press, 1995, p. 315.

[②] 诗作英文原文见 W. B. Yeats, *The Collected Poems of W. B. Yeats*, ed., Richard J. Finneran, New York: Palgrave Macmillan, 1989, p. 214。

[③] Janet Neigh, "Reading from the Drop: Poetics of Identification and Yeats's 'Leda and the Swan'", *Journal of Modern Literature* 29.4 (2007), p. 150.

与反对派，就应该能理解对方的某些立场，进而以谈判代替你死我活的战争。由此再进一步，对于叶芝而言，不单是英国与爱尔兰的关系，爱尔兰自己内战的双方其实不也如丽达与天鹅一样难分彼此吗？虽有对立，但立场互有交叉，为何要同胞相残呢？

所以，叶芝的《丽达与天鹅》以非常具体的性场景与政治体悟对古希腊神话作了改造，在保持神话自身面貌的同时又使其适应爱尔兰的现实。历史与当下，神话与现实，性与政治，在思想与感受的具体性中得到了融合。这种融合，在各个维度之间保持着绝佳的平衡，以至于有的批评者不愿对其作直接的解读，而宁愿将其保持为自身，认为其"是独立的、自我支撑的一个实体，具有十足的张力，但又讳莫如深"[1]。

叶芝在个人性与普遍性之间的结合，也常精彩地体现在他关于哲学的思索上。比如1914年诗集《责任》中的《白丁》一诗，在个人的日常经历而非抽象的概念世界里，表达了作者对真理的追寻——真理不在于事实，而在于视角和联系：

> 愤激于店铺里我们的老白丁他那
> 摸索的智力，昏暗的怨恨，我盲目地
> 跟跄在乱石和荆棘之间，在晨光下；
> 直到有一只麻鹬叫，在爽朗的风里，
> 又一只麻鹬应；于是突然间我想起：
> 在寂寞的高处，一切在上帝的眼中，
> 我们的声音之嘈杂被忘却，绝不会

---

[1] Charles I. Amstrong, *Reframing Yeats: Genre, Allusion and History*, New York: Bloomsbury, 2013, p.116.

有灵魂缺乏那水晶般美妙的叫声。①

　　通过梳理诗作的相关表现，叶芝中后期的创作的确如艾略特所言，在普遍性关怀中体现出了高度的"个性化"特点。这不仅令艾略特表达了钦佩之情，也促进艾略特明确修正了他在《传统与个人才能》中提出的"非个性化"主张。他说："有两种非个性化：其中一种只要是熟练的匠人就会具有，另一种则只有不断成熟的艺术家才能逐步取得。前者是我称之为'选集作品'的非个性化，……后者是这样一些诗人的非个性化：他们能用强烈的个人经验，表达一种普遍真理；并保持其经验的独特性，目的是使之成为一个普遍的象征。"② 个人性、独特性与传统的、普遍的，它们之间的融合再一次被强调，而此时强调的重心已明显偏向于个人性的一维。

五、密尔顿与艺术表现的个人才能

　　通过叶芝，艾略特强调了"非个人化"诗学必须包含思想与情感的个性，而在同一时期，他又通过对密尔顿的论述申明了艺术表现方式同样需要体现个性。在1945年的《密尔顿Ⅱ》一文中，艾略特赞扬密尔顿，"在写作中他总能最大限度地发挥自己的才华，最大限度地掩饰自己的弱点"③，并从语言运用和意象表现两方面给予了说明。当然，艾略特对密尔顿的肯定，其实经历了一个戏剧性的变化，究其根源，应该是艾略特受到了C. S. 刘易斯相关批评的影响。

---

① 叶芝：《叶芝诗集》，傅浩译，上海译文出版社，2018，第263页。
② 艾略特：《叶芝》，《艾略特诗学文集》，王恩衷编译，国际文化出版公司，1989，第167页。
③ 艾略特：《密尔顿Ⅱ》，《艾略特诗学文集》，王恩衷编译，国际文化出版公司，1989，第157页。

艾略特曾批评拜伦在语言运用上没有做出任何创新:"在个人的言语中,他没有给语言增添任何东西,对于声音没有任何新发现,对于意义没有任何丰富。"① 但拜伦没有做到的,密尔顿做到了。艾略特认为,密尔顿作品的语言远不同于一般文学作品的语言,而是具有明显的破坏性,"在密尔顿的作品中,日常语言总是受到最大限度而不是最小限度的变形。每一种结构上的扭曲、每一种外国习惯法、每一个按外文方式或意义而不是按英文词意用的字、每一种癖性,都是由密尔顿开先河的具体的破坏行为。没有陈词滥调,没有贬损意义上的诗的措辞,有的只是一串不间断的、不守规则的创新行为"②。密尔顿不守常规的语言使用,构成了其艺术表现的伟大:"作为诗人,我感到密尔顿是所有怪人中最伟大的一个。他的作品所显示的并不是怎样写好作品的一般原则;它唯一显示出来的写作原则是那种只有他本人才能有效遵循的原则。"③ 不过,我们必须留意,艾略特在1936年的《密尔顿Ⅰ》中曾截然相反地提出,"密尔顿写英文就像使用一种僵死的语言"④。

密尔顿艺术个性的第二个重要方面在于意象表现。也许是眼睛失明的原因,密尔顿笔下的意象描写较为宏大、不够细致,对此艾略特强烈地表达过不满。在《密尔顿Ⅰ》中他就毫不客气地说:"密尔顿看到的不是一个具体的(像华兹华斯那样)耕人、挤奶姑娘和牧童;这些诗行的效果完全是听觉上的,并且同耕人、挤奶姑娘、

---

① T. S. Eliot, "Byron", *On Poetry and Poets*, London: Faber and Faber, 1957, p. 201.
② 艾略特:《密尔顿Ⅱ》,《艾略特诗学文集》,王恩衷编译,国际文化出版公司,1989,第156页。
③ 同上书,第157页。
④ 艾略特:《密尔顿Ⅰ》,《艾略特诗学文集》,王恩衷编译,国际文化出版公司,1989,第142页。

牧童的概念连接在一起。甚至在他最成熟的作品里，密尔顿也没有像莎士比亚那样将新的生命力注入文字。"[1] 但经过了再思索，1945年的《密尔顿Ⅱ》笔锋一转，艾略特不再依据意象表现的常规方式来贬低密尔顿，反而是对后者有缺陷的视觉想象力给予了肯定，认为正是由于密尔顿粗糙的意象表现才更好地展现了《失乐园》中的天堂和地狱。因为，天堂和地狱是不可见的，它们"庞大的体积、无限的空间、不可测的深度以及光明和黑暗的意象"[2] 反而正适合有缺陷的视觉想象力。那些精致确切的意象"只能把伊甸园同化为我们所熟悉的尘世的景致。事实上，我们所得到的伊甸园印象是最合适不过的，也是密尔顿最有资格给予的印象：光的印象——日光和晨光、破晓和夕晖，一种失明者记忆中具有超自然辉煌的光。而这种辉煌是具有正常视觉的人所未曾经验过的"[3]。抛弃了莎士比亚、华兹华斯等外在评判标准，敏锐地把握到密尔顿的"缺陷"所造就的不同于他人的优点，艾略特对于创作个性的推崇也已经达到了前所未有的极限。"它在根本上，在各个具体的方面，都是一种个人的风格，它的基础并不是共同的语言、共同的散文或者直接意义上的交流。"[4] 传统或超越个人的普遍性，在此处的评论中已经明确成为要被突破而非被遵循的东西。

当然，我们已经留意到相隔十年的《密尔顿Ⅰ》与《密尔顿Ⅱ》两篇文章之间，艾略特的观点有着极大变化。在前者中出现的对密

---

[1] 艾略特：《密尔顿Ⅰ》，《艾略特诗学文集》，王恩衷编译，国际文化出版公司，1989，第142页。
[2] 艾略特：《密尔顿Ⅱ》，《艾略特诗学文集》，王恩衷编译，国际文化出版公司，1989，第158页。
[3] 同上书，第159页。
[4] 同上书，第156页。

尔顿语言运用及意象表现的批评与否定,在续作中得到了戏剧性的更正。这一变化如何得以可能?究其原因有二。首先,正如我们在本节所梳理的,艾略特在"非个人化"诗学观上一直在作补充说明、自我更正,他越来越重视传统、普遍性是否能够具体化、具身化,是否能够被个人化的东西所改写和丰富。对密尔顿的意见的转变,正符合艾略特诗学观重心转移的趋势。其次,除了艾略特自身诗学思路的调整,英国著名评论家 C. S. 刘易斯的密尔顿批评应该也促成了艾略特对密尔顿意见的反转。

C. S. 刘易斯的《〈失乐园〉引语》一书初版于 1942 年。仔细阅读对照,我们会发现艾略特在 1946 年《密尔顿Ⅱ》中令人意外的赞赏态度与刘易斯对密尔顿的评述如出一辙。关于密尔顿的语言,艾略特认为其因为引入了外国语言元素——主要是指拉丁语——而打破了陈规,引发了英语的创新。而在这个问题上刘易斯在 1942 年说得更清楚,他在对《失乐园》多处文本具体分析的基础上提出:"必须要注意,一方面密尔顿的拉丁文组合将我们的语言束缚住了,但另一方面它们又使得我们的语言更具灵活了。固化了的语词秩序,正是英语为其僵硬而付出的代价,一个毁灭性的代价。密尔顿的组合使得他在某种程度上可以从这种固化了的秩序中脱离,进而把想法投放在他自己选择的句子结构中。"[1] 刘易斯不以英语为中心,而是开放性地、反思性地看到其他语言的加入对英语具有更新作用,这一立场几乎在《密尔顿Ⅱ》中得到了完美再现。如果说这一例尚不足以说明艾略特受到了刘易斯的影响,我们不妨再看看二者对密尔顿意象表现的欣赏。

---

[1] C. S. Lewis, *A Preface to Paradise Lost*, London: Oxford University Press, 1942, p. 47.

艾略特在《密尔顿Ⅱ》中更正了他早先的看法，认为《失乐园》所涉及的宗教意象本身就是不可见的，所以密尔顿的模糊化处理反而是有道理的，更符合宗教想象的特质。这一道理，其实还是在刘易斯的著作里可以看到更仔细的解释。刘易斯说，如果有人认为《失乐园》中的天堂、地狱、上帝、恶魔、天使军、混沌界等意象不够具体、鲜明，那恰恰是幼稚的表现——这几乎可直接用来批评艾略特在《密尔顿Ⅰ》中的观点。"天真的读者认为，密尔顿会按照密尔顿自己的想象来描绘天堂；在现实中，诗人懂得（或者通过行动来表明他懂得）这是完全无用的。他自己的关于快乐伊甸园的私人意象，如同你的或者我的，只不过充满了那些不相关的具体事物，特别是充满了那些自己幼时在花园玩耍的记忆。他越是充分地描绘那些具体事物或记忆，我们则越是远离存在于我们观念中的或是他的观念中的天堂。因为，真正重要的，是那贯穿于这些具体事物中的东西，是将具体事物予以转换的光。如果你只关注这些具体事物，你会发现它们在你的手上很快就会失去生命，变得冰冷。我们越是以精细的方式来构筑这座庙宇，我们在接近完工时越会发现，上帝早就飞走了。"[①] 越是具体、精细，基督教的核心意象反而会因世俗化而失去了它们本应具备的普遍意义、象征意义。刘易斯认为，正因为密尔顿懂得这个道理，所以他做的不是细节化地刻画这些宗教意象，而是"唤起"（arouse），"事实上他必须唤起我们的（天堂观念——引者加），把它唤起而不是制作具体的画面，是让我们在自己的内心深度中找到天堂之光。所有的清晰的画面不过是这天堂之光

---

① C. S. Lewis, *A Preface to Paradise Lost*, London: Oxford University Press, 1942, pp. 48–49.

的暂时性的反映"①。

由上述艾略特与刘易斯关于密尔顿的语言、意象的观点，我们可以看出二者之间高度相似。从时间上而言，刘易斯著作中的观念似乎就包含了对艾略特《密尔顿Ⅰ》的批评，而艾略特的《密尔顿Ⅱ》则明显表现出对刘易斯观点的接受。两位批评家之间的这种关联，可作进一步的考证。无论这种精神上的互动存在与否，艾略特对密尔顿由否定到肯定的转变，是极为明显的。他突出赞扬了密尔顿在语言使用与意象表现上的独特性，这再次显示了他在"非个人化"与"个人化"之间重心的调整及转移。

从批评史的角度而言，艾略特在《密尔顿Ⅱ》中对密尔顿创作个性的揭示与肯定，是及时之举。密尔顿作品所体现出来的他在宗教观、政治观上的异乎寻常的独特性、复杂性，自20世纪后半期以来越来越成为批评界的焦点。比如燕卜逊的《密尔顿的上帝》(*Milton's God*)一书，就对《失乐园》中的撒旦、上帝、亚当、夏娃等形象的悖论性、戏剧性内涵作了揭示。燕卜逊认为，撒旦等造反派尊称上帝时所用的"万能的"(Almighty)一词虽符合传统，但又仅仅指代其战斗力的强大；撒旦虽然口口声声作恶，但其实善恶的分别对于他而言模糊不清；密尔顿虽大量使用拉丁语元素，但又暗含了对英国性的强调。对于燕卜逊而言，这些细节均显示出密尔顿在政治、宗教、文化上的复杂定位，所以我们不能用任何一种理论来对密尔顿进行套路化的解释。"我已经试着跟上他关于撒旦悲剧的整个讲述，对于我来说，这个讲述来自一个博大的思维。我想，如果一个批评家跟不上这个故事，觉得密尔顿只是想让我们在撒旦身上找些

---

① C. S. Lewis, *A Preface to Paradise Lost*, London: Oxford University Press, 1942, p. 49.

小洞洞,那么这位批评家要么就是被一个错误的理论所误导,要么就是被其本性所碍而不能意识到长颈鹿的巨大。"① 燕卜逊之后直到现在,密尔顿的在历史中难以被归类的立场使其相关研究始终保持为一门显学,对此本节不再赘述,但无疑,艾略特对密尔顿创作个性的最终确认,与相关批评的发展形成了契合。

以上我们依照艾略特自身诗学思想的脉络,梳理了他在"传统与个人才能"问题上的持续思考。艾略特的重心在传统、非个人化与个人才能、个性化之间有一个缓慢的但却明显的转移。这一转移,正如我们看到的,并不意味着艾略特抛弃了传统与非个人化追求。在 1944 年的《什么是经典作品》一文中艾略特再度申明了自己关于"传统与个人才能"的意见:"任何民族维护其文学创造力的关键,就在于能否在广义的传统——所谓在过去文学中实现了的集体个性——和目前这一代人的创新性之间保持一种无意识的平衡。"② 这一观点,1919 年的《传统与个人才能》一文曾有所表露,但经过了漫长岁月中的层层思索,艾略特此时所说的"平衡"也许才是名副其实的"平衡"。这一"平衡",对于后期的艾略特来说,是某种归附与反叛的结合,正如他 1952 年在华盛顿大学作演讲时所说的:"年轻的作家,当然,不应该有意识地委屈自己的才华而遵从假定的美国传统或其他传统。与自己同一地点、同一语言的过去的作家,特别是刚刚过去的,对年轻作家是有价值的,但仅仅是作为具体的被反叛的对象。"③

---

① William Empson, *Milton's God*, London: Chatto and Windus, 1965, p. 90.
② 艾略特:《什么是经典作品》,《艾略特诗学文集》,王恩衷编译,国际文化出版公司,1989,第 193 页。
③ T. S. Eliot, "American Literature and the American Language", *To Criticize the Critic and Other Writings*, London: Faber and Faber, 1965, p. 56.

六、从法西斯"同情者"到多元文化倡导人

艾略特的诗学实践、诗学思考与其对社会文化的关心是密不可分的,这不仅体现在《荒原》《四个四重奏》等诗作对现实的描绘中,也体现在《宗教与文学》等批评性文章中。因此,我们不难发现,前述艾略特在传统与个人才能之间所作的诗学天平的调整,其实也鲜明地映现在他对欧洲文化的评述中。类似于他在诗学领域对传统的强调,在社会文化领域艾略特一度强调的是秩序与权威,但从20世纪20年代至20世纪40年代,他对秩序与权威的认识也经历了一系列的更新与细化。在这一过程中,艾略特从"犹抱琵琶半遮面"的法西斯"同情者"转变为多元文化的倡导人。其诗学观与社会政治观之间有着清晰可见的共振。

20世纪20年代,艾略特尽管已经在诗学探讨中开始更细致、更灵活地看待传统——恰如本节第二部分所提到的《伊丽莎白时代的塞内加翻译》一文所显示的——但在现实领域,他依然浓墨重彩地强调着人们在社会生活中都应服从的东西:秩序与权威。在他看来,欧洲当时面临的最大危机正是秩序的丧失。基于此文化立场,艾略特甚至对当时兴起于欧洲的法西斯主义都曾表现出一定程度的赞同。他的这些思考的展开,是以对民主制度的批判为起点的。

在艾略特看来,民主制度已在欧洲造成了极大混乱:社会被撕裂、决策被能说会道者掌控、文化庸俗化等问题不一而足。"司空见惯的是,在英国,选民的增加导致了民主的毁坏;随着选票增加,每一张选票的价值都在缩小,而且相应地,真正的权力越来越集中在一小群政治家手中,……我此时所考虑的不是选民增加而带来的各种事件的正常发展——每个人都对此有点想当然了,我所考虑的是人们在想法(idea)上可能会受到的影响,或者直接说吧,人们

被'法西斯主义'这个词所激发出来的模糊的赞同感。"① 艾略特认为，他对民主制度的批评其实已是社会的共识，"对'民主'的蔑视现在已被各个阶层充分接受，每一种替代'民主'的方案都得到极大的关注。在这样一个时刻，知识分子与大众，反对派与共产主义者，富豪们的出版社与革命党的传单愈来愈能统一"②。而统一的方向，正如艾略特所明言，就是超越混乱、撕裂与投机：

> 秩序与权威是好的：我对它们深信不疑，我认为一个人只应信奉单一的观念（single idea）；我们这个时代对秩序与权威的吁求有其充分理由。③

法西斯主义正是这一时代吁求的产物之一，就此而言，他不对法西斯主义作彻底的否定，反而保持着一种模棱两可的姿态。他对法西斯主义的描述也大多使用中性的词汇，他甚至暗示，法西斯主义或许可以给英国的政治理论提供些启示：

> 意大利的法西斯主义在今后十年、二十年可能会产生非常有意思（very interesting）的结果。令人遗憾的是，自费边主义以来英格兰并没有出现属于自己的、当代性的政治理论，因而缺乏新的选择。政治理论的功能，不是去建构一个新的政党，而是在社会中形成普遍的渗透力，进而影响所有的党派。在这

---

① T. S. Eliot, "The Literature of Fascism", *The Complete Prose of T. S. Eliot*, Vol. 3, eds., Frances Dickey, Jennifer Formichelli and Ronald Schuchard, Baltimore: Johns Hopkins University Press, 2015, p. 541.
② Ibid, p. 545.
③ Ibid, p. 546.

一点上不论好坏，费边主义算是做到了。一个国家的好的政治思想不可能建立在其他国家政治事实的基础上，所以我认为对俄国与意大利"革命"的狂热情绪在这里没有任何理性价值。但新的政治理论是需要的，它的产生可能从国外的政治思想——而非政治实践——中学到些什么。对于我来说，作为政治理念的俄国共产主义与意大利法西斯主义，在成为政治事实的过程中都已经死去了。①

尽管含糊其词、正反兼顾，但我们还是可以看出艾略特对作为理念的法西斯主义给予了一定程度的肯定——它是对时代的回应，且有其道理，"会产生非常有意思的结果"。这种对时代的回应在英国恰恰是缺失的。法西斯主义作为实践不可取，但作为理念，它值得英国的政治理论家们关注。艾略特的这样一种含糊的立场，没有能够逃脱学界尖锐的批评眼光，有的学者直言不讳地总结："艾略特对法西斯主义的拒绝，并不是基于对其总体理念的反对，而是基于法西斯主义被应用到各个具体国家的方式。"②

除了对民主制的弊端构成了有力反对，在艾略特看来，法西斯主义与他期待的宗教社会的复苏，也有相通之处。这在他对 J. S. 巴恩斯（J. S. Barnes）《法西斯主义的普遍性面向》（*The Universal Aspects of Fascism*, 1928）一书的评语中有着曲折的体现。在书中，赞成法西斯主义的巴恩斯提出，欧洲"只能在罗马传统的基础上重

---

① T. S. Eliot, "The Literature of Fascism", *The Complete Prose of T. S. Eliot*, Vol. 3, eds., Frances Dickey, Jennifer Formichelli and Ronald Schuchard, Baltimore: Johns Hopkins University Press, 2015, p. 548.
② Cairns Craig, *Yeats, Eliot, Pound and the Politics of Poetry: Richest to the Richest*, London and New York: Routledge, 1982, p. 281.

新团结起来。这是唯一的共同的传统,通过与罗马的政治及宗教传统相对接,加强这一伟大的共同传统,我们才能有所期待"[1]。艾略特认为,巴恩斯的这段话语焉不详,没有把法西斯主义与罗马传统之间的关系讲清楚,而且"罗马传统"根本不能一概而论,法西斯主义也未必需要宗教道德的指导。所以,总体而言巴恩斯在法西斯与罗马传统之间所做的并置在逻辑上不能成立。但有意思的是,艾略特亲自出马,帮助巴恩斯自圆其说,提出了法西斯与罗马传统之间他自己能够理解的一种关联:

> 我估计他所想到的,是欧洲每一个国家都有一个法西斯式的政府,同时并且每一个国家都对罗马天主教予以总体上的接受。应该是这种事务运行的方式使他感到满意。他可能在法西斯式的组织与教会组织之间看到了一些相似之处。正如里昂女士所说,"法西斯的座右铭是秩序与等级"。[2]

服从某种最高理念,层然有序,法西斯主义就这样与古代欧洲的宗教模式得以嫁接。此处,艾略特似乎是在帮助巴恩斯理顺表达的逻辑,但这一帮助本身不正透露出艾略特的"同情"之意吗?正如我们看到的,秩序是艾略特希望在欧洲恢复的,而宗教更是社会的必需品,"很少有人能仅凭其教养就安心于无神论。当一个政治理论变

---

[1] 转引自 T. S. Eliot, "The Literature of Fascism", *The Complete Prose of T. S. Eliot*, Vol. 3, eds., Frances Dickey, Jennifer Formichelli and Ronald Schuchard, Baltimore: Johns Hopkins University Press, 2015, p. 544。

[2] T. S. Eliot, "The Literature of Fascism", *The Complete Prose of T. S. Eliot*, Vol. 3, eds., Frances Dickey, Jennifer Formichelli and Ronald Schuchard, Baltimore: Johns Hopkins University Press, 2015, p. 544.

为一种教义，人们便开始怀疑它的无效"①。将秩序感与宗教感贯穿结合，恰是艾略特这篇文章的题中之意，而这一用意被艾略特部分地投射到了巴恩斯的著作中。

由上可见，20世纪20年代的艾略特因为对秩序的强调，而以闪烁其词、隐蔽的方式，对法西斯主义的兴起给予了一定的理解与肯定。但另一方面，艾略特对法西斯主义也作了尖锐的批判。他认为，法西斯主义之所以会兴起，是由于人们在对民主的不满中进行了偷懒的选择，人们需要集权政府来迅捷有力地解决社会问题。"政治在总体上出了毛病，它朝所有人敞开，以至于已经不值得为它忧虑了，因为所有的政治家都差不多，他们的行为就像爱因斯坦的思考一样，距离我们很遥远，而我们的选票也根本起不到什么作用。正是在这样一种思维与精神状态下，人类倾向于拥抱任何一种能够把我们从虚假的民主中解脱出来的制度。在许多人的内心，或许都隐藏着对这样一种政府的期待：它能够解除我们思考的重负，同时给予我们兴奋以及军事上的光荣。"② 所以，艾略特说他在人们对法西斯主义的拥抱中探测到的是"精神上的贫血症，一种垮塌的趋势，经常会出现的人类摆脱生命与思考重负的愿望"③。

正因为对法西斯主义的麻痹性保持着高度警醒，艾略特在20世纪30年代的演讲《什么是基督教社会》中，更为有力地拉开了他所设想的秩序与法西斯主义的距离。他要建立的秩序带有鲜明的反省特征和对差异的尊重。在理想的社会中，"统治者应以统

---

① T. S. Eliot, "The Literature of Fascism", *The Complete Prose of T. S. Eliot*, Vol. 3, eds., Frances Dickey, Jennifer Formichelli and Ronald Schuchard, Baltimore: Johns Hopkins University Press, 2015, p. 542.
②③ Ibid, p. 546.

治者的身份来接受基督教,即不仅把基督教作为指导行动的信念,而且将其作为自己须在其中进行治理的制度来接受。而人民则把基督教作为行为和习惯的事情来接受"[1]。在这样一个社会中,"基督徒团体"将负责人民的教育,"教育的目的要受基督教生活哲学的指导"[2]。这是一个以基督教为基础和依据的秩序,但艾略特并不是要以基督教代替所有一切。相反,他设想中的基督教秩序包含着复杂的内在差异与张力。首先,自然目的与超自然目的应相互结合,世俗性的追求与宗教性的追求均应得到尊重,"人的自然目的即社会的美德和福利是所有社会成员的目的,而超自然的目的即至福则是有心之人所望达到的目的"[3]。其次,"教会与国家之间的这种张力将永远存在"[4],教会不能代替世俗政府,世俗政府也不能代替教会,它们各有职责。第三,民族教会与普世教会共存,因为只讲民族性就会导致不可弥合的分裂,但普世教会也"不过是一种虔诚的理想"[5]。第四,实行教育的"基督教团体"包括基督徒与非基督徒,"他们能够相互影响和被影响"[6]。第五,权威与个人并列,"在教义问题上,在信仰与道德问题上,教会应以国内最高权威的身份发表意见,而在更为复杂的问题上,教会则应通过个人来说话"[7]。这样,社会各个部分、面向之间的差异得到尊重,同时,因为受到基督教的总体指引,各个部分、面向之间又能保持一种沟通和平衡。

---

[1] 艾略特:《基督教与文化》,杨民生、陈常锦译,四川人民出版社,1989,第26页。
[2] 同上书,第28页。
[3] 同上书,第25页。
[4] 同上书,第42页。
[5] 同上书,第41页。
[6] 同上书,第32页。
[7] 同上书,第36页。

这一以基督教为基础的、带有内在差异与张力的秩序在艾略特看来恰恰是极权主义所不具备的。在极权国家那里，世俗利益、民族优势、政府的权力，覆盖了所有其他考虑。这样的社会尽管可能具有高度的内在统一性，但"其结果只能是不可避免的毁灭"[1]，因为它们不能够使人类站在宗教的高度反观自身的局限，进而导致对世俗利益的过分追逐、对本国本民族的盲目推崇、对精神权威的绝对服从，最终走向战争和侵略。所以，应尽快建立非宗教专制的基督教社会，以更具包容性的秩序一方面克服民主制的散漫与分裂，另一方面也远离极权社会的蒙蔽与狂妄。[2] 史蒂夫·艾力斯（Steve Ellis）认为艾略特的这一表达是一个倾向于法西斯的"臭名昭著的最终的断言"[3]，其实是有些矫枉过正了，应该说，这是艾略特要求人们拒绝法西斯主义的一个紧迫提醒。

因为兼容着个人与他者、本民族与他民族、本国与他国、基督教与非基督教，秩序对于艾略特，不是绝对的、抽象的，而是具体的、多元的、动态性的。这一思路，在20世纪40年代得到有力的延续。在对德国的三次广播演讲以及《关于文化的定义的札记》中，除了继续重视基督教在宏观上的引导与协调作用，艾略特也更为强调各个局部的独特性对于作为整体的秩序的贡献。

比如英格兰的文化，它若想取得持续的、长足的发展，就必须尊重与之密切关联但又与之不同的其他文化。"如果威尔士人继续是威尔士人，苏格兰人继续是苏格兰人，爱尔兰人继续是爱尔兰人，

---

[1] 艾略特：《基督教与文化》，杨民生、陈常锦译，四川人民出版社，1989，第47页。
[2] 同上书，第48页。
[3] Steve Ellis, *British Writers and the Approach of the World War II*, New York: Cambridge University Press, 2015, p. 51.

这对英格兰人是有利的。"[①] 没有局部的个性差异，就不会对整体产生有益的影响。"如果英伦三岛上的其他文化完全被英格兰文化所取代，那么英格兰文化自身也就会消失。"[②] 从英格兰再往外看，"为使欧洲文化健康地发展，如下两个条件则成为必需：一是每个国家的文化应是独一无二的；二是不同的文化都应承认它们之间是相互联系的，从而使每种文化都能接受其他文化的影响"[③]。希特勒的问题之一正在于，他所建立的秩序是均质性的、排他性的，"希特勒德国所犯的一个错误就在于，它假定日耳曼文化之外的任何文化不是堕落的就是野蛮的。让我们结束这类假设吧"[④]。之所以更加强调局部的独特性、差异性对整体的作用，是因为艾略特形成了更加有机的秩序观。他开始把秩序的形成，看作种子成长的过程。种子的成长需要养分充足的土壤与环境，养分越充足，越能孕育出大树。"机器是必要的，而且越完善越好。但文化却是某种必须不断生长的东西，你不能制造出一棵树来，你只能栽种一棵树苗，精心加以照料，等待它届时长大成树。"[⑤] 可见，艾略特更加注重社会、文化、秩序本身自然发展的复杂过程。因此，我们不能同意彼得·洛（Peter Lowe）所说的，此时的《关于文化的定义的札记》不过是重提战前的社会政治立场，寄望于通过"保留某种足够宏大的东西，以便在一个框架之中调控个人经验，并给予个人经验以意义"[⑥]。艾略特已经更加明确，自上而下的指导不能取代自下而上的生长。

以上我们看到，艾略特在社会发展领域对秩序的关心，正如其

[①②] 艾略特：《基督教与文化》，杨民生、陈常锦译，四川人民出版社，1989，第133页。
[③④⑤] 同上书，第202页。
[⑥] Peter Lowe, "Churches Built and Churches Bombed: T. S. Eliot's Vision of National Loss and Spiritual Renewal", *English Studies* 94.8 (2013), p. 928.

在文学领域对传统的态度一样，经历了一个自我更新的过程。在其早期观点中，秩序与传统的提出都有些简单化，略显草率和直接。而在艾略特的逐步反思与修正中，秩序与传统都更多地融入了个性化、差异化、多元化的特征，它们都摈除了抽象与绝对的面向，变得更加具体而鲜活。综上可见，艾略特的诗学之思与社会之思有着高度的共鸣、同步的发展。由此，我们也找到了一个立体的视角来充分理解艾略特的精神探索。一方面，他对欧洲社会撕裂状况的批判，对秩序与权威的强烈渴求，正可以说明《传统与个人才能》为什么那么夸张地要求个人服从传统！文学世界的秩序化、宗教感的恢复，正是重建欧洲秩序的重要组成部分。如果我们不了解艾略特特定的社会关心，就不能理解作为文学批评的《传统与个人才能》的完整用意。我们甚至会发出这样的疑问，即一个伟大的诗人为什么会如此贬低个性的价值？但从其社会政治观出发，我们对这一疑问便能很快释然。另一方面，观察诗学观与社会政治观的同步，我们也可以更全面地回答艾略特究竟是不是法西斯的同情者这个问题。正如我们在前文所提到的，艾略特的法西斯"倾向"已成为一个普遍的关注。有学者声称"艾略特对法西斯主义有兴趣，这并不是秘密"[①]。宽容一些的学者则认为，艾略特把对法西斯的拒绝落实在基督教的复兴上，因此绵软无力："对'日耳曼化'的指控，最终是由这样一位人物做出的：他就像乔叟笔下的特洛伊罗斯那样，从一个超凡的高度俯视着这个世界，观看着各个民族汇集成'一个小小的

[①] Jayme Stayer, "A Tale of Two Artists: Eliot, Stravinsky, and Disciplinary (Im) Politics", *T. S. Eliot's Orchestra: Critical Essays on Poetry and Music*, ed., John Xiros Cooper, London and New York: Garland Publishing, 2000, p. 300.

地球',而彼此间的差异渐次消失。"① 但是,在对其社会秩序观的梳理中,我们已经明显看到,艾略特对于法西斯的态度经历了从模棱两可的欣赏到拒绝的过程,他对差异性、多元性、文化自主性的强调越来越明显,并且其中也涵盖了基督教与非基督教的差异共存。再考虑到他在文学观上对传统当代化的步步强化、对个性因素的重新肯定,应该说,在反对集权、反对专制这一点上,艾略特精神探索的各个面向有着完整一致的体现,他与法西斯的理念南辕北辙。要之,社会政治观与诗学观对于艾略特来说,有着内在的同步与呼应,只有两相对照我们才能获得对他精神探索的完整认识。

第二节 "客观对应物"的层层消解

艾略特对感觉的个别具体性的强调,对个性声音与个人才能的逐步认同,补正了"非个人化"诗学对作家个人特质的贬抑。这些考虑,表明艾略特在反对浪漫主义个人任意性的同时,又保留了对个体特殊性的尊重。更为重要的是,艾略特还把这种对作家个别性的尊重延伸到了读者维度。这就触及了"客观对应物"的有效性问题。因为,面对作家与读者心中充满着无数差异的情感、感觉和理解能力,内心情感与外部事物是否还能保持着某种稳定性的对应关系?答案自然是否定的。艾略特对作家与读者个别性的认可,就在不自觉中构成了对"客观对应物"说的反思,而艾略特后来又论及的语言问题,则为这一反思增加了砝码。

---

① Steve Ellis, *British Writers and the Approach of the World War II*, New York: Cambridge University Press, 2015, p. 52.

一、"客观对应物"与僵化对应

在第一章第二节我们看到,"客观对应物"是艾略特看重的文学结构之一。此处,探讨艾略特在这一说法上的自我更正,我们不得不再次引用他在《哈姆雷特》中关于"客观对应物"的解释:"用艺术形式表现情感的唯一方法是寻找一个'客观对应物';换句话说,是用一系列实物、场景,一连串事件来表现某种特定的情感。"[①] 这种将情感外化的诗学诉求,是中外古今在文学创作上的一个重要论题,但艾略特为这一问题开出的"药方"却过于简单了,他在主客观之间搭建的对应关系显得刻板且僵化。

艾略特相信在内心情感与特定外在事物、场景之间存在着完全的、充分的对应关系。他要求"客观对应物"必须达到这样一种效果,即"最终形式必然是感觉经验的外部事实,一旦出现,便能立刻唤起那种情感。如果你研究一下莎士比亚比较成功的悲剧作品,你会发现一种十分准确的对应;你会发现麦克白夫人梦游时的心境是通过巧妙地堆积一系列想象出来的感觉印象传达给你的"[②]。"立刻唤起""十分准确的对应"等表述意味着,艾略特要求的不仅仅是情感的外化,更是"外界事物和情感之间"稳固的搭配。可是,人类精神纷纭复杂,艺术表现曲折精巧,内心情感与外界事物之间的直接对应关系果真能够实现吗?特定的事物、场景或事件真的可以准确且持续地唤起某种特定情感吗?这是一个艾略特本人也不会停留于其中的诗学主张。

二、作家情感与读者接受的多元

和讨论"传统与个人才能"一样,艾略特在提倡"客观对应物"

[①][②] 艾略特:《哈姆雷特》,《艾略特诗学文集》,王恩衷编译,国际文化出版公司,1989,第13页。

的同时,也保留了相应的制衡意见。在《威廉·布莱克》等一系列篇章中,他表现了对作家个人情感体验特殊性的要求,强调情感的多元。这些意见虽然没有直接提及"客观对应物",但却在侧面有力地反思着情感与外物一一对应的诗学主张。因为,当情感、感受、体验不再是统一的、平均化的事情,而是即便在同一类型的情感中也存在着由不同的人、不同的情境构成的千差万别,我们又如何保证特定事物、场景的出现能够"立刻唤起"或"完全对应"某种特定情感呢?更为重要的是,艾略特在中期诗论中又加入了对读者接受因素的思考,外在事物、场景与内心情感之间的对应关系就愈加可疑了。

在《威廉·布莱克》一文中,艾略特批评了布莱克薄弱的形象表现能力,但同时又赞赏布莱克能在诗歌中表现自己对世界的独特感受与体悟,而不像另一位英国诗人丁尼生"几乎完全陷入了他们周围的世界"[①]。这里,艾略特谈到了教育对艺术家独特性的阻碍。他认为,由于被纳入整个社会的运转程序中,教育向艺术家传播的大多是一种对世界的平均化认识和感受,这些平均化的东西使"我们看不清我们到底是什么、我们到底感觉到什么、我们到底需要什么以及我们到底对什么感兴趣"[②]。换句话说,社会在教育中灌输着一种"服从"意识,[③]让艺术家在不自觉中向普遍的、通常的、常识的东西就范。在艾略特看来,丁尼生就束缚在那些外在的平均化的认识与感觉规范中,而布莱克却"总是用一颗不受流行观点影响的心灵去对待万物"[④]。

对情感、感觉、思想具体特殊性的强调,还体现在《"修辞"与诗剧》一文中。艾略特指出,在伊丽莎白时代的戏剧里出现了一种

[①②③④] 艾略特:《威廉·布莱克》,《艾略特诗学文集》,王恩衷编译,国际文化出版公司,1989,第17页。

不同于古代戏剧的倾向。这种剧作不再像古代戏剧那样多长篇独白、声音单一,而是走向了声音的多元:"如果一个作家想让他的演讲产生效果,那他就必须积极地制造出这样的效果,即他是以其个人身份说话或以其个人诸多角色中一种角色说话;并且,如果我们要在多种多样的主题中正确地表达我们自己,表达我们多样化的思想与感觉,我们就必须根据充满无限变化的场景来调整我们的姿态。"[1] 这是要求作家不要把笔下人物的感性与理性世界简单化,而要把情感与思想的具体性揭示出来。总之,只有当"性格""处境""场景"[2] 三者完整地结合后,戏剧和诗歌才会融为一体。

在以上两篇文章中,艾略特共同强调的是作家个人体验的独特性和复杂性,这就意味着"客观对应物"并不能总是客观,也并非可以无条件成立。因为,不同的作家可能会采用相同的事件、意象、场景,但其中蕴涵的情感与体验难免存在差异。即便是同一作家,在不同情境下使用相同的外在事物,这些事物对应的情感与体验也是各不相同的。而当艾略特考虑到读者的阅读和接受之后,"外在事物"与"情感体验"之间的客观对应就更加站不住脚了。1932 年的《诗歌之用与批评之用》超越了艾略特早期对作家的集中关注,而将批评的视角延伸到读者这一维度中来。

《诗歌之用与批评之用》不再把作家当作艺术作品不可分割的一部分,因为艾略特注意到当艺术品完成时,它已得到了独立的生命,并且在与读者的接触中又会产生新的意义。因此,他反对把诗歌视为作家的传声筒。他举例说,我们欣赏莎士比亚的作品,但我们却

---

[1] T. S. Eliot, "'Rhetoric' and Poetic Drama", *The Sacred Wood and Major Early Essays*, Mineola: Dover Publications, 1998, p. 124.

[2] Ibid, p. 127.

不能"经验"到和莎士比亚同样的感受,"我欣赏莎士比亚的诗歌,只是尽我欣赏诗歌的最大能力;但我毫无把握我分享到莎士比亚的感觉"[①]。正是在这样的视角下,马修·阿诺德将诗歌视为作家道德与快感之载体的文学观遭到艾略特的反复批判。艾略特总结说:"诗人所经验的东西不是诗歌而只是诗歌的材料;诗歌写作对他来说是一种全新的'经验',而对作品的阅读,不管是作者自己的阅读还是其他人的阅读,仍旧是另外一回事。"[②] 而且,阅读作为写作之外的"另外一回事",也不是隶属、臣服于写作行为的,一首诗"对其他人所意味的和它对作者意味的一样多";而当作者成为他自己作品的读者时,也可能会"忘记他原来的意思——或者没有忘记,而是改变"[③]。

充分认可了阅读的重要性、独立性,艾略特也就使文学作品中的事件、场景、意象系统进一步得到了再生的可能。所有这些成分将可能在读者的阅读过程中产生新的情感与体验,表达出不同于作者的感受。相同的意思还体现在艾略特1945年的《诗的音乐性》一文中,而且更加明确了:"对于不同的读者,一首诗的含义可能会迥然相异,而所有这些含义可能又不同于作者本人认为他希望表达的含义。例如,作者所写的可能是在他看来和外界基本没有关系的某一种独特的个人经历;然而在读者看来,这首诗可能表现了一般情况或者读者自己的某种私人经历。读者对作品的阐释可能会不同于作者本人的阐释而同样有效——甚至更好。"[④] 至此,考虑到作家本

[①] T. S. Eliot, *The Use of Poetry and the Use of Criticism*, Cambridge: Harvard University Press, 1961, p. 108.
[②] Ibid, p. 118.
[③] Ibid, p. 122.
[④] 艾略特:《诗的音乐性》,《艾略特诗学文集》,王恩衷编译,国际文化出版公司,1989,第179页。

人情感体验的多重与复杂，考虑到读者接受的多样与丰富，艾略特在不自觉中其实已经对"客观对应物"说有所颠覆。

三、语言与客观对应之不可能

在 1945 年发表的两篇文章《诗的社会功能》和《诗的音乐性》中，艾略特集中关注到了文学的"语言"性，特别是文学在跨越语言系统过程中会遭遇到的困难，这就进一步瓦解了"客观对应物"说的有效性。因为"客观对应物"只可能在语言中形成，也必将受到语言的制约、影响。

艾略特说："我们知道，诗不同于其他各种艺术，它对和诗人同族以及使用相同语言的人们具有一种价值，而对其他种族的人们则没有这一价值。"[1] 诗是一种语言的艺术，这一点我们都很清楚。可是，为什么它就因此而难以为其他语言所接近呢？通过译介我们不是一样可以读懂外语诗歌吗？对此艾略特没有做出学理上的解释，但我们完全可以在现代哲学美学思潮中找到相应答案——所有的语言都有自己对世界的不同划分、表达与感受。

正如索绪尔在《普通语言学教程》中指出的，"在语言出现之前，一切都是模糊不清的"[2]，根本没有"现成的、先于词而存在的概念"[3]。也就是说，整个物质世界和观念世界，都是在语言中才得到一定的划分进而变得明确可辨起来的；所有的概念与范畴都是在特定的语言系统中才得以形成的，不同的语言系统产生的是不同的关于世界的概念与范畴。对此，乔纳森·卡勒的总结明确有力："每

---

[1] 艾略特：《诗的社会功能》，《艾略特诗学文集》，王恩衷编译，国际文化出版公司，1989，第 241 页。
[2] 索绪尔：《普通语言学教程》，高名凯译，商务印书馆，1980，第 157 页。
[3] 同上书，第 100 页。

种语言都以不同的方式表达或组织世界。各种语言不是简单地给已经存在着的范畴命名，它们都创造自己的范畴。"[1] 这就是被索绪尔规定为语言学第一原理的语言符号任意性原理，正是这一原理告诉我们，语言绝非直接地反映客观事物、主观思想，而是在自己的系统内主动规定着客观事物、主观思想的呈现内容与方式。索绪尔的这一观点在海德格尔的哲学中有着诗意般的响应：语言是存在的家，"如若人是通过他的语言才栖居在存在之要求中，那么，我们欧洲人也许就栖居在与东亚人完全不同的一个家中"[2]。的确，在不同的语言中我们拥有的观念、面对的世界都各不相同。在此前提下，作为最集中反映语言精妙性的诗歌，当然很难为其他语言所接近，对诗歌进行翻译，只能是以破坏原来语言的意象与感受系统为代价。

点明诗歌的语言属性之后，艾略特在比较中指出，诗歌中的情感表达决定了诗歌对语言的依赖性是最大的。因为"感情和情绪是具体的，思想是一般的"[3]。如果说理性思维尚可以用平均化的或相类似的理性观念来操作，那么体会外语中蕴含的情感与情绪，则要求阅读者完全准确且细腻地深入另一语言对世界的组织与表达中，后者设置的难度几乎是不可逾越的。所以，"思想经过不同的语言表达之后，事实上可能还是同一种思想，但是感情或情绪经过不同的语言表达之后；就不再是同一种感情或情绪了"[4]。

正因为与 20 世纪的哲学家、美学家们抱有着类似的对语言的关

---

[1] 卡勒：《索绪尔》，张景智译，中国社会科学出版社，1989，第 23 页。
[2] 海德格尔：《在通向语言的途中》，孙周兴译，商务印书馆，1997，第 76 页。
[3] 艾略特：《诗的社会功能》，《艾略特诗学文集》，王恩衷编译，国际文化出版公司，1989，第 241—242 页。
[4] 同上书，第 242 页。

注，艾略特早期在"情感体验"与"外在事物"之间的对应关系再一次被否定了，因为事物或场景在不同语言系统的表达中，所引起的感情与体验必然存在差异。更重要的是，即便在同一语言系统之内，这种差别也同样无法避免。艾略特说："我们的感受性不同于中国人或印度人的感受性，而且也不同于数百年前我们的祖先的感受性。它不同于我们父辈的感受性；甚至我们自己和一年前的我们也不尽相同。"[1] 其中一个重要的原因就在于"我们的语言不断发生着变化"[2]，不同时代的语言会带给我们"完全不同的兴奋和满足感"[3]，这就是为什么诗的语言必须同诗人自己所处的"那个时代的语言密切相关"。对语言的考虑，有力地将诗歌或者说文学拉回到了它们作为语言艺术自身的领地。在这一领地中，一切都经过语言才能呈现，不考虑语言的中介作用，任何呈现与被呈现的所谓对应关系都只是一种空想、假设而已。

四、"客观对应物"与"唤起"

如同"非个人化"诗学主张的步步调整一样，艾略特对"客观对应物"说的反思，并未形成对其早期学说的完全否定，而仍然是一种补正与完善。在1948年的国会图书馆演讲中，艾略特说："可以说所有的诗歌都来源于人类与自身、他人、神明和周围世界之间的关系中产生的情感经历。因此，诗歌也与思想和行动有关，它们源于情感，又孕育着情感。但是，不论人类所处的表达和欣赏阶段

---

[1] 艾略特：《诗的社会功能》，《艾略特诗学文集》，王恩衷编译，国际文化出版公司，1989，第243页。
[2] 同上书，第244页。
[3] 艾略特：《诗的音乐性》，《艾略特诗学文集》，王恩衷编译，国际文化出版公司，1989，第180页。

是多么的原始,诗歌的功能绝不是要简单地唤起(arouse)听者心中相同的情感。"① 艾略特此处使用的"唤起"一词的宽泛性摆脱了"对应"一词所包含的局限性,因为这一"唤起"将"人类与自身、他人、神明和周围世界之间的关系"纳入其中,更加复杂多维,完全可以涵盖他所已经注意到的作者、读者、语言的多样性。而这一点,在其早期论说中也有迹可循。

艾略特其实早就谈到过物象表达的广博性问题,要求作家在"客观对应物"的使用中克服个人的狭隘与局限。这一观点首先见于稍晚于《哈姆雷特》的《安德鲁·马维尔》(1921)一文。文中,艾略特对马维尔的诗作《致羞涩的姑娘》作了引用与分析,特别欣赏该诗在描写求爱而不得之后奇妙的转折:

> 但在我的身后,我总是听到
> 时光生翼的车辇隆隆驶近
> 远处,在我们的前方,
> 是永恒、阔广的沙漠。
> ……
> 面色苍白的莫斯女神使简陋的茅屋和辉煌的塔楼,
> 迈着同样的步履匆匆……②

艾略特认为,从追求爱情的情真意切到象征时间之无情的车轮滚滚、阔广的沙漠、茅屋、塔楼、女神等描写,马维尔诗作的伟大之处正

---

① 陆建德主编《从爱伦·坡到瓦莱里》,《批评批评家》,李赋宁、杨自伍等译,上海译文出版社,2012,第38页。
② 转引自艾略特《安德鲁·马维尔》,《艾略特诗学文集》,王恩衷编译,国际文化出版公司,1989,第38页。

在于，物象的呈现与整合超越了个人的情感，而使得"整个文明都包含在这些诗句中"①，其"意象的内涵和深度无疑要比贺拉斯的更广、更深"②。这些物象，既在我们的理解的范围内，也在我们的领会之外，"诗人使熟悉的事物变得陌生，陌生的变得熟悉"③。究其原因，诗人通过物象所要表达的，不完全是其个人的情感，同时也是超出个人情感的对历史、自然、文明的凝视。所以，在艾略特看来，邓恩不如马维尔之处，就在于"邓恩总是一个具有个性的人；马维尔最优秀的诗作是欧洲文化——也就是拉丁文化的产品"④。

与对马维尔的赞赏相似，艾略特对文艺复兴时期英国国教著名人物兰斯洛特·安德鲁斯的布道文也备加推崇，而他用来比照的人物依然是邓恩。"多恩一直在寻找一个对象（object）以充分体现他的情感（feelings）；安德鲁斯则全身心沉浸在对象之中，因而能以适足的情感回应。"⑤ "安德鲁斯的声音传达出的是依附着一个业已成形的、可见的宗教精神的人，这个人的演说具有昔日的权威和新兴的文化。"⑥ 也就是说，邓恩笔下的"对象"为其个人情感表达服务，"对象"是邓恩自我表达的工具；安德鲁斯则是先委身于"对象"，在"沉浸"的过程中找到适足的情感，因为"对象"是连接当下与传统的渠道，"传统借安德鲁斯发言"⑦。正因为此，艾略特认

---

①② 艾略特:《安德鲁·马维尔》,《艾略特诗学文集》,王恩衷编译,国际文化出版公司,1989,第38页。
③ 同上书,第44页。
④ 同上书,第36页。
⑤ 艾略特:《兰斯洛特·安德鲁斯》,《现代教育和古典文学》,陆建德主编,李赋宁、王恩衷等译,上海译文出版社,2012,第106页。
⑥ 同上书,第95页。
⑦ Cairns Craig, *Yeats*, *Eliot*, *Pound and the Politics of Poetry: Richest to the Richest*, London and New York: Routledge, 1982, p.249.

为安德鲁斯在布道文的表达是"纯粹沉思性的"[1],他的侧重点不是利用、寻找"对象"来表达,而是围绕"对象"作沉思,并在沉思中带出历史与宗教的延续感。

可见,在对马维尔与安德鲁斯的称赞中,《哈姆雷特》所提出的"客观对应物"为"特定情感"服务、与"特定情感"完美对应的属性,其实已经被艾略特作了相当程度的纠正。主观情思与客观场景之间的关系,不可能也不应该局限于机械的对应和利用关系。正如前述艾略特在国会图书馆演讲中所作的最终修正,"客观对应物"更应该起到的是一种唤起或唤醒的作用,而唤起或唤醒的方向与终点并不确定。综上所述,艾略特对"客观对应物"说的反思是多角度的,也是在其批评生涯中前后贯穿的,它是艾略特诗学思想自我演化、调整的重要组成部分。

第三节 复调性的弱化与音乐性的增强
——以后期剧作为例

第一章中我们曾论及艾略特"非个人化"诗学主张当中包含着对复调性戏剧空间的强调,这一强调意在使多样化的感知、情感、理解在文学作品中得以表现。艾略特1935年的剧作《大教堂里的谋杀案》最为浓墨重彩地展现了不同声音、多元视角之间的冲撞,但后期的艾略特在相当大程度上修正了这一想法。

---

[1] 艾略特:《兰斯洛特·安德鲁斯》,《现代教育和古典文学》,陆建德主编,李赋宁、王恩衷等译,上海译文出版社,2012,第105页。

一、复调性的减弱

在《诗歌与戏剧》(1951)一文中，就如同他在早期的《"修辞"与诗剧》中所做的那样，艾略特表示诗剧要能表现复杂、宽阔的"情感与动机"①，为达此目的，戏剧与诗歌的元素需要并用。如果仅仅是这样，这篇文章就只是对早期观点的重复，但至文末，艾略特深入一步，强调了复调空间并不是终点，而必须为最高目的服务："归根到底，艺术的功能——通过给日常现实赋予可信的秩序、引发现实中秩序感的产生——就是引领我们走向平静、安宁与和解；然后，就像维吉尔离开但丁一样，艺术让我们自己走向向导再也不能发挥作用的地方。"②复调空间、多元声音，现在只是某种起点，它们必须得到转化，以最终融汇成作品对人的教益作用——"平静、安宁与和解"。这被艾略特视作文学艺术的根本任务、终极目标。

增强了的文学使命感——其中的宗教意味当然也很明显——使其后期三部剧作的复调性追求明显退居次席。多声部的冲突在《鸡尾酒会》(1949)、《机要秘书》(1953)以及《老政治家》(1959)当中虽仍可见，且复杂的程度甚至超过《大教堂里的谋杀案》，但它们并不被保持为并列或对峙状态，最终全都在基督教意味十足的灵魂救赎中和解了。相对于批评话语的简略，这三部剧作在诠释其后期的复调观上，更具诗学意义。

在《鸡尾酒会》里，爱德华与拉维尼娅夫妇本来邀请彼得、西莉亚以及朱莉娅、亚历克斯等几位好友来家中参加鸡尾酒会，但拉维尼娅的突然消失，导致了爱德华的尴尬与酒会的失败。这一局面

---

① T. S. Eliot, "Poetry and Drama", *On Poetry and Poets*, London: Faber and Faber, 1957, p. 86.
② Ibid, p. 87.

的出现，是因为几个主人公之间错综复杂的爱情关系。他们执拗地以自己的某种视角看待彼此之间的关系；同时，又视而不见自己内心的隐秘冲动对自己的支配，于是深陷争执、对立与憎恶。每个人都觉得自己是无辜的受害者。个体内心的复杂、彼此强加的视角在作品中引发的碰撞，仍然可见对复调的重视，但这种彼此折磨的复调局面最终由心理医生赖利所终结。

拉维尼娅认为爱德华没有爱的能力，指责他在家庭生活中从来不提自己的意见，从来不主动，也无任何幽默感，而现在居然还爱上了好友西莉亚，所以拉维尼娅选择在酒会开始前"消失"。爱德华则觉得自己的"被动"性格、家庭矛盾完全是由对方造成的，是由拉维尼娅的强势造成的，"你说你一直想'鼓励'我：/那你为什么总让我觉得自己很渺小？/过去我可能还不知道自己想要什么样的生活，/不过肯定不是你给我选择的那种生活。/你希望你的丈夫有成就，/你希望在别人面前的时候我能给你/装点一下门面。你的愿望是当女主人，/拿我的职业来给你做烘托。/我是想尽量做得大度一点。不过今后，/我跟你说，我的行事方式会完全不同"[1]。这是爱德华对拉维尼娅的"控诉"，但在拉维尼娅看来倒算是爱德华鲜有表现的直率了。然而在心理医生赖利的批评中，二者最终开始反省自己关于对方的看似颇有根据的想法。赖利毫不留情地指出，爱德华所说的妻子造成的束缚感其实部分来自他自己对婚姻的背叛——他与西莉亚的私情，而拉维尼娅对丈夫冷漠性格的指责又部分来自她自己对彼得的倾心，同时，他们在各自私情中的失败也彰显出各自性格上的确存在问题。在赖利医生这种棒喝式的治疗下，二人"知

---

[1] 对《鸡尾酒会》《机要秘书》《老政治家》三部剧作的引用，出自艾略特：《大教堂凶杀案》，陆建德主编，李文俊、袁伟等译，上海译文出版社，2012。

道的不是互相的背叛，/而是对方对动机的了解——/镜子对着镜子，照出来的是虚幻"。原本自以为确凿无疑的对彼此的评价和理解，开始慢慢消散，他们不得不承认各自视角当中所包含的虚伪与虚构。

在作品中被救赎的还有西莉亚。在鸡尾酒会之前，她与爱德华的私情甚浓，深深地爱着后者，并且不在乎以后有什么结果。但鸡尾酒会上拉维尼娅的"消失"，却让其突然产生了与爱德华成为夫妻的念头，虽然爱德华在拒绝这个想法时仔细说明了自己的心理状态，但她还是将爱德华责骂为一个"蚱蜢"、一个"甲壳虫"。但看到爱德华与拉维尼娅的婚姻危机，西莉亚也不觉产生了负罪感。在情绪的起伏与恍惚中，她同样看了心理医生赖利。在与后者的交谈中，西莉亚静下心来面对自己心中的复杂声音，终于意识到她与爱德华之间，"只不过是为了各自的目的/互相利用了一番罢了。这太可怕了。难道我们只能爱/我们的想象创造出来的东西吗"？当目的达成时，对方被想象成一个样子，当目的改变或未达成时，对方又被塑造成另一个样子。西莉亚也看到了自己的视角所存在的问题。

赖利是《鸡尾酒会》的关键人物，正是他让爱德华、拉维尼娅和西莉亚最终不得不面对自己内心的各种意见——高尚的与不高尚的、公开的与隐蔽的——并领悟到曾经执着于其中的主观视角的虚妄。由是，《鸡尾酒会》明晰地划下了与《大教堂里的谋杀案》的界限。它不再是各种视角交锋、对垒之处，不是围绕一个事件而鼓励各种不同的阐释。相反，它让各种视角能够面对自己的缺陷，进而消除本来难以和解的争执。

赖利在促成和解、帮助人们恢复心灵平静的过程中，带有鲜明的耶稣的影子。在剧作第一幕，他是以"不明身份的客人"这个身份出现在鸡尾酒会上的。此时他已是拉维尼娅的心理医生，对拉维尼娅与爱德华的生活有着清晰的观察，但是他没有亮明自己的真实身份，而选择通过谈话来拷问爱德华的内心。这就好像耶稣死后复活、向信徒们显灵时的情景："正当那日，门徒中有两个人往一个村子去，这村子名叫以马午斯，离耶路撒冷约有二十五里。他们彼此谈论所遇见的这一切事，正谈论相问的时候，耶稣亲自就近他们，和他们同行，只是他们的眼睛迷糊了，不认识他。"（《圣经·路加福音》）

赖利给主人公们安排的解脱之路也是宗教性的。他让爱德华与拉维尼娅回到现实中重新学会彼此相爱。给西莉亚安排的救赎之路则是让她参加了一个慈善修道会，远赴非洲部落，帮助受瘟疫及各种疾病侵扰的当地人，因为西莉亚表示已经害怕再付出爱——付出爱就会随即为满足自己而制造对方的幻影，那么把对人之爱转换为对上帝的爱也就是唯一选择了。赖利认为，这条救赎之路是让西莉亚面对"脱离肉体的灵魂"，而他也与自己的秘密伙伴朱莉娅、亚历克斯一起为西莉亚的未来祷告：

> 亚历克斯　祝福踏上旅途的人的祈祷辞。
> 赖利　旅人的庇护者
> 　　　保佑道路。
> 亚历克斯　在沙漠里要保护她，
> 　　　　　在山里要看护她，
> 　　　　　在迷宫里要看护她，
> 　　　　　在流沙旁要看护她。
> 朱莉娅　保护她远离说话声，
> 　　　　保护她远离幻想，

在喧闹里要保护她，

在寂静里要保护她。

最后，西莉亚命丧他乡，在当地的宗教冲突中，被钉死在十字架上。这种种描写都体现出主人公精神救赎的基督教色彩。在赖利这个世俗化的"耶稣"的点拨与调解下，主人公们学会正视自己的内心，懂得抛弃执拗的、狭隘的个人思维与心理需要，进而重新去爱。

和《鸡尾酒会》一样，《机要秘书》表面看上去是一出家庭矛盾剧，其内里仍然是描写人物内心"声音"的冲突与和解。事业成功的克劳德，打算将婚前另一段爱情留下的男孩子科尔比从寄养人古匝德夫人处带回自己的家庭。他让科尔比接替退休了的埃格森，担任自己的机要秘书，并希望埃格森给科尔比提供工作经验上的帮助。爱德华的目标是让妻子伊丽莎白喜欢上科尔比，并同意将其收为养子，但通过交谈，伊丽莎白却相信科尔比应该是她与前任男友的亲生子——也是寄养在别人家里，但最终失去了联系。大家只好请来科尔比的"养母"古匝德夫人来作判断。最终古匝德夫人吐露了一切真相，原来她与丈夫赫伯特才是科尔比的亲生父母；古匝德夫人的姐姐与爱德华曾是情侣，她的确曾怀上了爱德华的孩子，但在孩子出生前就死去了；古匝德夫人当年出于家庭经济的困难，向远在他方的爱德华隐瞒了这一事实，这使得爱德华归来后误以为科尔比就是自己的儿子；而伊丽莎白夫人的孩子也的确曾寄养在古匝德夫人家，但抚养费中断后，孩子就被转到了其他人家。

《机要秘书》的主人公们的问题，不仅仅止于所面临的复杂的亲情关系，而在于每个人都承受着不同程度的内心分裂。爱德华本来爱好陶器艺术，想做个艺术家，但因为父亲的反对，也因为自身艺术天分有限，而最终成了一个企业家。虽然成功，但爱德华在内心深处热爱的还是陶艺，他甚至自己有一个密室，在其中悄悄满足自己的艺术兴趣。他把艺术的生活看作"一个真实的世界"。科尔比虽然最终被证明与爱德华并无血缘关系，但与爱德华却有相似的心理。他极度地爱好音乐，但音乐上的才华却不够出众；为了谋生，也为了满足"父亲"爱德华的心愿，他来到伦敦当上了机要秘书，但这只是一种妥协，他根本不喜欢这个职业，"音乐是联系另一个世界的手段，/它比我生活的世界要更加真实"。埃格森也是一个音乐爱好者，但已被现实调教成一个极有职业精神的机要秘书，顺从爱德华的意思让科尔比融入工作。古匣德夫人深爱自己的儿子科尔比，但为了经济上的考虑，一直担任"养母"的角色。伊丽莎白认为爱德华只在乎金融贸易，所以从来不跟她谈艺术与诗，爱德华觉得伊丽莎白只在乎他是否事业成功，所以根本没有向其提及过对陶器艺术的喜欢。

每一个主人公的内心都分裂为两个甚或三个声音，没有人感到真正的快乐——除了已经退休的埃格森，但这并不意味着其内心分裂的消失，因为综观全剧，他对前雇主爱德华的忠诚与其内心对科尔比这位年轻人的想法其实是不一致的，而克服所有这些自我分裂的"声音"，就是在确证科尔比身份的过程中实现的。爱德华与伊丽莎白在回顾过去的生活时，谈起了自己的人生选择和真正的兴趣所在，二人恍然大悟地拆除了原先加在对方身上的形象预设，换来了久违的和谐。古匣德夫人见证了爱德华与伊丽莎白认领孩子的决心与坦诚，也毅然放下了多年的伪装，袒露了自己当年的私心，以诚实的姿态回复到亲生母亲的身份；在亲情力量的感召下，当科尔比知道风琴手赫伯特就是自己的生父时，他毅然选择离开爱德华的企业,不再担任机要秘书一职。在这一局面的感召下,埃格森也抛弃了自己职业上的忠诚,违背了爱德华的指令,而选择支持科尔比做音乐家的决定。

在这一人物关系及心理的变化中,并不是说其中某一个声音消灭了其他声音,而是说他们都找到了最重要的、自己最需要去面对的声音,也选择去听从这个声音的召唤。如果说《鸡尾酒会》揭示了不同个体之间视角的冲突,反思了各个视角的虚伪之处、局限之处,那么《机要秘书》则是在视角内部试图重建令人心安的秩序。如果这一区别成立的话,艾略特的最后一部戏剧《老政治家》在描写的侧重上则更接近于《机要秘书》。

在《老政治家》中,克拉夫顿勋爵出于身体原因即将告别政坛,前往疗养院。报刊媒体大篇幅地报道他退休的消息,也期待他继续发挥其政治作用,不过他本人已经准备好安享清闲的生活。就在这一刻,他却相继迎来了人生最不愿意见到的两个人——他们也代表着克拉夫顿最不能面对的隐秘的自我。在第一幕登场的是弗雷德·卡尔弗韦尔,克拉夫顿在牛津大学的老同学,一个掌握他"犯罪"秘密的人。当年克拉夫顿与卡尔弗韦尔是好友,卡尔弗韦尔在克拉夫顿的影响下,养成了奢侈的生活作风,后竟至伪造文书骗取金钱,最后锒铛入狱。出狱后的卡尔弗韦尔受到克拉夫顿父亲的资助,远走他乡,到中美洲的圣马可共和国过上了富裕的生活。之所以受到克拉夫顿家的资助,是因为卡尔弗韦尔亲眼见证了克拉夫顿极力要隐瞒的罪过。大学时在与女孩们的一次约会中,克拉夫顿驾车碾过了一个躺倒在路边的老者——后被证明老者在被车碾压前已自然死亡——但他却没有停车查看,因为他急于离开,害怕夜晚的风流约会被人发现。卡尔弗韦尔是此事的亲历者,正是克拉夫顿家要"甩掉"的人。

回到伦敦的卡尔弗韦尔已经改名为戈梅斯,他虽已发迹,但认为克拉夫顿让其背井离乡几十年,毁了他的一生,所以以过去的事情为由头,对克拉夫顿作出名誉上的威胁,要求其作为老友"陪伴"自己。至第二幕,到达疗养院后的克拉夫顿又遇到了卡吉尔夫人,后者曾经是克拉夫顿的未婚妻。两人当年订立了婚约,但克拉夫顿出于政治家前途的考虑,又决定毁约,在家族的支持下,向卡吉尔夫人支付了一笔钱换得对方撤销法律上的指控。戈梅斯与卡吉尔夫人在疗养院一同出现,不间断地骚扰克拉夫顿,对之进行心理上的刺激。甚至,戈梅斯还说服了克拉夫顿的儿子迈克尔,让其跟随自己去圣马可共和国发展事业。

克拉夫顿勋爵靠着金钱和家族的力量,抹除了对自己不利的历史,也一直在心里压制对这些历史的回忆、对自己的道德谴责,事实上,这其中的挣扎伴随了他一辈子。他对女儿莫妮卡说,自己根本不是高贵、谨慎的父亲,"我是装模作样骗得了你的爱","我一辈子都在想忘掉自己,想觉得自己就是我扮演的角色。装得越久,越难扔下行头,走下舞台,换上自己的衣服,说自己的话了"。在戈梅斯与卡吉尔夫人刚刚出现时,克拉夫顿也还是在保护自己高贵的名声和地位,提醒对方不要忘记收受过"封口费",毫无道歉之意,这足见其虚伪与骄傲。当然,戈梅斯与卡吉尔夫人的做法也同样卑鄙龌龊。

克拉夫顿最后克服内心当中已经冲突了一辈子的两个声音、两个自我,是在女儿莫妮卡与女婿查尔斯的面前。在两个人美好的爱情中,克拉夫顿找到了忏悔的力量。如同在教堂里向神父忏悔一样,克拉夫顿向女儿、女婿坦承了自己做过的所有一切,在"爱"中统

合了自己的灵魂:

> 还有迈克尔啊! ——我爱他,哪怕他不认我,因为他不认的那个我,我也不认了。我已经摆脱了那个假模假式以为自己是个什么人的我;我谁也不是,我活了。生命是什么——这值得以死去相寻。女儿呀,知道这世上还有一个人——你对他的爱超过了你对爸爸的爱,知道你爱也得到了爱,我对你的爱也越发地真挚了。
>
> 说来你们也许会惊讶:我现在平和了。了解真相带来痛悔,痛悔之后就是平和。……就在刚才,我才豁然明白什么才是爱。我们都以为自己知道,可真正明白的人寥寥无几。这会儿,我感觉到了幸福——虽然这样那样了,我还是有悖常理地受到了幸福的眷顾。

二、音乐性的强调

综上可见,在《鸡尾酒会》《机要秘书》与《老政治家》三部后期剧作中,复调声音已不再像艾略特早期诗学所强调的那样,在作品中占有"目的"的高位。复调声音已经变成了通向"平静、安宁与和解"的中点。艾略特想打破的是不同声音、视角、立场之间的局限,促成相互之间的融通。如果不能看到对方、他者、自己的另一面,对于艾略特来说,就是把自己锁进了地狱。《鸡尾酒会》中的爱德华就曾直接地表达过这样的心理困境:

> 曾经有扇门,
> 我怎么也打不开。我摸不到把手。

> 为什么我走不出自己的牢笼?
> 地狱是什么?地狱是自身,
> 地狱是孤独的,地狱里的其他形体
> 只不过是投影。不知怎么逃,
> 也无处可逃。人总是孤独的。

艾略特在《诗歌与戏剧》中强调的"平静、安宁与和解",正是要借助艺术的功能带人走出这一困境。但是,如果这样的说法让人感觉太过偏重于文学艺术的内容或实际作用——尽管艾略特反对内容与形式两分,那么我们也许可以用艾略特提出的另一个概念来辅助说明其创作上的这一转变,即"诗的音乐性"。艾略特说:"诗中主题的回复运用和在音乐中一样自然。可能会出现这样的诗,它像是用几组不同的乐器来发展主题;可能会出现这样的过渡,它与交响乐或四重奏中的乐章发展相似;也有可能用对位法来安排素材。"[①]《鸡尾酒会》《机要秘书》与《老政治家》三部剧作中人物之间视角的冲突、人物内心不同声音的斗争,以不同方式在各幕回旋出现,彼此映现,最终这些视角、声音在某一个点上——在《鸡尾酒会》中是赖利医生的诊断,在《机要秘书》中是确认科尔比身份的聚会,在《老政治家》中是戈梅斯与卡吉尔夫人在疗养院对克拉夫顿的联合攻击——获得转化,汇入"和解"的大流。所有的声音在这条河流的形成中,都获得了整体中的某一个位置,并造就了这个整体的价值。"不谐和音,甚至噪音都有其存在的位置:正像在任何一首诗——无论长短——的强弱节段之间总有过渡,以产生整首诗在音

[①] 艾略特:《诗的音乐性》,《艾略特诗学文集》,王恩衷编译,国际文化出版公司,1989,第187页。

乐结构上所必需的情感上下波动的节奏一样。"[1] 复调性因为有了最终目的的召唤，而被转化进入了音乐性。

因此，强调文学艺术的现实功能、作用并不等于把文学艺术降格为说教，艾略特的作品中从来不缺乏独特的设计，但同样无法否认的是，后期的艾略特也的确向"为人生"的艺术观有所倾斜，这在他对待歌德的态度上可以明显看到。

歌德在艾略特的笔下出现过多次，但一直是被否定的，被否定的原因正在于其哲学思想太过浓厚、突出。比如《诗剧的可能性》（1920）写道："歌德笔下的魔鬼（梅菲斯特——引者注）毫无挽回地将我们引向歌德。这魔鬼体现着一种哲学。但一个艺术作品可不能这样：他应该将哲学替换掉。也就是说，歌德没有献祭出他的思想，进而让戏剧得以成立；其剧作仍然只是一种工具。而这种混合型艺术产品被远比歌德渺小的许多作家们重复创造着。"[2] 差不多十年之后，歌德还是以同样理由被批评，其创作成就被艾略特视为远低于但丁：

> 另外，我们可以看到在但丁作为诗人和但丁作为一个人所持的信仰之间存在着差别。实际上，即使是但丁这样伟大的诗人要想仅仅依靠理解而不信仰就能创作出《神曲》这样的作品，这几乎是不可能的；但是他个人的信仰在变成诗的同时变成了另外一种东西。冒昧提出下面这个看法是挺有趣的，即但丁比

---

[1] 艾略特：《诗的音乐性》，《艾略特诗学文集》，王恩衷编译，国际文化出版公司，1989，第181页。
[2] T. S. Eliot, "The Possibility of a Poetic Drama", *The Sacred Wood and Major Early Essays*, Mineola: Dover Publications, 1998, p. 113.

> 别的哲理诗人更像我们在上面所说的那样。例如，对于歌德，我常常很清楚地感到"这是歌德作为一个人所信仰的东西"，而不是仅仅进入歌德所创造的那个世界；卢克莱修也是一样……歌德总在我心中唤起一种极端怀疑其信仰的情绪；但丁不是这样。我相信这是因为但丁是一个更纯的诗人，而不是因为我赞同但丁这个人，或不太赞同歌德这个人。①

但是在《哲人歌德》（1950）中艾略特对歌德的评价全然一变。艾略特为扭转自己早前对歌德的批评作了长篇铺垫，他表示对一个伟大作家的理解通常需要花费很长的时间。之后他提出歌德是和但丁、莎士比亚并列的最伟大的欧洲作家，而"一个作家能否跻身'伟大的欧洲人'之列，最终完全取决于他的作品中的智慧；由于他的智慧，他成了我们大家共同的同胞"②。至于什么是"智慧"，艾略特表示无法定义，但可以肯定的是"智慧"是使人的精神能够受益的东西："智慧是平等的语言机能，对任何地方任何人来说都是一样的。如果不是如此的话，欧洲人怎么能从《奥义书》或佛教《尼伽雅经》中获益呢？"③"智慧"当然不仅仅是内容性的东西，它是与表达形式合一的，"或许诗的语言就是最能传达智慧的语言"④。但"智慧"经过艺术表达形式的转换，并不是作品的终点，转换之后形成的作品能否提高读者的心智，才是衡量作品价值高低的最高标准；

---

① 艾略特：《但丁》，《艾略特诗学文集》，王恩衷编译，国际文化出版公司，1989，第91—92页。
② 艾略特：《哲人歌德》，《艾略特诗学文集》，王恩衷编译，国际文化出版公司，1989，第277页。
③ 同上书，第280—281页。
④ 同上书，第281页。

"伟大诗人的智慧蕴藏在他的作品中；但在认识他的同时，我们也变得更为智慧了。"① 文学的教益作用、引导作用在艾略特的诗学思想中占据了前所未有的高位，对戏剧化的多元声音进行统摄而非放任，也就是一个自然的结果了。

第四节 哲性诗学："瞬时性"与"当下性"

"时间"是20世纪诗学研究的核心主题之一。在艾略特的诗学世界里，它也是一个重要的面向。在本章第二节关于"客观对应物"的探讨中，我们已经看到了艾略特关于语言之时间性的论述。在他看来，语言随着时间不断变化，同时给人的感知带来变化。这已体现出其诗学观对"时间"的重视。

而艾略特对于"时间"的探讨，在其批评性著作中展开得并不够有力和全面，反倒是在其组诗《四个四重奏》之中表现得更为酣畅淋漓。在组诗中，艾略特以"时间"为轴心，把关于文学语言、知识、历史、宗教信仰等各方面的思考融会起来，使得《四个四重奏》对"时间"的思索，不仅仅是文学层面上的，更是哲理与信仰层面上的。这些思索使得《四个四重奏》不仅仅作为文学作品而存在，它甚至也可以作为一篇具有哲理意味的诗学文献来被阅读，它提示我们：诗应该如何去触及现实与历史，如何去展现信仰，还有在这一过程中诗能够做到什么程度。

需要明确的是，艾略特在《四个四重奏》中对"时间"有所否定，也有所肯定。他否定的是自然循环的时间和线性序列时间，肯

---

① 艾略特：《哲人歌德》，《艾略特诗学文集》，王恩衷编译，国际文化出版公司，1989，第281页。

定的则是作为"瞬时性"与"当下性"的时间。这两个时间维度首先通过语言、知识以及对未来意识的批判体现出自身的重要性,进而与宗教性的"无限"共存一体。

一、"瞬时性"与"当下性"的内在演进

从总体上看,《四个四重奏》的四首组诗在"时间"主题上体现了一唱三叹、曲终奏雅的关系。《烧毁了的诺顿》提出了对时间性的认同、对"瞬时性"与"当下性"的肯定,这一主题在《东科克尔村》和《干燥的塞尔维吉斯》中从不同方面得到映现。《小吉丁》作为结尾则奏出了最强音,将"瞬时性""当下性"最终推进到与"无限"的结合。

组诗第一首《烧毁了的诺顿》在开首几句诗行隐幽地表达了对"非时间性"存在的怀疑:

> 现在的时间与过去的时间/两者也许存在于未来之中,/而未来的时间却包含在过去里。/如果一切时间永远是现在/一切时间都无法赎回。/可能发生过的事是抽象的/永远是一种可能性,/只存在于思索的世界里。

上引诗行描绘了一种"过去""将来"统一于"现在"的时间状态,这的确类似于奥古斯丁的时间观。在奥古斯丁看来,上帝是不受时间困扰的,上帝就是永恒"现在"。这实际上是说,上帝是永恒的、完满的"在",因为上帝在根本上是不宜用时间性范畴来描述的。时间只属于人类,"没有受造之物,就没有时间"[①],只有人类才是时

---

① 奥古斯丁:《忏悔录》,周士良译,商务印书馆,1963,第257页。

间性的。上帝这一永恒的"在"完全超越于时间性，但仔细观察，艾略特笔下这一貌似"永远是现在"的境界却充满了含糊性。正如罗森萨尔敏锐地指出的，"也许""如果""永远是一种可能性"等语句表现的正是诗人对这一"非时间性"永恒境界的怀疑与不确定。[①] 的确，对比于《忏悔录》的表述，我们发现奥古斯丁描绘这一境界时的坚定与溢美之情在《四个四重奏》中是不存在的。

对"非时间性"的拒绝稍后又体现在对"天堂"的拒绝中。诗作第二部分出现了这样的描写："过去与将来的紧连的锁链/交织在不断变化的软弱身躯里，/免使人类进入天堂和地狱，/天堂和地狱人类肉体都不堪忍受。""锁链""交织"和"变化"组合在一起，表明了人深受时间的束缚而达不到永恒，但诗人又说：时间之链"免使人类进入天堂和地狱，/天堂和地狱人类肉体都不堪忍受"。地狱自不用说，天堂也让人不堪忍受？的确如此。时间的"锁链"使人类免入"天堂"，不但不是"妨碍"，反而是一种"保护"（译文"免使"对应的正是"protect"一词）。天堂，作为基督教的传统意象，象征着一种对世俗世界的否定和淘汰，是对时间性的完全超越。对它的拒绝，表明了诗人对时间维度的某种肯定、对"非时间性"救赎的拒绝。

总体上看，《烧毁了的诺顿》第一、二部分笔调隐幽、含混。比如上述两处描写，在与传统神学思想保持联系的同时又包含着诗人自己的反思，但诗人对"非时间性"的拒绝此后渐趋明朗，第二部分的末尾就明言："只有通过时间，时间才被征服。"当然，对时间的认同并不是没有取舍的，在《烧毁了的诺顿》第三、五部分中，

[①] M. L. Rosenthal, *The Modern Poets*, Peking: Foreign Language Teaching and Research Press, 2004, p. 96.

诗人进一步明确他所认同的时间是"瞬时性"与"当下性"。

第三部分讲到了"瞬时性"与"永恒"的关联。诗人描写了身处伦敦地铁中的感受，在对地铁环境的否定感受中，艾略特表示找不到他心目中的两种达到"永恒"的途径：

> 这里是一块糟糕的地方/既在时间之前又在时间之后/四处一片昏暗：既无白天/以明亮幽静显现形体/用使人联想到永恒的缓慢旋转/把阴影变成片刻的美，/也无黑暗，为了纯洁灵魂/用剥夺一切去消除声色的享乐/净化世俗的情爱。

后一条途径是研究者经常提及的弃知、弃己之路，它要求人完全沉入上帝周围的黑暗中，以迎接启示。前一条路则少被关注，那就是通过时间，通过"片刻的美"找到与"永恒"的联系。文中"片刻的美"（transient beauty），正包含有"转瞬即逝"之意。时间，正是在"瞬时性"维度上与"永恒"保持着内在关联。这在以后的诗行中会得到更为具体的描绘。

"当下性"的重要性则通过"语言"问题在第五部分展示了出来。我们知道"四重奏"是一种音乐形式，《四个四重奏》正是以音乐形式组织起来的语言作品。对于自己的这部作品，艾略特有着客观的审视，"言语和音乐/只有在时间里进行"。语言作品离不开时间，而且正是在时间中，语言"开裂""折断""松脱""滑动""消逝""衰退""不得其所""不会持久"。这一连串的叙述深刻地表明了语言的时间性、变动性，也促使诗人得出结论：一切语言的运用"始终是现在"！此处的"现在"也即时间流动中的"当下"，它与变化、流逝等状态密切相关，而绝非上帝永恒意义上的"现在"。这一部分旨在说明，没有恒久不变的语言，语言的有效性总是存在于"现在""当下"的运用之中。

然而"当下性"与语言的关系并非最终目的，语言问题还关乎"暂时与永恒的共存"①。就在关于语言"当下性"的诗节之后，诗人写道："无限与无欲/除了在时间范畴里/以有限的形式/限制在非存在与存在之间。"原来，探讨语言的"当下性"是为了把握"无限"：对无限、永恒的追求必然以语言为承载，因此也必然与语言一起受制于时间。

"瞬时性"与"当下性"的提出，并不是孤立的思索。现代哲学美学思潮对它们的关注从来没有停止过。波德莱尔说，"现代性，就是过渡、短暂、偶然"②，"几乎我们全部的独创性都来自时间打在我们感觉上的印记"③。这是对"瞬时性"的一次具有开启意义的强调。海德格尔在《面向思的事情》中明确指出，存在总是与当下在场相关，"时间——当前、过去和未来的统一体——是从现在得到描述的"④。德里达在《延异》一文中则提出，语言的存在不是一成不变的，而是历史性的，是在差异性中被建构出来的。历史性和差异性，体现在德里达所说的"延宕化"（temporarization）与"间距化"（spacing）之中。而"延宕化"体现的正是对"瞬时性""即刻性"的强调。当然，艾略特对这两个时间维度的体悟是以叙述的隐幽、意象的微妙等艺术方式间接表现的。

---

① John Adams, "Eliot's Ars Musica Poetica: Sources in French Symbolism", *T. S. Eliot's Orchestra: Critical Essays on Poetry and Music*, ed., John Xiros Cooper, New York: Garland Publishing, 2000, p. 140.
② 波德莱尔：《波德莱尔美学论文选》，郭宏安译，人民文学出版社，1987，第 485 页。
③ 同上书，第 486 页。
④ 海德格尔：《面向思的事情》，孙周兴译，商务印书馆，1996，第 11 页。

《东科克尔村》承接着《烧毁了的诺顿》的时间主题，将"瞬时性"与"当下性"结合起来进行强调，这其中有一个先抑后扬的走向。第一、二部分表现的是对自然循环时间的否定："一座座房屋不断竖起来又倒下去，/化为瓦砾一片，被扩展，/被运走，被毁碎，被复原。"生生死死，循环不断，开始结束，彼此相接。在这样一种循环式时间观中，世界只有无意义的重复和永恒的虚空。诗人利用短促的笔调、场景的迅速切换将这一主题呈现出来。诗人的忧思还从地上的人类拓展到天上的群星，指出如果一切都只局限于循环式时间，一切也就最终归于"毁灭性的大火之中"。

在循环式时间遭到贬抑之后，"瞬时性"与"当下性"在第二部分的中间处出现。这一次，它们与"知识"紧密联系：

> 依我们看来，/在从经验里获得的知识中，/其价值充其量也很有限。/而这知识硬性规定一种模式，不符合实际，/因为模式时刻都在变新，/而且每时每刻，对我们所经历的一切，/是一种新的、令人吃惊的评价。

在此，"知识"的确定性被取消了。"知识"之所以成立，不在于它符合所谓的客观对象，也不在于它包含了多少人生经验，而仅在于"模式"。知识只是建立在某种特定模式上的，当作为基础的模式变动时，我们的知识、经历都会发生"令人吃惊"的变化。所以，"知识"是时间性的，只是在"每时每刻"的特定模式中，也即在"瞬时性"或"当下性"维度中才得以成立和有效。这种存在于时间性中的知识，在诗人看来却是真正的"睿智"。

除了"知识"，《东科克尔村》的第五部分又通过"语言"来强调"瞬时性"与"当下性"的重要。"努力学习使用语言,每一次尝试/都是一个崭新的起点,不同的失败……蹩脚的表达工具总在退化,/无法把感情表达准确,/表达出来的是一团糟,好像散兵游勇,/所以每次尝试是一个新的开端,/是对无法表达内心思想时的一次冲击。""失败""蹩脚""退化"等描述表达了诗人在语言使用问题上的内心焦虑与彷徨。每一次表达都归于失败,因为不能将"内心思想"充分展现,但"努力学习"的诗人并没有就此完全否定语言。诗人通过"每一次尝试""崭新的起点""一次冲击"等表达说明,语言的有效性只是"瞬时"的、"当下"的,没有一劳永逸的、完美的语言。所谓言有尽而意无穷,内心感受、哲理思索乃至无形大道,其实都不是语言能够一次性地作出完美呈现的。道,就存在于那每一次的、然而又是不尽的言说之中。恰如海德格尔所言,"决没有一种自然语言是那种无命运的、现成自在的人类自然的语言。一切语言都是历史性的"[①]。在这样的考虑中,艾略特最后表达了对语言运用之时间性的欣然接受,"对我们来说,唯有尝试。/其他不是我们关心的事"。

组诗第三首《干燥的塞尔维吉斯》对时间的探索,则扮演着承上启下的角色。一方面它着重表现了对"当下性"的自觉认同,另一方面它又开始将这一主题推向深入,明确提出"时间有限与无限的交叉"。

对"当下性"的认同,仍然是以对线性序列时间的批判为基础的。第一部分写道:

那洪亮的大钟/被从容不迫的海啸敲响,/计算着不是我们

---

① 海德格尔:《在通向语言的途中》,孙周兴译,商务印书馆,1997,第227页。

的时间的时间,/这个时间/比天文钟所计算的时间久远,/也比焦虑的妇女们所计算的时间久远,/她们躺在床上彻夜难眠,/考虑着未来的前途,像织毛衣似的/把过去与未来拆开,拉直,分开,再织拢……

超越人类的"洪亮"的钟声警醒着人类反省自己的时间模式。如果人们生活在"过去""现在""将来"组成的线性序列时间中时,他们必然"考虑着未来的前途",或者对自己的未来无从把握,或者把某种期待寄寓到未来之中。这样的话,人们总也不能摆脱"焦虑"。《干燥的塞尔维吉斯》第二部分则提出,对"未来"的寄托还在于进化论对线性时间的建构。按照进化论的观点,事物发展总是从低级到高级,从不成熟到成熟,于是"未来"总是要优于"现在",更优于"过去"。可对于艾略特来说,这只是"进化论肤浅认识的影响";时间不应该"单纯是延续或甚至是发展",也即不应该指向"未来"。

代替"未来"意识的,不是"过去"意识,不是一切以"古"为上,而应当是"当下性"意识,"前进,认为自己在远航的诸君!/你们已不是离开海港时的你们,/也不是快要登岸的人。/此时时间已经隐退,/此处在此岸与彼岸之间"。诗人在第三部分告诫航行之人不要再惦记"过去"的自己(离开海港时的你们),也不要心系"未来"(快要登岸的人)。这即主张人们把自己看作一个"当下"的人。这一思想是颇具现代性的。我们只有重视"当下",才能走出复古主义,走出对"过去"的空妄的美化。同样,重视"当下"也才能够取消对彼岸、来世的乌托邦幻想。"当下"是对线性时间的一种超越。

如果说，诗人已从上述不同方面展现了时间性的两个维度——"瞬时性"与"当下性"的重要性，那么在此他开始把对二者的思索向前推进了。《干燥的塞尔维吉斯》的第五部分提出了"时间有限与无限的交叉"，当然，代表"时间有限"去与"无限"相交叉的，正是已经清楚表明自身重要性的"瞬时性"与"当下性"。然而这种交叉究竟是怎样的呢？此处我们得到的明确提示是："在这里确实有/几种存在范畴的难以置信的结合。"这种"结合"最集中、最具体的展现却是在《小吉丁》之中。

《小吉丁》的开头就以两个意象表现了诗人对"无限"境界的强烈渴求："半是冬天的春天是它自己的季节，/永恒地持续着，虽然落日时分一片湿漉漉。"① 冬与春，超越了时间上的隔阂而融为一体，成为一种"永恒"（sempiternal），但是这一境界并没有将时间性清除。"落日时分一片湿漉漉"，展现了"落日"时分永恒之光的退却以及冰块的消解等衰退迹象，所以这永恒的季节还是包含着"瞬时性"维度。这种"永恒"与"瞬时"悖论式的并列被罗森萨尔看作一种"奇怪而危险的自嘲口吻"②。就在同一诗节内我们又看到，生物的盛开超脱了"时间的誓约"，"不在繁衍生息的计划之内"，"此刻灌木丛/为雪片一般、转瞬即逝的花朵染白"。③ 一方面诗人要展现一种超越于时间之外的永恒的开放，但这种开放其实又正是"转瞬即逝的花朵"（transitory blossom）。"永恒"与"瞬时"的并列再度出现。

无可否认，诗人对超越时间限制的永恒境界保有着强烈的渴求，

---

① 艾略特：《四个四重奏》，裘小龙译，漓江出版社，1985，第215页。
② M. L. Rosenthal, *Sailing into the Unknown: Yeats, Pound, and Eliot*, New York: Oxford University Press, 1978, p. 48.
③ 艾略特：《四个四重奏》，裘小龙译，漓江出版社，1985，第216页。

但就像上述两个场景所表现的，在每一次向永恒、无限的跃动中，诗人总又自觉地体察到"瞬时性"的存在。所谓的永恒、无限其实是与"瞬时性"共存一体的。

第二、三、四部分描写了宇宙四大因素土、气、水、火的死亡，描写了战争对文明的毁灭。这些场面包含着对现实世界的批判、对人类罪孽的自觉，但诗人的笔调并没有引导人们走向某种超越于所有这些事件之外的无限、永恒，他致力于突显"当下性"对永恒、无限的参与。在诗人看来，死亡、战争、罪孽就是人类正处于其中的"历史"，它们不是无限与永恒的对立面，而就是走向无限与永恒的必经之路，"没有历史的民族不能从时间里得救/因为历史是永恒的模式"，而"历史便是此时，此地——英格兰"。艾略特并不是在宣扬英国在历史中的重要地位，而是在强调"此时，此地"所意味的历史的"当下性"。也就是说，没有对当下事件的领悟、反思、直面，人就"不能从时间里得救"。应该把"当下"弥漫在欧洲的灾难性历史事件，视作来自永恒的启示。

可见，《小吉丁》对永恒、无限的描绘，对"瞬时性""当下性"在其中所扮演角色的描绘，响应并升华了《烧毁了的诺顿》提出的"只有通过时间，时间才被征服"。当然，也许我们需要再简要回顾一下艾略特在此精神探索过程中的思想脉络。如果说"时间有限与无限的交叉"是《四个四重奏》的最高音符并在《小吉丁》中有了集中体现，诗作此前各部分对"瞬时性"和"当下性"的强调对这个最高音符有何铺垫意义？首先，正如我们已经看到的，"语言"是诗人形而上之思的必然载体，它的"瞬时性"与"当下性"内在地关联到"无限"与"永恒"的时间性。其次，"当下性"对"未来"意识的超越，实际上是对形而上学"彼岸"意识的取消；只有首先通过这一步骤，才能真正超越线性序列时间。第三，悲剧性的当下历史不是超越之路上的障碍，而是通向无限永恒的窗口。剩下的问题是，《东科克尔村》所描写的"知识"的"瞬时性"与"当下性"如何关联到"无限"与"永恒"？

二、"瞬时性""当下性"与早年哲学观

知识，是如何产生的，它怎样是真的？这是贯穿西方哲学史的重大问题。对这一问题的不同解答，内在地关联到对存在、绝对、无限等范畴的理解，对艾略特来说也是如此。

艾略特对知识的哲学思索主要见于其早年完成的博士论文《F. H. 布拉德雷哲学中的知识与经验》，而他关于知识的探讨影响到他对无限境界的把握。受到布拉德雷影响，艾略特认为一切"知识"都只是基于特定视角之上的"建构"，都不是最终的、完善的。因为主体视角（points of view）恰恰是千差万别、随时变动的。"如果我们不再把世界当作已经被做好了的，……而是看作被建构的，或是自我建构的，……在每一个瞬间，几乎就是一种建构，一种在其本质上是实用性的建构：那么真实与非真实这个难题就消失了。"[1] 简言之，"建构"就是我们认识世界的方式。而作为我们对世界的认识的一部分，上帝也只是"对世界的一种阐释，并且需要被重新阐释"[2]。也即，与知识一样，无限永恒境界绝非一劳永逸地、实体性地存在着，它只能随着视角而在时间中不断起伏。

可见，《四个四重奏》对知识的模式性以及模式的变动性的强

---

[1] T. S. Eliot, *Knowledge and Experience in the Philosophy of F. H. Bradley*, London: Faber and Faber, 1964, p. 136.
[2] Ibid, p. 164.

调，再现了《F. H. 布拉德雷哲学中的知识与经验》中的主要观点。于是，如果知识、语言、历史等所有这些我们用以思考、表达无限永恒的中介，都具有"瞬时性"与"当下性"的维度，我们又怎能以超时间的方式来抽象地体悟无限永恒呢？所以，"对我们来说，唯有尝试。其他不是我们关心的事"（《东科克尔村》），"我们不会停止探索"（《小吉丁》）。就此而论，对《四个四重奏》内部张力的这样一种总结是合乎情理的："接近绝对的不可抗拒的冲动被一种怀疑所阻抑，这种怀疑认为没有一个这样的绝对可供探索和发现。"[1]

通过语言的变动性、知识的建构性、对未来意识的批判、对当下历史的重视，《四个四重奏》使得"瞬时性"与"当下性"和无限、永恒充分地关联起来。无限、永恒只有在这两个时间维度中才能得到把握和接近。只有看到这一点，我们才能明白艾略特所说的"只有通过时间，时间才被征服"，而"时间有限与无限的交叉"不是无限的单向胜利，而是二者的和谐共生。当然，我们并不能把《四个四重奏》对"瞬时性"与"当下性"的讨论，看作纯粹哲理性的或宗教性的，这两个时间维度的强调也是在说明诗或文学应该怎么写，如何去表达真理、信仰或不可见的存在，诗或文学在承担此重任的过程中能够做到多少，限度何在。这当中回响着艾略特在早期文章中就提出的诗学立场，即反对直接的、抽象的、教条般的意义表达，不同的是，有了《四个四重奏》对"瞬时性""当下性"的咏叹，艾略特对文学表达的具体性、时间性的强调更具说服力，因为他所给出的理由已不仅仅是文学上的，而带有更为有力的哲学与神学思索。

---

[1] Donald J. Childs, *From Philosophy to Poetry: T. S. Eliot's Study of Knowledge and Experience*, London: The Athlone Press, 2001, p. 167.

通过上述四节，我们看到了艾略特诗学在中后期所发生的诸多变化。在"传统与个人才能"的关系上，他逐步加重了对个人才能、个人情感、个性化表达的强调，指出这些因素对于传统的价值与意义，进而真正实现了他在 1919 年所说的"传统当代化"。"客观对应物"的可疑性，涉及文学作品的自律性、作品与作家的距离，这在艾略特早期诗学主张中均有其基础，当然，语言角度的加入给艾略特的反思带来了新的维度。从复调性到音乐性的变化，充分体现了艾略特一以贯之的对文学作品内在结构的追求，同时彰显了他带有宗教意味的文学使命感的加强。而对"瞬时性"与"当下性"的强调，则呼应于他关于"感受力的统一"、智性品质的欣赏，并辅之以更为精深的哲学与宗教之思。所以，本章所论及的这些诗学变化，并未在艾略特的诗学世界中造成不可调和的矛盾，它们是对许多早期观点的一种完善，或是对早期观点中一些偏颇之处的纠正。总体而言，这些前后期的诗学变化见证了艾略特诗学思想的内在成熟，是我们完整理解艾略特诗学思想、欣赏其诗学表现的不可忽略的部分。

第三章　艾略特诗学思想的渊源构成

艾略特的诗学思想是一个多面复杂且保持着变动的立体结构，这与其所吸收的驳杂的诗学影响不无关系。这些影响既来自文学史，也来自他与许多思想家的关联。比如，对布拉德雷哲学的批判性继承，给艾略特的文学、哲学、宗教之思带来了相对主义元素，使其思想富有弹性，规避了绝对主义的追求。在唯一神教、布拉德雷哲学以及新托马斯主义的综合影响下形成的基督教思想，又渗透在艾略特对不可见事物的理解以及表现方式中。

总体而言，艾略特的可贵之处在于，他从不讳言其他作家、思想家对他的影响，所谓"影响的焦虑"对他而言并不是一个问题。这种坦诚的态度使其真正扎根于传统又超越于传统，体现出独特的博大精深。当然也正因为此，我们无法将艾略特所接受的影响与其诗学立场作机械的一一对应，这些影响在其诗学世界中是一个相互交叉、彼此作用的整体。

第一节　文学长河中的诗学渊源

对于注重传统的艾略特来说，古往今来的文学大家和文学思潮是他最直接地吸收诗学营养的地方。他的许多批评性文章给我们提供了珍贵的线索，帮助我们理解他与文学史的关联，但也有一些他并未言中的地方，有待我们进行梳理与归纳。

一、欧洲诗学的"非个人化"之路

"非个人化"诗学是艾略特诗学思想的重要部分，在鲜明的反浪漫主义立场中，它对扭转时代诗风起到了关键作用。然而，我们不能忽视，"非个人化"诗学的提出并不是艾略特一人之功。事实上，它包含着艾略特之前众多文学家在此问题上的思索和贡献，甚至包括浪漫主义者对自身的反省。对于深谙文学传统的艾略特来说，前人在"非个人化"诗学上的探索必然对其有所影响。正是在这种诗学发展的层层推进中，艾略特才有可能发出最强的音符。

总体而言，从卢梭开启的浪漫主义到庞德的意象主义，欧洲诗学已经在此过程中出现了一个从个人到非个人的重点转移趋势。

在1916年哈佛大学课堂上艾略特说，"浪漫主义在任何方面都意味着过度"，"它有两种倾向：回避事实世界，皈依于无理性的事实。19世纪的两种主导潮流，即对模糊的情感的强调与对科学（现实主义）的神化，都起源于卢梭"[①]。这段话中指涉到的过度的情感与无理性，正是个人主义的夸张表现。在英国，华兹华斯对作家个人情感的强调，维护了个人主体在诗学中的地位，这正如他的名言所显示的："一切好诗都是强烈情感的自然流露。"[②] 雪莱的《为诗辩护》更是对浪漫主义个人诗学的有力总结。他认为"诗可以解作

[①] Cited from Ronald Schuchard, "T. S. Eliot as an Extension Lecturer, 1916–1919", *Review of English Studies* 25. 98（1974），p. 165.
[②] 渥兹渥斯：《抒情歌谣集》序言，《十九世纪英国诗人论诗》，刘若端编，人民文学出版社，1984，第6页。

'想象的表现'"①,"诗与快感是形影不离的"②,更赞扬"诗人是不可领会的灵感之祭司;是反映出'未来'投射到'现在'上的巨影之明镜;是表现了连自己也不解是甚么之文字;是唱着战歌而又不感到何所激发之号角;是能动而不被动之力量"③。诗人个人的体验、个性的力量在诗学中占据了前所未有的高度。

然而对个人主义诗学的反拨首先就出现于浪漫主义诗人内部。虽然与华兹华斯同样讲究诗人个人的情感与价值,雪莱却更加积极地表现出对个体自我的反思,认为诗人不应自足于个人的性灵世界。在《阿特拉斯》一诗中,他塑造了云游欧亚、追寻宇宙真理的漫游者形象。这位漫游者试图在各地的神奇景象之间、人类的喜怒哀乐之间寻找宇宙的秘密和真理,但最终在孤寂中走向了死亡。他的追寻虽然美好,但正如诗中所说,"这一切不过是在他脑中"④。而在诗作前记中,雪莱也讲"凡是不爱同类者,尽其一生必是贫瘠的,而且到老只有一个凄惨的坟墓在等待着他"⑤。对这位漫游者固着于自我的人生倾向,雪莱的批评态度可见一斑。巴特勒认为这当中包含着对华兹华斯田园静思式诗学道路的批判,他指出,作为19世纪反动派的年轻作家,雪莱"把这种华兹华斯认为崇高的沉思默想的生活方式表现为是放纵自恋的、胆怯的或不道德的"⑥。诗作中阿特拉斯在经历了玄思苦想之后归于死亡这一情节,形象地说明雪莱已

---

① 雪莱:《为诗辩护》,《十九世纪英国诗人论诗》,刘若端编,人民文学出版社,1984,第119页。
② 同上书,第127页。
③ 同上书,第160页。
④ 雪莱:《雪莱抒情诗选》,查良铮译,人民文学出版社,1993,第202页。
⑤ 同上书,第190页。
⑥ 玛里琳·巴特勒:《浪漫派、叛逆者及反动派:1760—1830年间的英国文学及其背景》,黄梅等译,辽宁教育出版社,1998,第220页。

经强烈地认识到知识分子个人的诸多缺陷，如"创造力枯竭、孤独、无能和自怜以及各种诱惑"①。

相比于雪莱，济慈显示了更加彻底的反个人主义诗学立场，也更直接地影响到艾略特诗学立场的形成。当雪莱依然将诗人视为"立法者"之时，济慈冷静地提出了与艾略特相似的"非个人化"主张。在1918年给伍德豪斯的信中，济慈就批判了华兹华斯式的浪漫主义自我意识。他说道："首先，说到诗人的个性（我指的是，假如我能算回事的话，我自己作为其中一员的那类个性；它和华兹华斯所属的那种可称之为崇高的自我中心者判然有别，它是一种自成一体的自在之物），它不是自己——它没有自我——它是一切又不是一切——它没有个性……"② 在与贝莱的通信中，济慈也表达过类似的"非个人化"立场，而艾略特在1932年的演讲《诗歌之用与批评之用》之中就对之做了引用。

济慈认为诗人"没有自我"，因为抱着谦卑的态度，诗人应该"像花儿那样张开叶片，处于被动与接受的状态"③，让"每一个精神细胞从天国土壤中汲取养料"④。这一将诗人视作各种意象、情感、印象集中地和转化器的立场，也充分体现在艾略特的《传统与个人才能》一文中。艾略特说："诗人的心灵实在是一种贮藏器，收藏着无数种感觉、词句、意象，搁在那儿，直等到能组合成新化合物的各分子到齐了。"⑤

---

① 玛里琳·巴特勒：《浪漫派、叛逆者及反动派：1760—1830年间的英国文学及其背景》，黄梅等译，辽宁教育出版社，1998，第223页。
② 济慈：《济慈书信集》，傅延修译，东方出版社，2002，第214页。
③ 同上书，第93页。
④ 同上书，第92页。
⑤ 艾略特：《传统与个人才能》，《艾略特诗学文集》，王恩衷编译，国际文化出版公司，1989，第5—6页。

象征主义者对浪漫主义个人诗学的批判更加猛烈。早在《恶之花》出版前十年,批评家们就开始强有力地抨击浪漫主义:"他们(指浪漫主义者——引者注)幻想着在琴弦上歌唱自己,把自己当作他们大话的唯一主题,洋洋自得地颂扬他们生活中的最微不足道的事情;他们像一个画家一辈子不知疲倦地以一百种方式画自己……他们临泉自赏……永远是我,总是我,我歌唱,我旅行,我爱,我哭,我痛苦,我嘲弄,我辱骂宗教或者我祈祷上帝……"[1] 而到了1850 年的《恶之花》,波德莱尔更是用诗歌创作从实践上对浪漫主义的唯我倾向进行了否定。通过对巴黎的种种特写,这本诗集直面人的"原始罪恶"[2]、自然本性中的丑陋,有力地批判了浪漫主义对个人情感与性灵的歌颂。

艾略特充分肯定了波德莱尔的诗学立场,事实上,他把波德莱尔看作本质上"第一个反浪漫派诗的人"[3]。波德莱尔对浪漫主义个人诗学的批判一方面促进了艾略特"非个人化"诗学理论的产生,另一方面也为艾略特的创作提供了更多灵感。波德莱尔对城市丑恶意象的种种描写,在艾略特那里得到有力的延续。颓废无力的普鲁弗洛克、两眼无神的妓女、同性恋的商人、有欲无情的小职员,不再神圣的泰晤士河、老鼠、尸骨、生锈的铁条等,共同构成了一幅幅令人绝望却又发人警醒的画面。在这些描绘中,诗人不但批判了个人性灵中的诸种丑陋与反常,而且将诗歌的重心从个人转向了更为广阔的、亟待拯救的现实世界。

以庞德为代表的意象主义同样表现着"非个人化"的追求。"客

---

[1] 转引自波德莱尔:《恶之花》,郭宏安译评,漓江出版社,1992,第 127 页。
[2] 伍蠡甫、翁义钦:《欧洲文论简史》,人民文学出版社,1999,第 439 页。
[3] 艾略特:《波德莱尔》,《艾略特诗学文集》,王恩衷编译,国际文化出版公司,1989,第 112 页。

观性，再一次客观性"①，庞德箴言式的话语表现了意象主义与个人主义诗学之间的距离。在庞德看来，诗歌不应该直接表达诗人的情感与思想，而应该通过客观形式也即他所说的意象来进行。而且，在具体的写作过程中，庞德还要求作家"不要卖弄""不要描述"②"不能有突然的感叹"③，而要尊重客观事物、客观意象本身的价值。看得出，作家个人的理解与感悟即使没有被庞德否定，但也是已经被置于客观性描写的要求之下了。当然，正如我们看到的，在庞德之前文学家们已经开始了"非个人化"道路的探寻，庞德在这方面给予艾略特的影响也许并不是决定性的。相比之下，庞德对客观意象的明晰性要求，则更大程度地吸引着艾略特。"客观对应物"说的提出正是一个明证。

二、庞德、但丁与"客观对应物"

在"非个人化"诗学的具体落实中，"客观对应物"是重要的组成部分。当然，将主观的情感与思想外化为客观的事件、景象、意象这一方法，象征主义诗人们早就已经使用了，但是艾略特对象征主义诗人的意象使用并不满意。他曾批评克洛岱尔和梅特林克的作品说："他们恰恰意味着不明确的东西，以及一种情感的冲动。思想的混合与视象的混合，带来了更多的冲动，却意味着关于具体客体的清晰思考与清晰表达都不复存在。"④

---

①③ 庞德：《致哈莉特·芒罗的信》，《象征主义·意象派》，黄晋凯、张秉真、杨恒达主编，中国人民大学出版社，1989，第151页。
② 庞德：《回顾》，《象征主义·意象派》，黄晋凯、张秉真、杨恒达主编，中国人民大学出版社，1989，第135页。
④ T. S. Eliot, "The Possibility of a Poetic Drama", *The Sacred Wood and Major Early Essays*, Mineola: Dover Publications, 1998, p. 114.

艾略特对克洛岱尔和梅特林克的批评是准确的，象征主义作家们的诗学目标正是追求朦胧与晦涩的效果。波德莱尔在《应和》中唱道："自然是座庙宇，那里活的柱子/有时说出了模模糊糊的话音；/人从那里过，穿越象征的森林。"① 在波德莱尔的诗学当中，外部世界的各类意象，以及"芳香、颜色和声音的互相应和"②，共同构成超越现实的诗境，从而让人们在"模模糊糊的话音"③中去体悟世界。马拉美在批评唯美主义的帕尔纳斯派时，也表达了类似的观点。他说："帕尔纳斯派抓住一件东西就将它和盘托出，他们缺少神秘感；他们剥夺了人类智慧自信正在从事创造的精微的快乐。直陈其事，这就等于取消了诗歌四分之三的趣味，这种趣味原是要一点一点儿去领会的。"④ 这同样是在强调诗歌应具有神秘、幽深的诗学效果。可以说，波德莱尔与马拉美共同信奉的，是"诗歌中应该永远存在着难解之谜，文学的目的在于召唤事物，而不能有其他目的"⑤。也正因为此，明确与清晰并不是象征主义者的诗学追求。他们在意象与超自然世界之间搭建错综复杂的桥梁，强调暗示与联想，引领人们去猜想、领悟、揣摩和推理，制造晦涩与模糊的诗学效果。

庞德的诗学观恰恰与此相反，他追求象征符号、客观意象的清晰与明确。在批判浪漫主义时，庞德说："至于19世纪，尽管我们尊重它的成就，但我们回顾时发现它是一个相当模糊凌乱的时代，一种感伤主义的、形式主义的时代。"⑥ 针对浪漫主义文学中情感的

---

① ② ③　波德莱尔：《应和》，《恶之花》，郭宏安译评，漓江出版社，1992，第13页。
④ ⑤　马拉美：《谈文学运动》，《象征主义·意象派》，黄晋凯、张秉真、杨恒达主编，中国人民大学出版社，1989，第41页。
⑥　庞德：《回顾》，《象征主义·意象派》，黄晋凯、张秉真、杨恒达主编，中国人民大学出版社，1989，第141页。

模糊与凌乱，庞德在不同的篇章中反复强调"法则的明确规定或冲动的精确表达"①。不但如此，象征主义对模糊、神秘之诗学效果的追求显然也让庞德不能满意。他期望："至于20世纪的诗歌以及我在今后10年所希望看到的诗歌，我想它一定会反对废话连篇，一定会变得较为坚实，较为清醒。……至少我自己希望这样，它质朴、直率，没有感情上的摇曳不定。"②为达成此目标，庞德要求诗歌中不要使用"多余的字句和不能说明任何东西的形容词"③，也不要因为"懒于去寻找确切的字眼"而使用通感手法。④ 一切可能带来含混晦涩的、又为象征主义者们所大量使用的因素都为庞德所反对。

这种对文本明确性、清晰性的要求明白无疑地影响着艾略特的诗学立场。回顾本部分开头我们引述到的艾略特对克洛岱尔和梅特林克的批评，不难发现他与庞德之间的深度契合。在《伊兹拉·庞德：他的韵律和诗歌》（1917）一文中，艾略特就曾直接赞许庞德的诗歌不似史文朋的含蓄与抽象，也不似马拉美的多义，而"总是明确又具体，因为他总有一个明确的感情"⑤。对庞德的赞同，还直接体现在"客观对应物"一说中。尽管"客观对应物"表达的情感与思想不应是简单化、平均化的——我们在第一章第二节、第二章第二节均已有所论及——但艾略特还是要求诗人的内心与外界之间具有清晰、准确的对应关系。这其中清晰可辨庞德声音的回响。

此外，在意象表达的明确性、清晰性的追求上，庞德可能受到

---

① 庞德:《回顾》,《象征主义·意象派》,黄晋凯、张秉真、杨恒达主编,中国人民大学出版社,1989,第139页。
② 同上书,第142页。
③ 同上书,第133页。
④ 同上书,第136页。
⑤ T. S. Eliot, "Ezra Pound: His Metric and Poetry", *To Criticize the Critic and Other Writings*, London: Faber and Faber, 1965, p. 170.

过但丁的影响。对此，艾略特也充分注意到了。在说明庞德的意象主义时，他就曾引述庞德关于但丁的一句话："相对于密尔顿，想想但丁表达上的明确性。"① 而艾略特在表达自己对但丁的推崇中，也有过类似看法。在称赞但丁能够将不可见的事物转化为具体的视觉形象的同时，艾略特也比较了但丁的意象与莎士比亚的意象。他说莎士比亚多用隐喻，意象更为复杂，给人更多言外之意，"与其说是收缩性的，还不如说是扩展性的"②。而但丁呈现给读者的大多是"解释性的"明喻，他只是"想让我们看见他所看见的东西"③。在艾略特的论述中，但丁的这种简单直接的明喻并不逊色于莎士比亚，因为它们出色地使艰深的事物具体化了，让人得以触摸和体验。应该说，在视觉形象的直接性与明晰性上，但丁与庞德的影响一道渗透在艾略特"客观对应物"说的形成中。

艾略特也把对明晰性的追求运用到对其他一些作家的批评中。比如在对马维尔"机智"风格的评述中，艾略特称赞其《致羞涩的姑娘》一诗的情感有"一种明白、实在的精确性"④。在后期著作中，艾略特批评密尔顿由于失明的缘故而没能展现出诗歌意象在地点和时间上的"具体感"以及视觉上的明确效果，⑤ 尽管他后来又重新撰文对密尔顿给予了肯定。除了在情感和意象两个方面主张具体性、明确性外，艾略特还指出语言也应如此。他认为诗歌能够维

---

① T. S. Eliot, "Ezra Pound: His Metric and Poetry", *To Criticize the Critic and Other Writings*, London: Faber and Faber, 1965, p. 175.
② 艾略特:《但丁》,《艾略特诗学文集》, 王恩衷编译, 国际文化出版公司, 1989, 第 78 页。
③ 同上书, 第 77 页。
④ 艾略特:《安德鲁·马维尔》,《艾略特诗学文集》, 王恩衷编译, 国际文化出版公司, 1989, 第 43 页。
⑤ 艾略特:《密尔顿Ⅰ》,《艾略特诗学文集》, 王恩衷编译, 国际文化出版公司, 1989, 第 141—145 页。

护语言的传统，也能推动语言的发展，但面对现代世界的纷纭复杂，诗歌语言不能够随之走向模糊与混乱，而是要保持表达上的"精细和准确"[①]。

三、对"智性诗人"的推崇

在"非个人化"立场与"客观对应物"说之外，艾略特追求的"统一的感受力"和幽默反讽的风格主要来自带有"智性品质"的诗人的影响。

1921年，艾略特在《玄学派诗人》一文中提出了关于"感受力分化"的讨论。在讨论中，艾略特对密尔顿和德莱顿以降的诗歌进行了批评，认为感性和理性之间已经走向内在分裂。艾略特批评的标准正是以邓恩为代表的17世纪玄学派诗人。

艾略特认为以邓恩为首的玄学派诗人之所以成功，就在于他们拥有"将意念转化为感觉，以及将看法转化为心态的这一基本品质"[②]。对于玄学派之后丁尼生和勃朗宁抽象表达自己思想的做法，艾略特十分反感，他指出在玄学派与丁尼生和勃朗宁之间，人们找到的正是"智性诗人"与"思性诗人"间的区别。虽然他们都在诗中表达自己对人生的思考，但丁尼生和勃朗宁却不能将思考转化为体验与感性知觉。"思性诗人"之所以逊色于"智性诗人"，是因为他们的理性思考未能"变成情感的再创造"[③]。

---

① 艾略特：《诗的社会功能》，《艾略特诗学文集》，王恩衷编译，国际文化出版公司，1989，第245页。
② 艾略特：《玄学派诗人》，《艾略特诗学文集》，王恩衷编译，国际文化出版公司，1989，第33页。
③ 同上书，第30页。

除了玄学派诗人，马维尔也被艾略特看作具有"智性品质"① （intellectual quality）② 的英国诗人。艾略特认为马维尔的"智性品质"在于一种"机智"，也即"轻快与严肃的结合"③，他说："我们尝试定义为机智的东西是在轻快优雅的抒情格调下表现出来的一种坚实的理智。"④ 艾略特并举马维尔《致羞涩的姑娘》一诗为例来证明。该诗写道：

> 我们如有足够的天地和时间，
> 你这娇羞，小姐，就算不得什么罪想。
> 我们可以坐下来，考虑向哪方
> 去散步，消磨这漫长的恋爱时光。
> ……
> 我要用一百个年头来赞美
> 你的眼睛，凝视你的娥眉；
> 用二百年来膜拜你的酥胸，
> 其余部分要用三万个春冬。
> 每一部分至少要一个时代，
> 最后的时代才把你的心展开。⑤

---

① 艾略特：《安德鲁·马维尔》，《艾略特诗学文集》，王恩衷编译，国际文化出版公司，1989，第48页。
② "智性品质"的英文原文见 T. S. Eliot, "Andrew Marvell", *Selected Essays*, London: Faber and Faber, 1951, p. 304。
③ 艾略特：《安德鲁·马维尔》，《艾略特诗学文集》，王恩衷编译，国际文化出版公司，1989，第39页。
④ 同上书，第36页。
⑤ 杨周翰译本，引自王佐良：《英诗的境界》，生活·读书·新知三联书店，1991，第31—32页。

舒缓轻松的语调，加上夸夸其谈般的赞美及其附带的轻佻态度，让人看罢不觉一笑了之，但随后诗人转入对"时间"飞逝的慨叹，描写了无论是物质的宫殿还是人的情欲都将灰飞烟灭。正是在对人生有限的痛切感悟中，诗作上半部分的愉悦和轻佻得到了恰当平衡，显示出爱情的真诚。这的确显示出了艾略特所说的"轻快与严肃的结合"。也正因为此，诗作最后的场景虽近于色情但又是在对时间发出严肃的挑战：

> 与其受时间慢吞吞地咀嚼而枯凋，
> 不如把我们的时间立刻吞掉。
> 让我们把我们全身的气力，把所有
> 我们的甜蜜的爱情揉成一球，
> 通过粗暴的厮打把我们的欢乐
> 从生活的两扇铁门中间扯过。
> 这样，我们虽不能使我们的太阳
> 停止不动，却能让它奔忙。①

这样，整首诗歌在轻快又轻佻、严肃且沉痛的融合中，咏出张力十足的爱情追求。

艾略特把马维尔的成功归结为"机智的内在平衡"②，并指出这种平衡就像柯勒律治所说的，存在于"清醒的判断、沉着的自持和

---

① 杨周翰译本，引自王佐良：《英诗的境界》，生活·读书·新知三联书店，1991，第33页。
② 艾略特：《安德鲁·马维尔》，《艾略特诗学文集》，王恩衷编译，国际文化出版公司，1989，第48页。

深刻的情感、激动的热诚之间"①。在艾略特看来,正是这一"内在平衡"决定了马维尔的"机智"或曰"智性"不是纯粹的"轻浮"或"娱乐",而是一种举重若轻的诗学姿态。

但在艾略特看来,马维尔的"机智"并非他一人独有。就在《安德鲁·马维尔》一文中,艾略特告诉我们,马维尔的"机智"还可见于法国诗人拉福格。② 法国著名比较文学学者布吕奈尔就曾指出,拉福格作品具有"诙谐博学、严肃而又宁静的滑稽"③。这一意见完全可以用来佐证艾略特判断上的准确。可惜的是,尽管艾略特坦承拉福格对他的影响比"任何语言的任何一位作家都要大"④,但他从来没有专门写过关于拉福格的文章。这为我们梳理二者之间的诗学关系带来了一定困难,但在艾略特的作品中我们还是不难发现拉福格的痕迹。

拉福格的机智主要体现为讽刺和反讽,这在艾略特早期作品中有着鲜明的表现。《J. 阿尔弗瑞德·普鲁弗洛克的情歌》就描写了一群附庸风雅的女性。"在屋里妇女们来来去去/谈论着米开朗琪罗","蛋糕""冰点""桔子酱""茶水""咖啡""音乐""议论"组成了她们的生活。而《一位女士的画像》的女主人公则在"淡淡的意欲""低沉的小提琴""四月的斜阳"中温柔舒缓地表述一己之伤感。所有这些女性世界的情景,艾略特都用一种轻松平淡的语气加以描述,但大量浪漫主义场景的堆积实际上却构成了尖锐的反讽,

---

① 艾略特:《安德鲁·马维尔》,《艾略特诗学文集》,王恩衷编译,国际文化出版公司,1989,第41页。
② 同上书,第39页。
③ 皮埃尔·布吕奈尔、伊沃纳·贝朗瑞:《19世纪法国文学史》,郑克鲁译,上海人民出版社,1997,第313页。
④ T. S. Eliot, "To Criticize the Critic", *To Criticize the Critic and Other Writings*, London: Faber and Faber, 1965, p. 22.

深刻地批判了矫情的、公式化了的浪漫主义情调。

不但如此，艾略特较拉福格又往前推进了一步。拉福格讽刺、调侃的对象总是他人，作品中的"我"是有自我统一性的，有严肃而优雅的言谈举止，这源于欧洲19世纪后半期流行的"上等人"风度。[①] 所以在他的诗中，尽管女主人公常常是话语的主导者，滔滔不绝地表述自己的浪漫主义情感，但作为听者的"我"总能够以轻松、讽刺的话语对之加以扰乱。可是在艾略特的《J. 阿尔弗瑞德·普鲁弗洛克的情歌》与《一位女士的画像》中，主人公"我"的自我统一性丧失了，他们一再怀疑自己反抗现实的勇气，再三搁置内心的想法，或者在幻想中自我解体以寻得暂时的解脱。譬如《一位女士的画像》中的"我"只能通过幻想把自己化作手舞足蹈的熊、大喊大叫的狒狒来寻得对女性世界的暂时解脱，并同时承认"那自我控制的最后火花熄灭了"。这就在令人发笑的荒唐场面中，表达了对自我脆弱性的深刻批判。而普鲁弗洛克感觉自己变成了一只被钉在墙上的昆虫，且不断地自问"我有无勇气／打扰这个宇宙"，也是在滑稽可笑的形象中表现了自我力量的缺乏。所以，《J. 阿尔弗瑞德·普鲁弗洛克的情歌》和《一位女士的画像》当中主人公讽刺他人的力量弱化了，但诗作本身的讽刺力量却是大大增强了，因为诗作讽刺批判的已不仅仅是特定的他者，而更是诗中的"我"和现实中的读者。在讽刺力度和讽刺范围上，艾略特都对拉福格有所超越。

[①] Erik Svarny, 'The Man of 1914': T. S. Eliot and Early Modernism, Milton Keynes: Open University Press, 1988, p. 49.

第二节 人文主义与宗教节制：
艾略特与欧文·白璧德

探寻艾略特诗学思想的渊源，欧文·白璧德的人文主义是不可或缺的起点之一。白璧德在哈佛大学对艾略特的教益与启发贯穿着诗人一生的诗学道路。在1952年回顾自己一生所受的各种影响时，艾略特明确提及"我的导师"白璧德。[①]

白璧德给予艾略特的影响主要在于对个人主义和浪漫主义的反对、对本能至上和滥情倾向的否定。这一影响直接关系到艾略特的"非个人化"诗学以及他对"智性"的推崇。当然，艾略特对白璧德的接受并非一成不变，对于白璧德后期要以人文主义取代宗教的观点，艾略特结合休姆与莫拉斯的思想对之进行了批驳，而其批驳的目的仍在于使白璧德的人文主义发挥应有的作用。

1909年到1910年，已经获得学士学位的艾略特继续在哈佛深造。在这期间，他聆听了白璧德的课程。虽然当时白璧德主要讲的是法国文学批评，但其授课内容时常有所拓展，涉及古典主义、浪漫主义和人文主义等诸多方面，而当时其观点主要见于《文学与美国的大学》（1908）一书以及后来出版的《现代法国批评大师》（1912）。

一、反浪漫主义与理性批评观

在《文学与美国的大学》中，白璧德将批判的矛头直指19世纪以来的浪漫主义大潮，而卢梭又被白璧德认作这一潮流的"始作俑

[①] T. S. Eliot, "To Criticize the Critic", *To Criticize the Critic and Other Writings*, London: Faber and Faber, 1965, p. 17.

者"。白璧德多次引证卢梭本人的话证明,卢梭对任何形式的外在束缚都加以否定,而完全讲求个人的自由与感受:"有些人像卢梭一样,信赖'自然'女神并因而倾向于把自身性情当作个体的理想需要;有些人标举本能与怪癖;还有些人试图满足各种性情的需要……"① 在白璧德看来,由卢梭引领的这一浪漫主义追求,是对17世纪开始的新古典主义过分压制个体创造性的一种反抗;但这一反抗缺乏对人之自然本性的约束和调控,从而走到了与新古典主义相对立的另一个极端,是"对原始、自发与本能性事物的盲目崇拜"②。与浪漫主义相反,白璧德认为人之为人文的,就在于人能够对自身作出"规束和选择"③;一个人的重要不仅在于他做了什么,还在于"他克制自己没去做什么"④。人之伟大不在于他能放纵自己的本能,叫嚣自己的性情,而在于他能克服自己的片面性。

白璧德的人文主义关于个人情感与本能的立场,对艾略特产生了复杂的影响。首先,艾略特将白璧德对浪漫主义的批判运用到批评观上,表现了自己对理性批评风格的赞同以及对情感批评、直觉批评的否定。其次,白璧德为使个人的情感得到合理调控而强调古典文学的重要,并主张个人与传统的结合、古与今的结合,这又鲜明地映现在艾略特关于"传统与个人才能"的讨论中。

在《完美的批评家》一文中,艾略特明确说道:"相反,差的批

---

① 白璧德:《文学与美国的大学》,张沛、张源译,北京大学出版社,2004,第64页。
② 同上书,第123页。
③ 同上书,第13页。
④ 同上书,第38页。

评仅仅是一种情感的表达，其他什么都不是。"① 在同一篇文章中他还说，有些批评家"过度地响应着刺激，制造一些出于印象的新东西，于是被生命力的缺陷所困扰，或遭遇莫名的阻塞，使自然本性不能得到正常的展现"②。模糊的印象式批评、作为传递情感之媒介的批评，在艾略特看来都是不成功的，因为它们都带有浪漫主义对感觉、情感、生命力的过分强调。

艾略特提出，艺术批评的对象不是感觉、情感、生命力等模糊的东西，而是已经转化为艺术品的"智性产品"（a work of intellect）③。所以批评家的任务不再停留于描述艺术品中的情感、本能、生命力，而是揭示这些方面在艺术品内部的"系统"④ 和"结构"⑤。正是这些内在的"系统"和"结构"，使创作者的感觉、情感、生命力达到了艺术的效果。从此理念出发，艾略特批判说："多愁善感的人是有欠缺的艺术家。一个艺术品可以在他身上引起所有类型的情感，但这些情感与艺术品毫无关系，它们仅仅是关乎个人的偶然事件。"⑥真正的批评，在艾略特的心目中，包含着对感觉、情感、生命力的呈现，但又不仅止于此。他说，批评"是感受力的进一步发展"⑦，批评应包含着批评家对作品的分析、建构和再创造。⑧ 也就是说，批评家是以智性的态度来面对作品、阐发作品，而并非仅仅扮演着一个情感体验者、本能描述者的角色。这样的批评观显然与白璧德对浪漫主义的批判有着内在的呼应。

---

① T. S. Eliot, "The Perfect Critic", *The Sacred Wood and Major Early Essays*, Mineola: Dover Publications, 1998, p. 74.
②⑥ Ibid., p. 68.
③ Ibid., p. 66.
④ Ibid., p. 73.
⑤⑦ Ibid., p. 74.
⑧ Ibid., p. 67.

在白璧德的影响下，柏格森的直觉批评也成为艾略特批评的对象。与对卢梭的批评相似，白璧德认为柏格森是用"同样疯狂的浪漫主义"去反对"泰纳及其同代人的疯狂的理性主义"①，而其具体方法就在于"背叛自己的理性"，让"直觉创造性地流动"。②这样的主张终究是"堕落的自然主义"③，是对非理性的过度肯定。

从《时间与自由意志》等著作来看，白璧德对柏格森的概括并不过分。柏格森提出了关于意识状态的"绵延"说。在"绵延"中意识状态不分彼此、前后交织，形成有机的整体。这种"深藏的心理状态"（即"绵延"），"在意识内只能发生一次而决不能发生第二次"④，我们只能把它"当作不可测量的状态"⑤，而个体建立在"绵延"基础上的内心自由也是"不可被界说的"⑥。一次性、不可测量性、不可界说性，共同暗示了"绵延"对理性思维的排斥。"绵延"理论揭示了内在性时间对空间性时间的超越，也揭示了生活的本质。更加重要的是，在柏格森眼中，文学正是与"绵延"的"直接面对"⑦，而文学批评——对文学中"绵延"的把握——关键也在于"直觉"，而不能"落入分析的范围"⑧。与白璧德一脉相承，艾略特对这种批评理念作出尖锐的讽刺与拒绝。

在《诗剧的可能性》一文中，艾略特讽刺柏格森的信徒，说他

---

① ② ③ 白璧德：《法国现代批评大师》，孙宜学译，广西师范大学出版社，2002，第171页。
④ ⑥ 柏格森：《时间与自由意志》，吴士栋译，商务印书馆，2002，第149页。
⑤ 同上书，第158页。
⑦ 柏格森：《笑之研究》，《西方文论选》下卷，伍蠡甫主编，上海译文出版社，1979，第278页。
⑧ 柏格森：《形而上学引论》，《西方现代资产阶级哲学论著选辑》，洪谦主编，商务印书馆，1964，第137页。

们将柏格森的哲学视为一种艺术，但其实这种艺术"是不清晰的，是一种情感的冲动"。而建立在情感冲动、直觉本能基础上的文学创作与文学批评被艾略特视作"不消化的"，因为在这种"冲动"中，"清晰的思考和清晰的表述都将消失"①。《不完美的批评家》则连用两个"愚蠢"来形容柏格森。② 艾略特的态度很明确：批评不可缺少的是观念之间的碰撞，为此批评家应该随时"保持思维的犀利"③ 而不是半梦半醒。这些批评与白璧德的主张如出一辙。

二、古典主义、"非个人化"、当下个人

在批判浪漫主义个人化倾向的同时，白璧德还指出了解决之道——古典主义。在不同的论述中，白璧德的古典主义体现出了三个方面的内涵：第一，在传统与个人之间找到结合；第二，在普遍性与个人性之间取得平衡；第三，以今解古。毫不夸张地说，以上三点在艾略特的"非个人化"主张中都有所响应。

白璧德承认，17世纪在法国兴起的古典主义确实过于僵化，过于机械地尊奉古代的文学标准，但在他看来，卢梭对个人创造性的片面强调同样是不足取的，一个人仅仅依靠着"自身本能"根本不可能"变得伟大"④，人们必须有所依托。他讽刺那些与传统决裂的人，自认为"领先自己的时代一百年，而实际上他至少落后其时代四五百年"⑤。而歌德，因为在重视自身创造性的同时又将目光转向

---

① T. S. Eliot, "The Possibility of a Poetic Drama", *The Sacred Wood and Major Early Essays*, Mineola: Dover Publications, 1998, p. 114.
②③ T. S. Eliot, "Imperfect Critics", *The Sacred Wood and Major Early Essays*, Mineola: Dover Publications, 1998, p. 97.
④ 白璧德：《文学与美国的大学》，张沛、张源译，北京大学出版社，2004，第145页。
⑤ 同上书，第148页。

古希腊文学作为依托,从而被白璧德表扬为获得了"人文的克制"①。

当然,白璧德对传统的尊重是与法国古典主义截然不同的。他反对将传统视作文艺创作的绝对标准、外在依据,而是主张在传统中寻找到"典型效果"与"普遍人性真理",然后使这些因素与作家的"个人风格"自然地交融。②在《卢梭与浪漫主义》一书中白璧德延续了《文学与美国的大学》中的观点,认为:"真正的古典主义并不取决于对规则的遵守或对典范的模仿,而是取决于对普遍性的直接感悟。"③普遍的、典型的东西是文艺创作所必需的,但它们必须经历艺术家的亲临的、直接的体验,进而从个人风格中得到表达,才能成就伟大的作品。这种普遍性与个人性之间的理想结合,在白璧德看来正是古希腊文艺思想的精髓。可惜古代的这一思想精髓,却遗失在法国古典主义对"模仿""规则""形式"的片面强调中了。④

白璧德古典主义的第三个方面在于以今解古,这其实是传统个人化的另一个面向。然而它以对"现在""当下"的强烈关注使得白璧德的古典主义进一步摆脱了拟古倾向。在《文学与美国的大学》一书中,白璧德虽大力提倡对传统的尊重和吸收,但他同时郑重地指出,"一名古典教师应当履行的最高任务就是运用想象力将过去的东西重新阐释成为今天的东西"⑤。传统不能被仅仅搁置在历史的角落,它们应当被赋予当代意义,而古今之间的割裂正是应当被改变

---

①② 白璧德:《文学与美国的大学》,张沛、张源译,北京大学出版社,2004,第149页。
③ 白璧德:《卢梭与浪漫主义》,孙宜学译,河北教育出版社,2003,第12页。
④ 同上书,第13页。
⑤ 白璧德:《文学与美国的大学》,张沛、张源译,北京大学出版社,2004,第73页。

的现状,"测验某人是否适合在普通大学教授古典学科,一个要比博士学位更好的测试方法就是设计一种考试,以显示此人阅读希腊罗马文本的程度如何,以及他运用这一知识和现代社会与文学相联系的能力怎样"①。只有经过与时下境况的结合,传统对于我们才不仅仅是一种外在的东西,而形成与当下的相互裨益。白璧德举例说:"如果将古典文学教学与中世纪和现代文学紧密地联系起来,就会获得一些全新的兴趣点和实在的效用,我们还要立即补充一点,现代语教学如果与古典紧密联系起来也会马上获得深度和严肃性。"②

白璧德古典主义思想的诸种内涵在艾略特著名的《传统与个人才能》一文中得到了全面再现。艾略特既提出传统之重要,又指出"自然,只有有个性和感情的人"③才能真正有效地归附于传统——没有"个性和感情",普遍性的东西也不能彰显出意义。艾略特的这些表达,与白璧德推崇传统又否定僵化传统的立场是完全一致的。白璧德曾尖锐地讽刺那些形式化的、抽象的对传统的继承:"现代学术界的主角不是人文主义者,而是进行调查研究的人。一个人从发霉的档案中挖掘出一篇未经发表的文献,那么他的地位就会高于有能力明智处置出版文献的人。如果他能以新发现的文献为由写一本书或试图进行翻案,那他就更加光荣了。"④白璧德的这一讽刺,《传统与个人才能》未直接搬用,但却以正面的方式继承了其中的要义:"历史的意识不但使人写作时有他自己那一代的背景,而且还要感到从荷马以来欧洲整个的文学及其本国整个的文学有一个

---

① 白璧德:《文学与美国的大学》,张沛、张源译,北京大学出版社,2004,第73页。
② 同上书,第74页。
③ 艾略特:《传统与个人才能》,《艾略特诗学文集》,王恩衷编译,国际文化出版公司,1989,第8页。
④ 白璧德:《文学与美国的大学》,张沛、张源译,北京大学出版社,2004,第150页。

同时的存在，组成一个同时的局面。这个历史的意识是对于永久的意识，也是对于暂时的意识，也是对于永久和暂时的合起来的意识。就是这个意识使一个作家成为传统性的。同时也就是这个意识使一个作家最敏锐地意识到自己在时间中的地位，自己和当代的关系。"①

当然，正如我们在第二章所看到的，从20世纪20年代到20世纪40年代艾略特一直在推进关于"传统与个人才能"的思索，他在保持二者总体平衡的基础上，更倾向于强调个人与当代的意义。这个过程当中，艾略特结合文学史、思想史进行的论辩已远远超出了白璧德影响的范围，但就《传统与个人才能》一文而言，白璧德不但是艾略特的老师，甚至还应该被视为该文的第二作者。

三、反思白璧德：人文主义与宗教的平衡

虽深受其影响，艾略特也并不缺乏或回避对老师的批判。在《欧·白璧德的人文主义》(1928) 和《关于人文主义重新考虑后的意见》(1929) 两篇文章中，艾略特强烈反对白璧德以人文主义取代宗教的意见，提出人文主义必须是与宗教相辅相成的。之所以会与白璧德产生这样的分歧，正如艾略特本人所说，是因为他对白璧德的接受还融合了T.E.休姆（T. E. Hulme）和查尔斯·莫拉斯（Charles Maurras）的影响。②

对白璧德的批判，缘起于白璧德于1924年出版的《民主与领导》一书。在这本书中，白璧德将自己的人文主义思想应用到社会

---

① 艾略特：《传统与个人才能》，《艾略特诗学文集》，王恩衷编译，国际文化出版公司，1989，第2页。
② T. S. Eliot, "To Criticize the Critic", *To Criticize the Critic and Other Writings*, London: Faber and Faber, 1965, p. 17.

政治领域，并"明确地表示人文主义是宗教的替换物"[1]。艾略特认为白璧德夸大了人性的力量，过于相信人性对自身的调控。他比较卢梭的人道主义和白璧德的人文主义说，"人道主义者抑制了特有的人性，只剩下兽性；人文主义者抑制了神性，只剩下人性中一个成分"[2]。这两种做法在艾略特看来是同样危险的，因为即便是人文主义，如果像白璧德主张的那样大胆地抽除了"神性"维度，人性就"有可能很快地又下降到兽性的水平"[3]。

艾略特有他的理由。他对人的构成有一个基本看法，即人是由"自然的"（兽性）、"人的"（人性）、"超自然的"（神性）三方面组成。"自然的"意味着人的本能的、无节制状态，"人的"意味着人自我节制、自我约束的能力，"超自然的"意味着高于人类的现实。在这样一种结构中，"人之所以为人，因为他承认超自然的现实"，人性中的一切"必然有一些成分来自上面"。正因为人类对高于自身的存在有敬畏之心、接近之意，人类才能够实现对"兽性"的约束和控制，从而保持自己的"人性"。如果像白璧德说的那样把人与"神性"联系去除掉，那么，"人和自然之间的二元关系就立即瓦解了"[4]，人将不能保证自身与动物相区别。所以人文主义在艾略特看来只是人对自己的一种内在制约，而宗教对人的作用乃是一种外部约束。舍弃了外部约束，人类给自己留下的就只是"私人的见解和自己的判断，这些东西是相当不可靠的"[5]。

---

[1] 艾略特：《欧文·白璧德的人文主义》，《艾略特文学论文集》，李赋宁译，百花洲文艺出版社，1994，第184页。
[2][3] 同上书，第185页。
[4] 艾略特：《关于人文主义重新考虑后的意见》，《艾略特文学论文集》，李赋宁译，百花洲文艺出版社，1994，第200页。
[5] 艾略特：《欧文·白璧德的人文主义》，《艾略特文学论文集》，李赋宁译，百花洲文艺出版社，1994，第189页。

舍弃了宗教信仰，人文主义就必然面临着人性向自然本能堕落的危险，丧失了自己的合理性，艾略特说："我不禁想到福斯特先生，甚至于白璧德先生都更接近卢梭的观点，而不接近宗教观点。"① 白璧德对卢梭的批判我们已经做了交代，那也是艾略特所赞同的。可是当人文主义走到取代宗教的地步时，艾略特意识到它已经和卢梭主义接近了。因为，对个人情感与本能的放纵即便还不是人文主义的选择，那么至少它已经是一种可能性了。

白璧德对人之自我控制的强调，之所以不为艾略特所接受，一个根本原因就在于他与休姆共同的"原罪"观。艾略特指出，对于那些一味强调人文主义的人来说，"罪恶的问题消失了，罪恶的概念也不复存在了"，但这种观点完全是"幻想"，相比之下，"休姆值得大大的称赞是因为他独自发现了存在着一个人绝对达不到的绝对点"③。休姆不相信人本身可以绝对完善，对此艾略特完全赞同："半个世纪之后，托·伊·休姆写了一段话，如果波德莱尔还活着，他肯定会同意休姆的这一看法：'根据这些绝对价值，人类本身被判定在本质上有局限性而且并不完美。他的身上带有原罪。偶尔他也能完成一些相当完美的事业，但是他本人永远不是完美的。我们由此可以得到某些关于人类社会行为的次要结论。人在本质上是坏的，他只有在伦理或政治的约束下才能完成任何有价值的工作。因此秩序不仅只是消极的，而且还带有创造性和解放性。制度是必要的。'"③ 艾略特并未标明休姆这段话的出处，它实际上来自休姆的思想笔记。就在这一笔记中休姆明确表示，自己对人类

---

①② 艾略特：《关于人文主义重新考虑后的意见》，《艾略特文学论文集》，李赋宁译，百花洲文艺出版社，1994，第207页。
③ 艾略特：《波德莱尔》，《艾略特诗学文集》，王恩衷编译，国际文化出版公司，1989，第117—118页。

原罪、人类本性不完美的强调，针对的正是过于乐观的人文主义。"人文主义态度：当不再感受到这些绝对价值观的实在性，你就会拒绝承认人类或自然是极端不完美的。从逻辑上说这就导致了这样一种信念，即生命就是所有价值观的源泉与尺度，而人在根本上就是好的。"① 基于同样理由，休姆也表示自己难以忍受浪漫主义的自我至上倾向。② 对于休姆来说，我们之所以要重视人性的不完善，是因为人的内心总是包含着各种自我矛盾之处，而它们不会消失，"在他的身上有一种各种本能之间的战争，这将是他永远也摆脱不掉的特征，这将永远持续"③。

　　休姆的原罪观以及对人性加以约束与引导的看法，与艾略特所认可的法国思想家查尔斯·莫拉斯的观点有着相当的契合之处。莫拉斯认为，法国甚至是欧洲的近代历史已经充分证明了民主制度的弊端，对个人自由的崇尚带来了社会的混乱、自私与纷争。为此，必须重建秩序，而宗教秩序的重建则是其中重要的组成部分。他说："归根究底，我赞赏古老法国的道路。1789 年前的法国……是君主制的、等级制的、社会主义的并以社群为中心的……古老的法国有着基于她的族群与领土而产生的宪法……古老的法国的思维，有着古典的、法律的以及哲学的框架，这种思维更重视事物之间的关系而非事物本身，古老法国的作家们，即便是在他们最下流的故事中，也承认理性的力量……古老的法国宣称，传统的天主教——让犹太人的观点以及基督徒的情感臣服于传承自古希腊与古罗马的纲

---

① T. E. Hulme, *The Collected Writings of T. E. Hulme*, ed., Karen Csengeri, New York: Oxford University Press, 1994, p. 444.
② Ibid, p. 232.
③ Ibid, pp. 234-235.

纪——在其自身中包含着人性的自然秩序。"① 某种理想化的过去所代表的秩序，被莫拉斯用来抵制"个人化的自我的种种欲求以及散漫"②。

经过以上梳理我们看到，在白璧德的影响下，艾略特相信人自身的理性力量，推崇节制有度，但在休姆和莫拉斯的影响下，他又认为人本身并不足以使自己的行为合法、合理、有度。在这两种思想倾向的交互作用下，艾略特最终提出了自己设定的方向："在宗教立场和纯粹的人文主义立场之间没有任何对立；二者相辅相成。"③ 这一思想立场在艾略特的诗学观中有着鲜明的表现。在第二章第三节我们曾通过其后期的批评文章以及剧作，看到艾略特关于文学功能与任务的思考。他提出文学最终要给人带来"平静、安宁与和解"。这一目标带有基督教的色彩，但又没有明确地被他归类为宗教性的追求或境界。正如在《鸡尾酒会》《机要秘书》与《老政治家》中，主人公们最后的精神解脱，也都是在类似于宗教仪式的现实情境中完成的。主人公们的救赎，既有宗教性的隐喻意义，也有自己内心判断力、反思能力、宽容度的提升。这其实体现的正是"在宗教立场和纯粹的人文主义"之间的调和。

以上我们在批评观、传统观以及宗教观等三方面回顾了艾略特对白璧德思想的批判性接受。此外，宏观而论，艾略特在整个批评生涯中不断对自己进行反思和调整的态度，也与白璧德所提倡的反

---

① Charles Maurras, *Trois idées politiques*, 转引自 Michael Sutton, *Nationalism, Positivism and Catholicism: The Politics of Charles Maurras and French Catholics 1890－1914*, Cambridge: Cambridge University Press, 1982, p. 53。
② Ibid, p. 54.
③ 艾略特：《关于人文主义重新考虑后的意见》，《艾略特文学论文集》，李赋宁译，百花洲文艺出版社，1994，第 208 页。

思性的人文主义精神相吻合。白璧德说:"人是一种注定片面的造物,然而人之成为人文的,就在于他能够战胜自身本性中的这个命定之事;他所能达到的人文程度,完全取决于他调和自身相反德行的程度。"① 艾略特诗学观的各种变化与发展,就明显可见他对自己学说的不停歇的反思,他会不断回顾自己曾经提出的看法,然后结合自己与他人的不满再作补充或改变。这种对于自己精神与思维不完美性的坦率、对"个体的完善"② 的兴趣以及"温和适中"③ 的态度,也正是白璧德人文主义的核心主旨。即便是在提出某一观点的当时,艾略特也总是展示出一种谦逊。比如,他既肯定文学的自律性,又反对围绕所谓文学"本质"作绝对的概括;他既主张对文学作理性的批评,又肯定每一个人理解的不同。④ 这都切合于白璧德人文主义思想对人性的要求:"人的心智若想保持健全,就必须在统一(unity)与多样(plurality)之间保持最佳的平衡。……人的高贵源自他对一的亲近,而他同时又只是各种现象中的一个现象而已,如果他忽视了人是现象的人这一点,就会因此面临巨大的危险。"⑤

第三节 终极实在与个人视角:艾略特与 F. H. 布拉德雷

早在致力于文学创作之前,艾略特已经专心于哲学研究。

---

① 白璧德:《文学与美国的大学》,张沛、张源译,北京大学出版社,2004,第17页。
② 同上书,第7页。
③ 同上书,第16页。
④ 参见本书第四章第一、二节。
⑤ 白璧德:《文学与美国的大学》,张沛、张源译,北京大学出版社,2004,第20页。

1916年，艾略特完成了自己在哈佛大学的博士论文《F. H. 布拉德雷哲学中的知识与经验》。尽管这之后的岁月见证了艾略特作为文学家的成就，但他早期的布拉德雷研究内在地影响到他的诗学立场。艾略特在回顾自己一生的精神探索时就说："他（布拉德雷——引者注）的作品——我应该说他展现在其作品中的个性——对我的影响深远复杂。"①

在《F. H. 布拉德雷哲学中的知识与经验》中，艾略特接受了知识、实在即经验的唯心论思想，力求超越主客之间的二元对立。同时，他也认可经验越是能够超越个人的局限，就越能接近实在，但他又拒绝承认人类最终能够把握到最高的实在，即布拉德雷构想的"绝对"——某种超越了所有界限与矛盾的和谐状态。所以，正如曼朱·简恩（Manju Jain）指出的，艾略特在《F. H. 布拉德雷哲学中的知识与经验》中表现出的怀疑主义思想比布拉德雷要激进得多。② 正是在这种对实在的灵活态度中，艾略特在相当大程度上拒绝了形而上学对确定性和终极存在的执着。从关于一般事物的知识到宗教的至高范畴"上帝"，在艾略特看来都将始终受到特定视角的局限，任何概念、观念、范畴实际上都只是建立在某种视角之上的对世界的"阐释"，而真理也将只是不同程度的真理，绝难达到绝对或完成的地步。

一、实在即经验

《F. H. 布拉德雷哲学中的知识与经验》从布拉德雷的"直接经

---

① T. S. Eliot, "To Criticize the Critic", *To Criticize the Critic and Other Writings*, London: Faber and Faber, 1965, p. 20.
② Manju Jain, *T. S. Eliot and American Philosophy: The Harvard Years*, Cambridge: Cambridge University Press, 1992, p. 206.

验"说展开自己的论述。"直接经验"是布拉德雷界定意识最初状态的术语。在"直接经验"中,作为认识者的人和作为认识对象的事物是结合在一起的,这时人们还没有以各种人造的概念来对事物进行概括,也还没有从关系性角度来界定事物。布拉德雷认为正是在这样一种原初的意识状态中,人们可以接近事物的"现实"或"实在"。

布拉德雷的"直接经验"强调的是人对事物的直接把握、直觉体悟,主张的是主观与客观的紧密结合,着眼的是事物与其自身属性的整体呈现。在"直接经验"之后,人们站在关系的角度来观察事物、分析事物,进而总结出各种概念、观念来对事物进行界说,这在布拉德雷看来反而是远离了事物本身。

在一定程度上,艾略特接受了"直接经验"(亦作"经验"或"感觉",艾略特延续了布拉德雷的这些用法)说。他同意布拉德雷,认为人的认识活动中的确有"原初的整体"[1],在这一整体中"我们没有立即区分客体和感觉",我们拥有"一种经验,它决不能被仅仅界定为客体,也不能被界定为纯感觉"[2]。也就是说,客体和感觉在"经验"中是交织一体的。艾略特以欣赏绘画为例来说明这一整体。他说,如果我们为一幅美丽的图画所深深吸引,那么我们当时的"感觉"在严格意义上就不仅仅是"我们的",因为那独立于我们之外的那幅画正是"感觉"的重要构成因素。于是,人与画虽然在物质意义上互相外在,但二者却在"感觉""经验"中得到统一。[3]

但是,在"直接经验"问题上艾略特还是与布拉德雷有所区别。

---

[1] T. S. Eliot, *Knowledge and Experience in the Philosophy of F. H. Bradley*, New York: Columbia University Press, 1989, p. 30.
[2] Ibid, p. 25.
[3] Ibid, p. 20.

布拉德雷认为，在"直接经验"阶段人的认识还没有运用概念、观念来进行分析、概括和抽象。就这一经验类型，布拉德雷自己也心存疑问，未敢十分肯定。而艾略特为彰显出与布拉德雷的不同，明确提出人的认识活动中"确实不存在这样一个阶段"[①]。作出这一判断时，艾略特注意到的是人的思维的复杂构成，他不相信认识在某一阶段可以完全依靠直觉体悟来把握事物，他以为，认识从一开始就同时包含了感性直觉与理性思索："我们找到感觉时就伴随着思想、表现、再整合以及抽象，都存在于最初的阶段。"[②] 也就是说，即便是在认识与认识对象刚刚相遇的一刹那，人的理性分析、判断推理、概念界定也都已经在工作了。

虽然与布拉德雷的观点有所出入，但"直接经验"所包含的主客观统一之意是艾略特所坚持的。他在文中多次强调，"真实的"和"精神的"并非相互隔绝，[③] 相反，"精神和实在是一回事"[④]。在博士论文的结论中他又说，事物的实在不是纯粹客观的，而只能是被认知到的。[⑤] 这些表述共同强调了认识不是以主观去符合所谓的客观，事物的真实与实在只有在人的精神作用下才得以构成。这与布拉德雷的立场完全一致。在代表作《现象与实在》一书中布拉德雷表示，无论是一般事物的实在还是作为绝对的最高实在，都不是客观自在的，它们都是在人的经验世界中才得以构成与露面的："当我们问到充满空漠而广博的内容时，我们可以用一句话回答，这内容

[①] T. S. Eliot, *Knowledge and Experience in the Philosophy of F. H. Bradley*, New York: Columbia University Press, 1989, p. 16.
[②] Ibid, p. 17.
[③] Ibid, p. 36.
[④] Ibid, p. 57.
[⑤] Ibid, p. 156.

就是经验。所谓经验就是被给予的和当前存在的事实。经过反思，我们会觉察到，所谓实在，甚至是单纯的存在是必定要落入知觉范围之内的。总之，知觉经验就是实在，凡不是知觉经验的，就不是实在。我们可以换句话说，在通常被我们称为精神性的存在之外，是没有任何东西、任何事实的。感情、思想、意志（凡我们归之于精神现象项下的任何一类东西）都是存在的内容，此外再也没有别的内容了，不管是现实的或者还是可能的，这个结论在其一般形式上是明白无误的。"[1]

二、"绝对经验"与"相对真理"

与对"直接经验"的处理类似，艾略特在博士论文中对布拉德雷的"绝对经验"说也是有所继承、有所批判。"直接经验"对于布拉德雷来说，只是把握个别事物、局部事物的认识方式，而他的最高追求却在于摸索形而上学的终极存在："我感到没有什么理由可以说明，如果英国精神仍成其为精神的话，为什么在我们时代里不能产生出第一原理的一个理性的体系呢。如果我的工作已有助于促成这个结果产生的话，那么，不管它采用了什么样的形式，我也就可以说如愿以偿了。"[2] 布拉德雷的思想中保留着传统形而上学对宇宙的第一原理或最高实在的追求，而他设计了"绝对经验"来表述自己的理想。

"绝对经验"要解决的是"直接经验"无力面对的问题。我们已经看到，"直接经验"的产生离不开人的精神世界，它是人的精神世界与客体的相遇相合。而人的精神世界，难以避免的就是它的个别

---

[1] 张世英主编《新黑格尔主义论著选辑》，商务印书馆，1997，第176页。
[2] 同上书，第159页。

性、片面性和局限性。每个人都有自己的视角，都是一个"有限中心"（finite center），不同的视角、不同的有限中心会产生不同的"直接经验"，这些经验之间将不可避免地产生冲突、矛盾和不一致。这就使得"直接经验"总是片面的、不完善的，正如布拉德雷本人所说："这个共同的世界（就其真正是共同的而言）赖以作为基础的直接经验，在任何时候和任何中心内都显然是不完全的。"[①] 而在布拉德雷的信念中，存在着一种最高的实在，它将超越所有的片面与不一致——这就是"绝对经验"。

布拉德雷说，"绝对经验""是唯一的存在，这个意思是说它所有的差异之物都和谐地存在于一个全体之内，超出这个全体之外则别无它物了。因此，就此而论，绝对乃是一个单一体和一个系统"[②]。也即，由于是宇宙的最高实在，"绝对经验"超越了所有局限和片面而统摄了宇宙中的一切方面，成为永恒的"是"。它使得主观与客观、理性与感性、真理与谬误、多样与统一、现象与实在、现象与现象等原本存在着矛盾对立的诸种范畴，全部进入和谐共生之中：

> 让我们来更清楚地认识这个被假定的完满之物所包含的内容。既然真理和事实都存在着，那么，没有任何东西会丧失，而在绝对中，我们必须保持我们经验的每一个个项（item）。我们不可能会丧失什么东西，相反，我们可能拥有丰富得多的东西，这个丰富的多样性可以如此增补我们现实经验的各种成分，同时它们在全体中也得到了转化。但是，为了达到与实在完

[①] 张世英主编《新黑格尔主义论著选辑》，商务印书馆，1997，第247页。
[②] 同上书，第176页。

统一的认识模式，肯定无疑，必须使谓词与主词，主体和客体，简言之整体的关系形式结合起来。

这样的一种整体是和谐地包含了所有成分的经验的整体。思想则作为更高的直觉而出现；凡观念的东西已成为实在之处，意志就会在那里存在；并且美、快乐和感情也会生活在这个全体的完成之中。不管是贞洁的或是色情的，感情的每一个火花都仍将在不会熄灭与完整的绝对之中燃烧，每一个音调将会融化于它的更高的狂喜的和谐之中。①

当然，一个很自然的问题在于，布拉德雷描述的这种"绝对经验"是否存在？事物的存在是否有可能进入整体状态？为什么"直接经验"有可能通向"绝对经验"？布拉德雷给出了他的一些理由。首先，他认为我们在对事物进行认识和把握时不会满足于矛盾与冲突，我们会想方设法克服对立与片面。"当这种冲动没有得到满足时，就会发生一种不安，一种朝着一定方向的运动，直到有一种能满足冲动和产生宁静结果的性质为止。这个活动的基本原则的表现就是我们所谓的准则。例如避免矛盾的法则就是如此。当两种成分不能平静地相处而发生抵触和冲突时，我们不会满足于这种状态。"② 也就是说，我们会在零散的"直接经验"之间寻找一种统领性的关联，不会把它们遗弃在片面性当中。不但如此，就事物本身而言，它们本来也是相互关联的，"关系是客观存在，既然它存在着，那么它必定对世界产生某种影响，故尔世界以及世界的实在性

---

① 张世英主编《新黑格尔主义论著选辑》，商务印书馆，1997，第199—200页。
② 同上书，第182页。

只有在异于它自身的水平上才能被发现"①。由是，事物的存在或经验理应从个别、零散上升到整体的层面。此外，也是更为关键的，所有的"直接经验"——即便是被称作现象——都有一定的实在性，它们必定"属于实在，因此必须和谐一致，与它所表现出来的样子有所不同。因此，尽管现象丰富的多样性使人眼花缭乱，但在某种意义上，它们必须是统一的、自身一贯的，因为它们只能存在于实在之中，此外别无它处。而实在是不包含冲突的，或者我们可以这样说，实在是单一的。实在的积极性质把一切差别都统摄在一个包罗万象的和谐整体之中"②。于是，基于事物自身的存在的关联性以及我们认识事物的自然趋向，超越片面性、矛盾性的"绝对经验"必然存在，也可以被推理和想象。

从"直接经验"到"绝对经验"，布拉德雷的思路是不变的。他总是在某种未分化的、有机统一的状态中寻求具体事物的实在与最高实在。艾略特接受了这个思路的前半部分，但拒绝了后半部分。对布拉德雷的"绝对经验"，艾略特在理解上没有任何问题，他清楚地认识到那是"一种无所不包的经验，没有任何东西会在它之外"③。但这样一种最高实在，在艾略特看来是根本不存在的，布拉德雷关于事物或经验的统一性的构想仅仅是一种想象、一个断言罢了。④

艾略特拒绝布拉德雷的"绝对经验"，但他的理由则是从布拉德雷的"有限中心"说发展而来的。布拉德雷认为，所有的实在只是

---

① 张世英主编《新黑格尔主义论著选辑》，商务印书馆，1997，第 174 页。
② 同上书，第 172 页。
③ T. S. Eliot, *Knowledge and Experience in the Philosophy of F. H. Bradley*, New York: Columbia University Press, 1989, p. 31.
④ Ibid, p. 202.

经验，而所有的经验都是建立在"有限中心"——人的视角——之上的。这就正如艾略特所理解的，"凡事皆虚幻，除了在有限中心中表现出来的经验。对于布拉德雷来说，世界只不过是为若干灵魂和中心所意愿的世界"①。可是在这一点之后，二者间出现了分歧。布拉德雷认为世界上所有的事物都不可能是孤立的，"没有什么东西能够真正与'宇宙'间的任何别的东西相脱离。我必须坚持这个结论"②。虽然个别事物乃至世界总是离不开"有限中心"，但这些中心超越自身局限的趋势是必然的，每一中心及其经验都包含着"与其他成分相融合以求取完满性的愿望"，每个自我都期待着"突破其限定并与另一个有限自我相融合"③。艾略特则提出，这种"有限中心"之间寻求和谐以求完满的趋势并不可信。一方面，"有限中心"本身就不是一个完整的实体。和所谓"灵魂""自我"等范畴一样，"有限中心"只是"临时性的或相对性的"④，是在"时间与空间中的一种建构"⑤，"一个灵魂的生命不是关于一个连贯的世界的思索"，反而充满了各种"跳动的、不协调的、流逝的"⑥的视角。这样的话，如果说"有限中心"本就是虚无，又谈何融合与和谐呢。另一方面，即便"有限中心"之间有所结合并形成了更高层次的经验，但"高一级的经验是否能解释低一级的经验，这至少是存疑的"⑦。

---

① T. S. Eliot, *Knowledge and Experience in the Philosophy of F. H. Bradley*, New York: Columbia University Press, 1989, p. 203.
② 张世英主编《新黑格尔主义论著选辑》，商务印书馆，1997，第 244 页。
③ 同上书，第 209 页。
④⑤ T. S. Eliot, *Knowledge and Experience in the Philosophy of F. H. Bradley*, New York: Columbia University Press, 1989, p. 204.
⑥ Ibid, p. 147.
⑦ Ibid, p. 207.

所以，尽管同意"有限中心"产生的"直接经验"的确有限，也需要被超越、补充，但"以相对的视角为基础的"① 的实在是否能达到某种至高至善的"绝对经验"，艾略特选择持保留意见。他曾以"俱乐部"为例来阐明自己的立场。艾略特说，当两个人来到一个俱乐部时，这个俱乐部在两人不同的视角中是不同的。但视角带来的不同不会造成认识之间的隔绝，因为人们会部分地采纳别人的视角来看待这个俱乐部，正是在不同视角的"内在交织"（interweaving）中，俱乐部才成为人们眼前的一个共同对象。不难看出，艾略特在讲视角的"内在交织"时，并不像布拉德雷那样反对多重视角造成的繁杂，反而认可多重视角的共存互动，正如他本人就此例而说的："事物的特性，我们已经知道，任何时候都不是空洞的特性，而必须是多样性中的特性。"② 相比于布拉德雷要排除视角间差别和对立的热望，艾略特似乎更加安然于视角的繁杂与多样，不管是面对个别事物还是整个世界："任何一个俱乐部、任何一个世界作为一个整体的背后，都有着多样的视角。"③

认可视角的多元多样、共存对话，这在实际上也就拒绝了万千视角之间的某种大统一，拒绝了终极实在或"绝对经验"。当布拉德雷欲从现象、视角的"多"走向实在、绝对的"一"时，艾略特选择停留在个体性的、多元的世界中。至此，艾略特与布拉德雷的距离已经足够清楚，而当我们看到下面一段话的时候，他的相对论思想也已经展露无遗："但我们必须记住，没有任何视角是原初的或是最终的：当我们探究真实世界时，我们面对的世界是有限中心——

---

① T. S. Eliot, *Knowledge and Experience in the Philosophy of F. H. Bradley*, New York: Columbia University Press, 1989, p. 57.
②③ Ibid, p. 144.

仅仅相当于主体——视角中的世界；我们所说的真实世界是对我们而言的、当下的世界……"① 有限中心、视角、主体、当下，这些充满变动的因素代替了布拉德雷构想的最终视角及其带来的"绝对经验"。

关于经验与存在的相对论立场，影响到艾略特的真理观与宗教观。他说，"所有重要的真理都是个人性的真理"②，即便是"上帝"，和其他宗教的神一样只是"对世界的种种阐释，并且需要被重新阐释"③，需要人们作出基于自己理解的阐释。尤其重要的是，艾略特强调自己的相对论立场不是简单化的个人主义立场，因为"个人性的真理""对世界的种种阐释"均需要在不断的更新中被超越，而这个过程"没有尽头"④。这种带有自省意识的相对主义思想倾向，当然也渗透到诗人的诗学立场中。艾略特对作家个人因素的逐步强调、对读者多元视角的鼓励、对作品多元声音的鼓励和对感性知觉的看重，共同表达了对抽象的、形而上学式的绝对存在的反对以及对具体视角的尊重。这其中绝不缺少布拉德雷思想的影子。

第四节 此岸与彼岸相贯通的基督教信仰

艾略特诗学思想的形成当然还有基督教信仰这一维度。从《空心人》《荒原》《圣灰星期三》到《四个四重奏》，艾略特的重要作品无一不涉及基督教。但基督教信仰对于艾略特来说，并不仅仅是内

---

① T. S. Eliot, *Knowledge and Experience in the Philosophy of F. H. Bradley*, New York: Columbia University Press, 1989, p. 145.
② Ibid, p. 165.
③ Ibid, p. 164.
④ Ibid, p. 156.

容、主题上的选择,而且与其诗学立场也密切相关。需要明确的是,艾略特并不欣赏此岸/彼岸之间的二元对立结构。他所主张的,是彼岸与此岸的平衡、绝对与相对的交织、永恒与短暂的并列。诗人不偏向任何一个维度,而是要在这些对立面的中间处寻找和谐与共生。要理解其宗教信仰的这种复杂性,就不能仅仅看到艾略特是"文学上的古典主义者,政治上的保皇党,宗教上的英国天主教徒"①——这只是艾略特对自己基督徒身份的简单告白——我们还必须注意唯一神教思想、布拉德雷的哲学观、新托马斯主义以及但丁与维吉尔的创作对艾略特产生的复杂影响。

一、唯一神教：现实关怀

唯一神教在美国兴起于18世纪末19世纪初。相比于之前的加尔文教义,唯一神教对人的处境持有更加乐观的态度。它不强调人的原罪,也不认为天堂和地狱比现实世界更加重要。唯一神教更在乎社会性的对与错,它把道德上的过失更多地看作对人本身的侵犯,而不是对上帝之善的违背。而人的救赎,在唯一神教的视野中,更多的是依靠人自身在现实中的作为,而非上帝的拣选。由于对现实世界和人性本身颇多肯定与强调,相较于加尔文教和清教,唯一神教更加符合上升发展时期的美国社会,因此在当时有着相当的影响。而艾略特对唯一神教的接受则是源自祖父的强大影响。

1952年,艾略特回到美国家乡圣·路易斯给华盛顿大学的学生们作演讲,他首先带着崇敬的心情回忆起了自己的祖父。他说,虽然祖父在自己出生前一年去世,但自己在"成长中一直意识到他的

---

① 彼得·阿克罗伊德:《艾略特传》,张长缨、张筱强译,国际文化出版公司,1989,第165页。

存在","仍然视他为一家之主",因为整个家庭依旧坚守着由祖父确定下来的"行为标准""道德判断"以及"责任与自我放纵之间的取舍"。① 这样一段对幼年时代的回顾,为我们认识艾略特与唯一神教之间的精神联系提供了线索。

艾略特的祖父 REV.艾略特是当时密西西比北部地区第一个唯一神教的教父。② REV.艾略特坚信人类社会的进步和个人的自我完善,他所排斥的乃是对上帝救赎的过分依赖。他拒绝"突然的、奇迹般的转化",并认为"寻求直接的、超常的指引是傲慢且危险的做法"。③ REV.艾略特的这些观点,力图弱化的正是上帝对人之命运的决定权,而主张人自身在现实中不断地作为与努力。他本人也亲身实践着自己的唯一神教理念,"不仅建起了自己的教堂,而且还帮助建立了三所学校,一所大学,一个贫民基金会和一个环境卫生委员会"④。这些对现实生活的重视与投入,均印刻在艾略特的心头:"我想这对于任何一个孩子来说都是一个好的开始。"⑤

尽管艾略特后来转而加入英国天主教会,但唯一神教对现实社会的关注完全保留在了艾略特的基督教思想中,1932 年艾略特的讲演《什么是基督教社会》就是明证。在这一讲演中,艾略特提出"统一的社会应该是宗教-社会性的"。他虽然明确地要以基督教思想来贯穿整个社会,但并非要以超现实的宗教追求来压制现实社会的需要。任何偏激的观念都为艾略特所反对,他说社会的单元应该

---

①⑤　T. S. Eliot, "American literature and the American Language", *To Criticize the Critic and Other Writings*, London: Faber and Faber, 1965, p. 44.
②　Eric Sigg, *The American T. S. Eliot: A Study of the Early Writings*, Cambridge: Cambridge University Press, 1989, p. 3.
③　Eric Sigg, "Eliot as A Product of America", *The Cambridge Companion to T. S. Eliot*, ed., A. David Moody, Shanghai: Shanghai Foreign Language Education Press, 2000, p. 15.
④　彼得·阿克罗伊德:《艾略特传》,张长缨、张筱强译,国际文化出版公司,1989,第 3 页。

"不仅仅是宗教性的,也并不完全是社会性的"①。正反两面的表达正体现出艾略特在形而上与形而下之间所作的调和。在讲演中的另一处,他更加明晰地表达出了此意:"它应该是这样一种社会,在这种社会里,人的自然目的即社会的美德和福利是所有社会成员的目的,而超自然的目的即至福则是有心之人所望达到的目的。"② 现实社会、"自然目的",在艾略特的主张中获得了与宗教、"超自然目的"平等的价值以及合法的地位,它们不再被看作比天堂生活低劣的事情,这正是唯一神教最基本的信条之一。

二、新黑格尔主义与新托马斯主义的影响

如果说唯一神教使诗人的基督教关怀体现出形而上和形而下、此岸与彼岸的交融,那么布拉德雷哲学的影响也鼓励诗人在"绝对"与"相对"、"永恒"与"暂时"之间寻求调和。

在本章第三节,我们已经了解到艾略特在博士论文《F. H. 布拉德雷哲学中的知识与经验》中的基本观点。他接受了布拉德雷的"有限中心"说,强调人们从不同的视角出发所得到的世界是不一样的。艾略特将这一哲学观贯彻到底,认为不同视角中的上帝也是不统一的,人们对这一神圣存在的理解、感受、期待始终保持着个别性。上帝或永恒绝不是独立自在、亘古不变的,它们必然只是关于上帝或永恒的暂时性的、当下性的体悟。

艾略特在个别性、变动性、具体性中把握永恒的思路,并不仅仅自《F. H. 布拉德雷哲学中的知识与经验》一文始,而是有着

---

① 艾略特:《基督教与文化》,杨民生、陈常锦译,四川人民出版社,1989,第22页。
② 同上书,第25页。

1913 至 1914 年课程学习的铺垫。在这段时间里，艾略特参加了哈佛大学新黑格尔主义代表人物罗伊斯主持的研讨班课程，他的宗教相对论思想在罗伊斯主持的系列讨论中已经初露端倪。在罗伊斯主持的名为"对各种科学方法的比较研究"课程中，艾略特先后提交了五篇论文，这些论文有着内在的一致性，那就是主张宗教追求的个体性、相对性，否定对宗教意义进行外部的、客观的界定。

艾略特在罗伊斯课上提交的一篇长文题为"原始仪式释义"，它最直接地讨论了宗教意义与个体参与紧密联系的问题。在文章中，艾略特批判了马克思·穆勒、泰勒、弗雷泽等人研究中的科学主义思想。对他而言，用理性从外部来对宗教行为作出因果关系的、抽象的、客观的解释，是将人的主体性置于一边。艾略特质疑道："当一个宗教现象没有对其参与者有所意味，它能是什么呢？"[①] 此处的"参与者"不是抽象意义上的宗教信徒，而是每一个具体的宗教信仰者。每一个具体的心灵都需要得到观照，用艾略特的原话就是"必须考虑到内在的意义"[②]。这正如曼朱·简恩所归纳的，艾略特对宗教的关注在于："宗教的基础是否是理性的；宗教基本上是个人性的还是社会现象；它是否可以像行为一样从外部得到解释，而不用考虑信仰者的诸多意图与目的。"[③] 正因为有这些考虑，艾略特并不承认弗雷泽等人对人类早期宗教现象的归纳就是真实的、客观的，而认为他们的结论不过是一些"哲学的阐释"而已，更重要的是"我们

[①②] T. S. Eliot, "The Interpretation of Primitive Ritual", *The Complete Prose of T. S. Eliot*, Vol. 1, eds., Jewel Spears Brooker and Ronald Schuchard, Baltimore: John Hopkins University Press, 2014, p. 112.

[③] Manju Jain, *T. S. Eliot and American Philosophy: The Harvard Years*, Cambridge: Cambridge University Press, 1992, p. 115.

对一个时代行为的描述，对于另一个时代来说可能就是错误的"①。

总结来说，宗教追求是与人的经验世界紧密联系在一起的；宗教的意义必然因为涉及具体的信仰者而产生差异；对宗教的任何一种理解始终只是某种视角的产物。而这些基于新黑格尔主义的宗教想法，又与艾略特对新托马斯主义的浓厚兴趣联结在了一起。

1926年前后，身在法国度假的艾略特接触到了新托马斯主义方面的著作，"他想像阿奎那曾重新解释亚里士多德那样，使当代公众接受圣·托马斯·阿奎那的作品"②。托马斯·阿奎那是中世纪神学的集大成者，著述驳杂。但了解到艾略特对新黑格尔主义思想的吸收，我们便不难推测，艾略特对托马斯·阿奎那的同意与接受应该在于后者所主张的神圣与世俗的结合、无限与有限的相通。这一点在艾略特对法国学者雅克·马利坦（Jacques Maritain）的推崇中可以得到证明。

马利坦是当时新托马斯主义的代表人物之一，艾略特在20世纪20年代阅读了他的很多作品，并与其建立了联系，有过多次交流。艾略特不但称马利坦为"朋友"③，而且还亲自翻译了后者的《诗歌与宗教》一文并将之发表在了《标准》杂志上。就在这篇文章刊发的最后一刻，艾略特还与马利坦就文章的最新改动保持着沟通。④

艾略特对马利坦的接受，当然有宗教方面的考虑。作为新托马

---

① T. S. Eliot, "The Interpretation of Primitive Ritual", *The Complete Prose of T. S. Eliot*, Vol. 1, eds., Jewel Spears Brooker and Ronald Schuchard, Baltimore: John Hopkins University Press, 2014, p. 112.
② 彼得·阿克罗伊德：《艾略特传》，张长缨、张筱强译，国际文化出版公司，1989，第146页。
③ *The Letters of T. S. Eliot（Volume 3: 1926－1927）*, eds., Valerie Eliot and John Haffenden, New Haven and London: Yale University Press, 2012, p. 386.
④ Ibid, p. 441. 见艾略特与马利坦关于文章修改与发表的通信。

斯主义的代表人物，马利坦对于诗歌的宗教作用有着鲜明的强调，这与艾略特强烈的基督教立场形成了共鸣。正如批评者所指出的，"马利坦帮助艾略特在美学与形而上学之间建立了联系"[1]，"马利坦给艾略特带来了一种清晰的形而上学与神学，以之为基础，整个文化与一种现代的'目的论'艺术都可以被建立起来"[2]。但如何具体地来理解马利坦对艾略特的这些启示？批评者往往语焉不详。其实只要看一看艾略特所翻译的《诗歌与宗教》一文，就可以得到完备的答案。

在《诗歌与宗教》一文中，马利坦不是简单地主张诗歌要歌颂基督教、宣扬教义，而是提出诗人对世界的描写其实就是一种接近神圣、接近上帝的行为，并且这种接近不需要以否定诗人自己的世俗生命为代价，因为诗歌创作必然是属人的、带有个别性与特殊性的。在马利坦看来要把诗人的个性、现实性排除掉的想法，无异于痴人说梦。这与艾略特在新黑格尔主义影响下所形成的个性化宗教体悟观，遥相呼应。

马利坦是从诗歌发展的"纯诗化"倾向开始研讨的。他指出马拉美等人要把诗歌纯化、让诗歌成其为自身——而非人的构造——的想法，是极其幼稚且根本不能成立的，"对于艺术来说这里有一个悖论"[3]。将诗保持为其本身，看上去是要成就其所谓的自身的本质（essence），但我们又无法忽略其"存在的条件"（conditions of exsitence），因为"这个本质正是在这个世界中得以实现的"[4]。也

---

[1] James Matthew Wilson, "'I Bought and Praised but Did Not Read Aquinas': T. S. Eliot, Jacques Maritain, and the Ontology of the Sign", *Yeats Eliot Review* 27 (2010), p. 13.

[2] James Matthew Wilson, "An 'Organ for a Frenchified Doctrine': Jacques Maritain and *The Criterion*'s Neo-Thomism", *T. S. Eliot and Christian Tradition*, ed., Benjamin G. Lockerd, Madison and Teaneck: Fairleigh Dickinson University Press, 2014, p. 105.

[3][4] *The Criterion: 1922–1939*, Vol. 5, London: Faber and Faber, 1967, p. 9.

就是说，诗歌创作必然"吸纳了艺术家的实在，以及使得这种实在体现出人性特点的各种激情、选择、思辨性或道德性的美德"①。

更重要的，对于马利坦来说，这种创作中的人性化的东西并不止于人的维度，相反，它能够从短暂的、零散化的现象世界向更高的实在有所超越。"有一点是确然无误的，即事物在心智中要比在它们自身之中更加完善，事物只有在被联系在一起的时候才会充分显现，而它们也等待着被编排入思想、形而上学或诗歌的天堂里；在那里，它们才开始超越于时间而获得了某种带有普遍性的生命。如果没有荷马，特洛伊战争能有什么意义？"② 也就是说，诗人"在事物中创造了一种神圣的形式，这种形式照耀着事物"③，于是我们进入了"一个比直接感受到的世界更真实的世界"④。在马利坦看来，诗歌向着一个具有更大真实性世界的进发，不仅仅是诗歌范畴内的事情，因为上帝也是按照自己的观念创造了世界，也即，通过完全人为的诗歌写作我们也可以间接地体悟到上帝的存在与作为——我们在自己的创造中看到了使事物更大程度地实现与成立的可能，那么也应该承认存在着超过我们自身的更大的创造。在此意义上，诗歌写作本身就带有宗教性。

作为新托马斯主义的代表人物，马利坦的这一论述体现出鲜明的托马斯·阿奎那的风格与思路，即要把不可知的、不可见的上帝，通过可知与可见之事物证明出来，恰如阿奎那在《论存在者与本质》中对上帝存在的论证。阿奎那说，一切属于一件事物的东西，其存在至少部分地来自他者，我们必须要理解这一事物的存在或其存在

---

① *The Criterion: 1922 - 1939*, Vol. 5, London: Faber and Faber, 1967, p. 10.
② Ibid, p. 14.
③④ Ibid, p. 15.

的原因，也就必须追溯到这个他者。那么，"既然凡通过他物而存在的东西都可以还原到那些通过自身而存在的东西，作为它的第一因，那就必定存在有某件事物，其本身为一纯粹的存在，构成所有事物存在的原因。否则，我们在探究事物的原因时就将陷入无穷追溯"①。从具体事物的存在开始推导，从逻辑上必然要推导到一个终点，或者说一切的起点。这个终点/起点不再需要他者来解释其存在，"其本质即是他自身的存在"②，这也就是上帝。与此思路相一致，阿奎那在他更为著名的《神学大全》中从事物的运动、动力因、可能性与必然性、等级、目的等五方面，论述了上帝必然存在。"自然所做的无论什么样的事情都必定可以追溯到上帝，以为它的第一因。"③可见，在阿奎那的思路中，上帝虽然不可见、不可知，但人类的认知以及现象世界的虚幻却并不是与其隔绝的。恰如批评者所说，"阿奎那的解释既保留了我们可以正确言说上帝之能力，也承认了上帝自身的性质的不可理解性"④。

从《诗歌与宗教》一文来看，马利坦通过诗歌创作探寻上帝存在的思路，正与托马斯·阿奎那的神学论证高度吻合。而把该文从法文翻译到英文，并将之在《标准》杂志上推出的艾略特必然也是对此了然于胸。与此同时，艾略特对新黑格尔主义哲学的吸收、来自他祖父的唯一神教的影响，其实也都在他的神学观中有所体现，他强调了人的经验世界、人的视角、人的认识能力所能够起到的作用。所以应该说，艾略特对马利坦所代表的新托马斯主义思想

---

① 托马斯·阿奎那：《论存在者与本质》，段德智译，商务印书馆，2018，第35页。
② 同上书，第44页。
③ 托马斯·阿奎那：《神学大全》，段德智译，商务印书馆，2013，第37页。
④ 迈克·贝梯：《阿奎那论神圣（上帝）之善》，见凯利·克拉克、吴天岳、徐向东主编《托马斯·阿奎那读本》，北京大学出版社，2011，第115页。

的推崇，是一种水到渠成的思想上的共鸣与借鉴。不同的影响源流，使得形而上与形而下的结合、瞬间与永恒的结合、具体与一般的结合，成为艾略特宗教思想的主要面向，这一面向也体现在他对但丁和维吉尔的论述中。

三、但丁与维吉尔

1929年艾略特发表了《但丁》一文。这篇文章并非仅仅是对《神曲》基督教信仰的肯定。艾略特强调，但丁的成功因素之一就在于他表现的不是任何一种片面的经验，而是"更大的经验整体"[①]。那么这个"经验整体"究竟是怎样的？艾略特说："人类感情具有不同的层次，从最低俗的到最高尚的每一种层次上的感情都和紧挨着的其他层次上的感情密切地关联着，都按照感受性的逻辑结合在一起。"[②] 这一观点表达了对人类情感整体性结构的追求，但更加微妙的是，它把但丁经历地狱、炼狱和天堂的种种感受全部定位在"人类感情"上。或者说，在艾略特看来，但丁之伟大不在于他对天堂境界的单向赞美，而在于他将低俗与高尚、卑贱与神圣完美地结合在一起，将人类的情感体验与超验追求结合起来。这其中强调的正是对自然与超自然的整合。

这种整合自然与超自然的宗教倾向在1932年的《现代教育和古典文学》一文中更加明白地表现出来。在批判现代教育种种弊端的同时，艾略特不得不承认整个世界的"世俗化"趋势日益加重，他迫切感到维护自身基督教信仰的必要性。在这种背景下，艾略特大声疾呼："……我们愈益感到这个迫切的需要，即公开声称自己是基

---

① 艾略特：《但丁》，《艾略特诗学文集》，王恩衷编译，国际文化出版公司，1989，第85页。
② 同上书，第100页。

督徒的人们应该受到基督教的教育。"那么基督教教育应该怎样切合于现代世界呢，艾略特补充说："这种基督教教育应该是一种既为了当前世界的目的，又为了在这个世界当中我们还应该过的祈祷生活的目的。"① 很明显，艾略特心目中的"基督教教育"包含了对无限境界的渴求以及对当下现实的关怀，其主旨仍在于此岸与彼岸之间的调和与统一。

1951年的《维吉尔与基督教世界》一文则表明，寻求形而上和形而下之间整合的理念在艾略特一生的信仰中从未丢失过。通过维吉尔，艾略特表达了将个人性、社会性与神性结合一体的愿望。艾略特在文中分析的是维吉尔的《埃涅阿斯记》。他认为，"维吉尔有着对意义的更广泛的联结：它暗示着关乎个人、家庭、地区和罗马王朝的命运的态度。并且最终埃涅阿斯对众神的尊敬也是虔诚的"②。从人性到神性，从个人到国家，每一个范畴都统一在埃涅阿斯的生活中，正是这一点为艾略特所称赞："正是这种关乎所有这些事情的态度，暗示出一种整体，以及这些事情之间的秩序：这事实上乃是对人生的一种态度。"③

整体性的人生态度之所以为艾略特所称赞，有两个原因。首先，在整体中对家庭和国家的爱与对神性的爱结合了起来，从而使前一种爱不再是偶然、短暂和虚伪的。在相互包容、指涉的整体中，爱与遵从都能够达到虔诚，这成为"基督教谦卑的类似与前兆"④。其次，只有在这种整体观中，人才不是一种偶然与无意义的存在，而成为"带有某一使命的人；而使命就是

---

① 艾略特：《现代教育和古典文学》，《艾略特文学论文集》，李赋宁译，百花洲文艺出版社，1994，第236页。
②③④ T. S. Eliot, "Virgil and the Christian World", *On Poetry and Poets*, London: Faber and Faber, 1957, p. 127.

一切"①。通过将人性关怀与神性关怀结合成整体,维吉尔给世界和历史赋予了意义。正因为此,艾略特认为维吉尔比任何其他拉丁古典作家更接近基督教。② 由此我们可以看出,艾略特的信仰之路不是由现实走向超验的神,相反,他主张通过神性的参与而使现实的运转更加合理和持久;他强调神性的重要,但其超越之路不在于抛弃现实,而在于此岸与彼岸的结合。

理解艾略特的宗教思想,就要抓住他对矛盾对立面的超越。而他的"统一的感受力"说,他对"瞬时性"与"当下性"的强调,他对语言以及感知模式的变动性的论述,正契合于他在形而上与形而下、绝对与相对、永恒与暂时之间加强联络的宗教追求。

---

① T. S. Eliot, "Virgil and the Christian World", *On Poetry and Poets*, London: Faber and Faber, 1957, p. 128.
② Ibid, p. 130.

第四章　艾略特与西方诗学思潮

在对艾略特诗学本身的构成与演进作全面解析之后,我们还需要从比较的视角再对之进行一番审视。这一工作将首先被放置在西方语境中来进行,从与之切近的诗学思潮入手,在相互比对中来看艾略特诗学理念的成就、影响及局限。之后,我们再将比较推进到中国,看其在中国引起的响应以及他与中国文化某些方面令人惊讶的契合。

艾略特的"非个人化"诗学对西方诗学发展影响极大。几乎与他同期,新批评浪潮兴起,批评家们进一步告别作者而转向作品。而新批评与艾略特之间的继承关系,也已经为诗学史所铭记。但问题在于,无论是艾略特还是新批评家们,都在肯定对方的同时也提出了批评,双方之间其实还存在着很多差异。这需要我们给予梳理和分析。另一方面,艾略特与20世纪西方诗学的关系,并不仅止于新批评。事实上,在他和解构主义之间,我们同样可以找到相当程度的可比性。艾略特一些诗学主张在许多方面已经具有了超越其初衷的内涵。虽然艾略特未必与解构诗学有着直接的关联,但诗学的发展总是一个潜在交织的过程,艾略特与解构诗学的比较,既有利于挖掘艾略特诗学的先锋性,也有利于我们看到西方诗学自身发展的内在脉络。

本章当中我们也将聚焦其他作家对艾略特的诗学挑战。我们非常明了艾略特诗歌在20世纪上半期所具有的绝对的影响力与统治力，但其实反对他的声音也很多，特别是他博古通今的学院派、精英化倾向引起了很多学者及作家的反感。在种种反对声音中，美国的"客体派"（the objectivists）诗人对艾略特的反对是最为直接、自觉，也是最具成就的，该派的成员也都是美国诗歌史上的著名人物。"客体派"对艾略特发起的诗学挑战，在当时虽未直接撼动艾略特的诗坛统治地位，但其所体现的诗学意义却值得仔细检视。

第一节　批评与解释：艾略特与新批评派的交锋

艾略特的诗学思想在20世纪现代主义诗学的发展中，有着鲜明的开创意义。对他的诗学思想有着直接顺应关系的是新批评派。在一系列著作中，新批评派的文学理论家们主动承认艾略特对他们的巨大影响，但艾略特的诗学思想与新批评理论之间又绝非是简单的传承关系。因为无论是艾略特，还是新批评家们，都表示出针对对方的不满。具体来说，双方在两个方面有所交锋。首先，艾略特的文学批评抱有鲜明的历史意识，对此新批评家们不能接受。其次，艾略特认为，对文学作品的解释应是多元的，而新批评家们则坚持解释应有一定标准，存在着最佳解释。

一、历史批评与本体批评

作为新批评诗学思想的代表人物之一，克罗·兰色姆就曾直截了当地指出艾略特对新批评思潮的影响，他说："他最积极的影响之一在于，他一贯认为作品的审美效果本身就是目的，它独立于宗教、道德或社会政治效果，超然其外、凌乎其上。"① 兰色姆对艾略特的这一把握非常准确。在1932年的系列演讲"诗歌之用与批评之用"中，艾略特就从文学与伦理、文学与情感、文学与哲学、文学与社会等各个方面进行辨析，强调文学艺术本身应该具有自律性。正是在这一立场上，他对浪漫主义、唯美主义的文学观作出了批判。艾略特的这一主张，在新批评那里得到了更充分的发挥。退特的《作为知识的文学》、维姆萨特的《意图谬见》和《感受谬见》等论述都是对文学自律性的申明。但是，新批评家们也明确指出了艾略特思想中不彻底的地方。在《新批评》一书中，兰色姆就以"艾略特：历史学批评家"为题批评了艾略特在文学与历史之间留下的过多关联。

兰色姆指出，当时的文学研究者大多采用历史视角，文学研究几乎成了对作者生平、作品背景的一种考辨与罗列，这使得文学研究几乎成为脱离具体作品的历史研究。但兰色姆也表示，艾略特并不属于这类研究者，因为他能够"将他的历史学研究用于文学解读"②，能够将研究的准心指向文学作品本身。可是，艾略特强烈的历史意识还是让兰色姆无法接受，兰色姆大段引用了艾略特的《诗人史文朋》一文来加以说明。在讨论史文朋艺术风格的论文中，艾略特引用了莎士比亚、华兹华斯和雪莱等人的诗句来与史文朋进行对比，认为史文朋的长处在于他展现的不是僵化的客体，而是文字本身及其展现的流动的客体世界。艾略特旁征博引的能力得到兰色姆的肯定，但兰色姆更想指出，艾略特的批评始终是在文学传统中展开的，作品的价值似乎总离不开文学史这个参照系。而历史维度

---

① 兰色姆：《新批评》，王腊宝、张哲译，江苏教育出版社，2006，第91页。
② 同上书，第92页。

上的这种纵向比较，并不能算作对文学作品本身的批评："倘若他对什么东西抱有一份虔诚信仰的话，他就很容易在某种被他称为'传统'的不可企及之物上倾泻某种程度的感情，这种感情华而不实，无法转化成实际的批评。"[1]

"实际的批评"在兰色姆看来是一种"本体论批评"，它是根据文本内在特性而展开的批评。对于兰色姆来讲，文本内在特性就是"结构"与"肌质"的组合，文学批评就是要把文学作品的这一内在特性及其具体表现揭示出来。从这一视角来看，兰色姆在自己与艾略特之间划出的界限是客观存在的，艾略特的批评实践的确不符合兰色姆的要求。艾略特对史文朋的批评是一种历史性比较；在评价但丁的视觉化能力的时候，艾略特也是以莎士比亚为比较对象，并认为二者各有所长，"根本没必要问谁从事的工作更为艰难"[2]；在评论马维尔的时候，艾略特指出马维尔作品中意外因素的使用与爱伦·坡相一致，在熟悉与陌生事物之间转换的能力与柯勒律治的主张契合。所有这些批评，都是历史维度中的比较研究。而这种研究，反映的是一种各有长短、互为补充的批评立场，它并不以某种确定的文学本质为旨归、标准或依据。这在兰色姆看来，恰恰是艾略特缺乏"诗歌理论"的表现；[3] 这样的批评也尚未进入文学艺术的本体世界，而只提供外围的各种历史性评价。

兰色姆对艾略特历史意识的批评也为其他新批评家所接受。在晚年的一次访谈中，克林斯·布鲁克斯就回顾了兰色姆《新批评》一书的主要立场，提及了兰色姆对艾略特历史意识的批评，并总结

---

[1] 兰色姆：《新批评》，王腊宝、张哲译，江苏教育出版社，2006，第97页。
[2] 艾略特：《但丁》，《艾略特诗学文集》，王恩衷编译，国际文化出版公司，1989，第97页。
[3] 兰色姆：《新批评》，王腊宝、张哲译，江苏教育出版社，2006，第96页。

式地重申"新批评家们轻视历史"而"非常重视文本"。[①] 这一表态正呼应着兰色姆的立场。而与艾略特观点一致的艾伦·退特,也遭到布鲁克斯的反对。退特曾赞同艾略特《传统与个人才能》中的观点,强调文学批评的历史维度,正如他自己所说的:"我的尝试是从往代看待今朝,但又始终沉溺于今朝而且矢志不渝。"[②] 对于这种与艾略特相似的以史为鉴的批评立场,韦勒克在不同的篇章中都曾给予指出,[③] 而布鲁克斯则干脆因此将退特拒于新批评派门外:"艾伦·退特一开始就对历史方面表现出浓厚的兴趣",所以他和艾略特一起"都不大塞得进关于新批评派的公式框框"。[④]

当然,在历史问题上艾略特与新批评也有一脉相承的地方。当历史观照指向某种确定的文学本质时,新批评就表现出对艾略特的高度赞同。这体现在"统一的感受力"上。艾略特在17世纪的玄学派诗人们身上找到了感性体悟与理性思索的高度统一,由这种统一造就出的"智性"风格被艾略特视为一种理想的文学品质,但这种文学品质在密尔顿和德莱顿之后逐渐消失。艾略特的这一历史性批评,由于体现了对文学本体特质的关注而得到了新批评家的认同。韦勒克在为新批评的历史意识作辩护时就提到了退特和布鲁克斯对艾略特这一历史观的认可。[⑤]

从上面的论述可以看出,新批评派对艾略特历史主义批评方法

[①] Cleanth Brooks with William J. Spurlin, "Afterword: An Interview with Cleanth Brooks", *The New Criticism and Contemporary Literary Theory: Connections and Continuities*, eds., William J. Spurlin and Michael Fisher, New York: Garland Publishing, 1995, https://link.gale.com/apps/doc/H1100002792/GLS?u=ecnu&sid=GLS&xid=25fb956a.
[②] 韦勒克:《近代文学批评史》(第六卷),杨自伍译,上海译文出版社,2005,第304页。
[③] 同上书,第251、304页。
[④] 布鲁克斯:《新批评》,《新批评文集》,赵毅衡编选,百花文艺出版社,2001,第595页。
[⑤] 韦勒克:《近代文学批评史》(第六卷),杨自伍译,上海译文出版社,2005,第250页。

的反对当中隐含着他们对文学本质或曰文学性的强烈信念。在他们看来,这一信念正是艾略特的历史主义批评所缺乏的。双方的这一差别,更强烈地表现在他们对"解释"的不同看法中。争论在于,对文学作品的解释是多元有效还是存在高下正误之分。

二、多解与正解

在《批评的界限》(1956)一文中,艾略特明确否认自己可以算作新批评派的先驱:"……我也看不到任何可以说是启始于我的批评运动,尽管我希望,作为一个编辑,我鼓励并在《标准》杂志上为新批评或它的一部分提供了试验场所。"[①] 对此,艾略特有自己的理由。除了新批评的细读法剥离了文本的美感外,艾略特最不能认同的地方在于,新批评"假定作为整体的一首诗一定只有一种阐释,而且这种阐释必须是正确的"[②]。这种对于答案和结果的追求在艾略特看来,使批评显得是"一门科学,而它从来就不是"[③]。

艾略特关于新批评派的这一番言论涉及双方在"解释"问题上的双重差异。第一,对文学作品的解释是否应该有一定的标准;第二,为作品提供确定的解释是否是"科学"理性的一种表现。

在艾略特看来,文学作品是需要解释的,只不过他将解释的权利更多地交给了读者,鼓励多元化的理解。从《批评的功能》(1923)开始,艾略特就把读者而不是批评家放在了首要地位。他表示,"创作或艺术作品本身就是具有目的的",所以批评并不能代替

---

① 艾略特:《批评的界限》,《艾略特诗学文集》,王恩衷编译,国际文化出版公司,1989,第289页。
② 同上书,第296页。
③ 同上书,第300页。

或是凌驾于创作之上,"批评和创作之间不能是等号"。① 批评家应该做的,是引导人们"正确地喜欢他们所喜欢的东西"② 以及"培养他们的鉴赏力"③,而不是向人们灌输批评家自己的观点。为了实现使命,批评家应该做的是向人们提供一些"作品的情况、背景、起源"等信息,"使读者掌握他们在其他情况下容易忽视的事实"④。在把批评家界定在这样一种辅助性的位置后,艾略特将解释的权利更多地交给读者,这集中体现在1932年的系列演讲"诗歌之用与批评之用"中。在演讲中,艾略特不断否定作者对作品意义的统治,申明文学作品"对作者和读者一样有所意味"⑤,且"每个灵魂、每一代人都有平等的欣赏诗歌的资质"⑥。

对读者、时代的强调充分彰显出艾略特对多元解释的肯定,批评家对作品的解释对艾略特来说并不具有更优越的合法性,他说:"任何一个新的批评家,都是在这样一个事实面前发挥自己的作用,那就是他在以往各类错误中添加了又一种错误。"⑦ 也即,没有任何一种批评可以给出对作品的最佳解释,因为解释者总回避不了自己的局限性,"对艺术的欣赏是人类的事务,而人类身处时空之中,有限而短暂"⑧。

可见,艾略特并不相信有某种绝对正确、持续有效的批评模式。

---

① 艾略特:《批评的功能》,《艾略特诗学文集》,王恩衷编译,国际文化出版公司,1989,第68页。
②④ 同上书,第70页。
③ 同上书,第71页。
⑤ T. S. Eliot, *The Use of Poetry and the Use of Criticism*, Cambridge: Harvard University Press, 1961, p. 122.
⑥ Ibid, pp. 142-143.
⑦ Ibid, pp. 101-102.
⑧ Ibid, p. 101.

批评的目标，更像是引领和鼓励各种对作品解释的产生。对此，新批评家们并不认同，他们寻求的是关于文学本身的一般规律，并力图在此规律中对文本作出最佳解释。布鲁克斯就曾明确表达过这一观点："当然会有多种阅读，但在其中你会发现有一些比其他更令人满意。"① 他举例说，他对济慈《希腊古瓮颂》的解释就比艾略特的更好。这种自我肯定的立场与艾略特对读者个人趣味的尊重、对批评家个人局限性的强调完全不同。

与布鲁克斯的大量批评实践相比，韦勒克更好地从学理上阐明了新批评为何会持这样一种批评立场。在《诗学、解释与批评》（1974）一文中，他针锋相对的正是艾略特曾给予肯定的相对主义解释观："我们被告知，批评家应该时刻考虑到他自己在历史中的地位，批判他自己的视角，认识到自己只是一个带有时代与地方品味的短暂的存在。但是，完全的相对主义是肯定站不住脚的。这不仅因为，在逻辑上它认定的绝对真理是'一切都是相对'，在实际操作上它也行不通。它将导致一种完全的价值无政府主义……"② 之所以反对解释的相对主义，反对多元化，是因为和其他新批评家一样，韦勒克对文学性抱有强烈的信念。对于他而言，文学批评就是要把作品的文学特质揭示出来，"裁决艺术的优劣始终是批评回避不了的职责"③。而相对主义批评观，由于过于宽容且缺乏标准，就难以让文学艺术自身的特质得到彰显。这是韦勒克所不能接受的。他宁愿

---

① Cleanth Brooks with William J. Spurlin, "Afterword: An Interview with Cleanth Brooks", *The New Criticism and Contemporary Literary Theory: Connections and Continuities*. eds., William J. Spurlin and Michael Fisher, New York: Garland Publishing, 1995, https://link.gale.com/apps/doc/H1100002792/GLS?u=ecnu&sid=GLS&xid=25fb956a.
② René Wellek, "Poetics, Interpretation, and Criticism", *Modern Language Review* 69.4 (1979), p.31.
③ 韦勒克:《近代文学批评史》(第六卷)，杨自伍译，上海译文出版社，2005，第264页。

相信"存在着强制性的审美标准"①,而遵循此类标准的解释自然可以成为最佳的选择。

退特也赞成应该有批评标准,他的出发点在于克服现代世界价值体系分崩离析的状况。在《现代世界的文人》(1952)中,退特回顾了笛卡尔的心物二元论所带来的一系列价值崩溃:"手段与目的,行动与感觉,事件与心灵,社会与个人,宗教与道德,爱与欲,诗与思,交流与经验,团体身份与个人身份之间尽相分裂。"② 由于整个社会,包括人自身,都已经处于各种内在矛盾分化之中,人与人之间的交流在退特看来几乎无法实现。在"西方精神世界的碎片化"③现实中,人们总是从某一特定的视角上展开自己的话语,很难真正与他人在同一层面上进行深入沟通。

而文学,则被退特看作最后一块统一人类经验的圣地。"我们把文学作品视为一种对交流的参与。而'参与'自然地引出关于共同经验的观念。"④ 当然,"共同经验"的实现有赖于批评对共同标准的运用。退特说,现代文人的"批评责任和以往一样,在于重新创造和运用文学标准"⑤。只有人们认同某种共同的文学标准,人类才能进入共同的文学世界,使现实中趋于分裂的经验得到统一,以实现真正的交流。所以退特与其他新批评家一样,也对文学本质有着自己的确定理解,他以"张力说"作为解释和衡量文学作品的标准,拒绝没有恒定参照系的多元解释。这恰如他在《文学批评行得通吗?》(1951)中所说的:"缺乏一个绝对真理的标准还

---

① René Wellek, "Poetics, Interpretation, and Criticism", *Modern Language Review* 69.4 (1979), p. 31.
②③⑤ Allen Tate, "The Man of Letters in The Modern World", *Hudson Review* 5.3 (1952), p. 343.
④ Ibid, p. 342.

可能存在文学批评吗？"①

可见，虽然新批评家们对文学有着各自的理解，对文学性有着不同理论建构，但他们都是将自己的理论见解作为批评的最高标准。文学批评必须遵循这些标准，才能显现文学的特质，实现文学的功能。以这一最终目标为衡量标准，批评自然有着高下之分、正误之别。新批评家对最佳解释的强调，正是与他们对文学本体的强烈信念紧密结合在一起的。相对应的，艾略特对多元解释的强调，对批评家职责的弱化，也与他对所谓文学本质、文学性的看法密切相关。虽然艾略特自觉地强调了文学的自律性，但他几乎不对文学本质、文学性作出任何明确的界定。相反，他在此问题上选择了一种较新批评派更加开放的态度。在《诗歌之用与批评之用》中他就清楚地表示过，不同的地区和时代对诗/文学都有着不同的界定，这取决于人们不断变化中的需求和欣赏口味。诗/文学即使会有一些基本决定因素，但这些因素也不是永恒有效的。② 正是这样一种开放多元的文学观，使得艾略特否认对文学作品的解释可以有什么绝对标准，新批评派赋予批评的重要目标对艾略特而言是不成立的。正是在这些观念的影响下，最佳的解释对于艾略特来说也就无从谈起了。

关于文学本质、文学性的不同看法影响到了艾略特与新批评在"解释"问题上的不同立场。至于艾略特对新批评派"科学主义"的批评，则更像是一种误解。虽然新批评十分强调对作品的确切解释，但几乎所有的新批评家都认为，这种解释不应是科学公式化的。他们充分尊重艺术世界中的各种偶然与偏差，力求让解释体现出文学

---

① 韦勒克：《近代文学批评史》（第六卷），杨自伍译，上海译文出版社，2005，第311页。
② 艾略特对所谓文学本质、文学性的拒绝，我们将在下一节艾略特与解构诗学的比较中着重讨论。

作品的丰富复杂性。韦勒克就曾为新批评派辩护说："其实新批评派是科学的对头。"①

反科学理性主义立场在理查兹那里就已十分明显。《文学批评原理》从人们的心灵反应入手来考察文学的构成。兰色姆则走出心理主义的范畴，将自己的反科学立场寄托在作品自身对科学话语的游离中。本节第一部分我们曾提到兰色姆把文学作品视为"结构"与"肌质"的综合。如果说体现作品散文意义的"结构"仍然处于科学话语范围内，那么"肌质"则深刻地体现了兰色姆的反科学立场。"肌质"就是作品细节所具有的"复杂异质的特点"②，它使作品规避科学话语的"扁平状态"而恢复为"立体之物"。③"肌质"的实现有赖于文学作品的"图像符号"功能。兰色姆认为文学作品所提供的是种种"图像符号"，这种符号超越了能指与所指之间的固定单一搭配，呈现出意义的丰富变化。他举例说："哈姆雷特王子在我们心目中的形象就是图像符号，它每一次都跟上一次不一样，他的每一次出现都是对指涉对象必须始终不变的原则的一个否定。"④"图像符号"的这一特点，使文学"一定与科学话语相去甚远"，因为它总是以自己的丰富性"偏离逻辑轨道"。⑤布鲁克斯虽然不同意兰色姆对文学作品所作的二元两分式的把握，但在认同文学本身丰富性与复杂性上，他与兰色姆是完全一致的。布鲁克斯的《释义谬误》否定了人们可以给文学作品作出任何一种简单的解释，因为作品总是呈现出复杂的意义构成。布鲁克斯后来提出的"悖论"说，正是将文学作品的本质界定在对立意义的并置

---

① 韦勒克：《近代文学批评史》（第六卷），杨自伍译，上海译文出版社，2005，第255页。
② 兰色姆：《新批评》，《新批评文集》，赵毅衡编选，百花文艺出版社，2001，第108页。
③ 同上书，第116页。
④⑤ 同上书，第199页。

结构中。

所以，新批评对确切解释的强调并不等同于一种科学主义的批评观，他们正是要以自己对文学特质的理解，使批评解释能够更充分地将文学的反科学特性展示出来。也就是说，新批评派对文学作品的批评解释从一开始就带有一份反科学主义的情怀，他们的批评本来就是以科学话语作为自己的对立面。如果说，新批评家有所偏颇的话，那是因为他们各自对自己的文学观过于自信，并以之作为批评解释的标准，因此使他们的批评显得有些公式化，流露出一定的科学主义之嫌，但这一点并不能抹杀他们对科学主义的反动。所以，科学主义并没有在艾略特与新批评派之间划下分界线，相反，在批评"从来就不是"一门科学这一点上，双方其实有着共同之处。

艾略特的文学观和批评观对新批评有着启发作用，但这并没有阻止双方对话的产生。如果说，新批评在挖掘文学自身多重特质方面显得更加明确有力的话，那么艾略特的批评视野则更见开阔，他关于文学本质的思考也较新批评更为开放。事实上，艾略特关于文学本质、文学性问题的思索已经在一定程度上对应于更具革命性的解构主义诗学浪潮。

第二节　文学是什么：艾略特与解构诗学的响应及间距

在与新批评的对比中，我们已经看到艾略特诗学立场的开放性。如果我们将比较的界线继续往前推进，则可进一步看到他的这种开放性立场在诗学史中的位置。在笔者看来，艾略特的诗学思想所涉及的对文学本质的质疑、对文本语境的关注、对语言游戏的重视，都已经触及解构主义诗学的核心。当然，在对上述各方面问题的思考中，艾略特与解构主义诗学还是有着一定的距离。他在质疑文学本质的同时也还是把文学看作一个独立的领域，他虽强调语境作用但还是局限于文学世界自身，他否定语言意义的僵化却仍旧执着于语言符号自身的表意性。尽管如此，艾略特表露出的怀疑精神和动态视角，已经使其诗学立场具备了相当程度的解构特质。

一、文学本质的质疑

当乔纳森·卡勒在非文学文本中同样挖掘出所谓的"文学性"，[1] 当德里达告诉我们文学的本质可能根本就没有，[2] 我们很容易忽略，艾略特早已提出了对文学本质的质疑。

在《诗歌之用与批评之用》的序言中，艾略特就表示自己并不知道"什么是诗歌，诗歌的作为及其目的"，并提醒读者"在任何情况下，我们最好不要假定我们知道"。[3] 这样的表白并非出自艾略特的谦虚，而是真实地反映了他关于诗歌-文学本质问题的想法。在这次系列演讲中，艾略特从各个角度批评了其他人文领域与文学的混淆，但对文学自律性的高度要求却并没有促使艾略特对文学本质、文学性作出任何最终界定。相反，他始终强调对"什么是

---

[1] 卡勒：《文学性》，《问题与观点：20世纪文学理论综论》，史忠义、田庆生译，百花文艺出版社，2000，第27—44页。
[2] 德里达：《访谈：称作文学的奇怪建制》，《文学行动》，赵兴国等译，中国社会科学出版社，1998，第8页。
[3] T. S. Eliot, *The Use of Poetry and the Use of Criticism*, Cambridge: Harvard University Press, 1961, p. 5.

文学"这一问题，将不会有最终答案。艾略特的理由在于，任何一种对诗歌-文学本质的界定其实都是暂时的、片面的，对"什么是诗歌"这个问题的回答总是具体的人群或个人"为自己而做出的"。① 也即，所谓诗歌-文学的本质其实只是人们从自身出发而做出的种种预设和假定，而不是诗歌-文学本身固有的东西。并且，假定性的关于文学的"共同因素"的归纳，"因为处于具体地点、具体时间中具体的人的局限性，而受到限制；而这些局限在历史的视角中得以彰显"②。所有关于文学的预设、假定都摆脱不了历史局限性。

对于文学本质的消解，也贯穿到他对具体文学术语的把握中。在《陌生的众神之后》中，艾略特就表示自己不同意使用"古典的""浪漫的"等文学术语，因为对这些术语的使用往往没有注意到它们"在不同背景中不可避免地产生的意义的转变"③。也就是说，不能以先验的方式来对待这些术语。在1952年的《美国语言与美国文学》一文中，艾略特则表现得更像一个彻底的相对主义者，他说："像其他术语一样，'美国文学'这个术语在时间之流中已经改变和发展了它的意义。它今天对我们意味的东西不同于百年之前它所意味的。"④ 可以说，不管是文学，还是关于文学现象的种种概念提法，艾略特都注意到了它们属性的不确定及本质的可疑。

---

① T. S. Eliot, *The Use of Poetry and the Use of Criticism*, Cambridge: Harvard University Press, 1961, p. 9.
② Ibid, p. 135.
③ T. S. Eliot, *After Strange Gods*, London: Faber and Faber, 1933, p. 26.
④ T. S. Eliot, "American literature and the American Language", *To Criticize the Critic and Other Writings*, London: Faber and Faber, 1965, p. 51.

艾略特的这些诗学表达，与德里达的文学观有着高度的一致。德里达认为，文学不是一种先天的存在，而是"历史性建制""虚构的建制"[①]。它只是一种"似是而非的结构体"，没有固定属性，所以它的根基并不在于自身，而在于"与它本身的设置性的某种关系"[②]。如果一定要说文学有什么本质属性的话，那就是它的"脆弱性、它的缺乏独特性、缺乏客体"[③]。在《在法的面前》一文中，德里达在文学与法律之间作了并列，因为文学就和法一样，"人们不问法所处的位置、它来自何方，就无法与法——或法的法——发生关系"[④]。文学和法都是在一定历史条件、一定话语结构中才得以形成的，无法忽略这些具体因素而从抽象层面上对它们加以把握。总而言之，"文学性"绝不能被视为"文学的一种附属品，就像说一种现象或客体——甚至一部作品——包含在一个界限分明、权利不可分割的领域、范围或区域之内那样"[⑤]。文学，在某种程度上只是一个空洞的符号，"它的历史的构建就像一个根本未存在过的纪念碑的废墟"[⑥]。

不难发现，艾略特把文学性与历史视角结合在一起的立场，与德里达关于文学的"历史性建制"的说法，有着高度的共鸣。当然，艾略特立场的保守性仍然是明显的。正如我们在第一章所见，他在《诗歌之用与批评之用》中反复论述诗歌-文学不应和其他人文领域

[①] 德里达：《访谈：称作文学的奇怪建制》，《文学行动》，赵兴国等译，中国社会科学出版社，1998，第4页。
[②][③] 同上书，第9页。
[④] 德里达：《在法的面前》，《文学行动》，赵兴国等译，中国社会科学出版社，1998，第128页。
[⑤] 同上书，第150页。
[⑥] 德里达：《访谈：称作文学的奇怪建制》，《文学行动》，赵兴国等译，中国社会科学出版社，1998，第9页。

相混淆,这其实还是强调了诗歌-文学的自足性、实在性。而以德里达为代表的解构诗学正是要将"是"彻底驱逐出文学的园地,反对给予文学以任何前置性的预设。德里达说,"一种本身丧失任何中心的结构今天仍然是不可思议的"①,而艾略特对文学自律性的强调仍然在相当程度上固守着中心观念,尽管他对什么是中心已经提出了质疑。

二、语言、语境对作者的超越

艾略特与解构诗学这种带有间距的共鸣,在其关于文学语言的讨论中也可发现。在《哲人歌德》(1955)一文中艾略特说:"诗的意义存在于而且只存在于诗的语言中。"② 文学与语言之间的密切联系正是艾略特在20世纪40年代开启的一个重点关注。在不同的论述中,艾略特强调语言对作者的超越、语境对语言的丰富,肯定"不守规则"的语言使用,所有这些观念都潜在地呼应于解构诗学的文学语言观。

《诗的音乐性》一文提出,"诗的意义能超过作者自觉的目的或者远离它的本义"③,而"诗之所以具有歧性,也许是因为这一事实:诗所包含的要比普通言语所能传达的更多,而不是更少"④。这一意见,用解构主义代表人物卡勒的话来说就是:"要把什么东西作为文学研究,首先要研究它的语言结构,而不要把

---

① 德里达:《人文科学话语中的结构、符号与游戏》,《书写与差异》,张宁译,生活·读书·新知三联书店,2001,第503页。
② 艾略特:《哲人歌德》,《艾略特诗学文集》,王恩衷编译,国际文化出版公司,1989,第280页。
③ 艾略特:《诗的音乐性》,《艾略特诗学文集》,王恩衷编译,国际文化出版公司,1989,第179页。
④ 同上书,第180页。

它看成是作者的自我表述,也不要把它看成是产生它的那个社会的写照。"①

那么,文学语言究竟通过什么途径来超越作者对它的限定呢?艾略特与卡勒共同指向了"语境"。艾略特说:"一个词的音乐性存在于某个交错点上;它首先产生于这个词同前后紧接着的词的联系,以及同上下文中其他词的不确定的联系中,它还产生于另外一种联系中,即这个词在这一上下文中的直接含义同它在其他上下文中的其他含义,以及同它或大或小的关联力的联系中。显然,并非所有词都同样丰富,同样连接得很巧妙;诗人的部分职责就是把更丰富的词恰当地安置到较贫弱的词中间去。"② 有时,一个新的表达模式构成了一个新的语境:意义"不是预先给定的,而是必须产生于每一个新的短语"③。卡勒在《文学理论》中也表示,"文学……本身就构成了语境"④,在其中"意义是由语境决定的"⑤,"必须就具体场景,或者几行文字是如何支持某个假设进行论证。你不可能使一部作品表示一切意义:作品会拒绝你;而你必须努力说服别人相信你的解读是有针对性的"⑥。

当然,卡勒探讨的语境并不止于文本中的语境,他的解构性还在于"语境的扩大"⑦。对于卡勒来说,语境涉及"语言规则、作者和读者的背景,以及任何其他能想象得出的相关的东西"⑧。

---

① 卡勒:《文学理论》,李平译,辽宁教育出版社,1998,第32页。
② 艾略特:《诗的音乐性》,《艾略特诗学文集》,王恩衷编译,国际文化出版公司,1989,第181页。
③ T. S. Eliot, "The Classics and The Man of Letters", *To Criticize the Critic and Other Writings*, London: Faber and Faber, 1965, p. 156.
④ 卡勒:《文学理论》,李平译,辽宁教育出版社,1998,第26页。
⑤⑦⑧ 同上书,第71页。
⑥ 同上书,第68—69页。

文本内外种种因素之间几乎不可穷尽的搭配，决定了"语境是没有限定的"①，人们会不断地从新的角度来阅读作品，从更广义的上下文背景中来把握作品。所以卡勒最终把文学看作"一种能指的结构，它吸收并重新建构所指。在这个过程中它的正式风格对它的语义结构产生作用，吸收字词在其他语境中的意义并使它们从属于新的组织，变换重点和中心"②。文学变身为能指的游戏。

卡勒讲的"语境的扩大""语境是没有限定的"，艾略特不是没有触及。他在《诗歌之用与批评之用》中就不断强调诗歌理解中的"个人趣味"以及"每个时代对诗歌的不同要求"③，并认为每一代人都具备同等的欣赏的资质。④ 这说明艾略特完全意识到语境构成的复杂性和变动性，并积极地肯定它们对语言意义的影响。但在这些表述中，艾略特所谈及的语境的变动似乎仍然是围绕"文学"的——他提到关于文学的"趣味""要求""欣赏"，而卡勒则更为明确地、彻底地把语境与非文学、非文本领域结合起来，更注重"揭示文本可能会依赖的、尚未经过验证的假设（政治的、性的、哲学的、语言学的假设）"⑤。对于卡勒来说，语境也完全不是以代际来划分的，重点不在于"重新建构产生作品的原始语境（作者的处境和意图及文本对它最初的读者可能具有的意义）"⑥，而是视角上的转换，是"把文本作为非文本的东西的表象"⑦，把文本作为整

---

① 卡勒：《文学理论》，李平译，辽宁教育出版社，1998，第71页。
② 同上书，第83页。
③ T. S. Eliot, *The Use of Poetry and the Use of Criticism*, Cambridge: Harvard University Press, 1961, p. 134.
④ Ibid, p. 143.
⑤⑦ 卡勒：《文学理论》，李平译，辽宁教育出版社，1998，第72页。
⑥ 同上书，第71页。

个文化生产中的一环来认识。就此而言，艾略特与解构诗学的间距仍旧明显。

三、能指与所指的关系

在1947年的《密尔顿Ⅱ》中，艾略特赞美密尔顿在语言使用中"不间断的、不守规则的创新行为"，他又补充说："在所有现代诗作者中，我认为和密尔顿最相像的是马拉美……两人的个性和诗歌理论最不相同；但只在对语言进行破坏并为之作辩解方面，两人却有点相像。"[①] 艾略特的这一表述不得不让人再次联系到解构主义诗学，这不但是因为解构诗学同样关注"不守规则"的语言，而且他们也同样关注法国诗人马拉美。

德里达对马拉美的解析就集中展现了"不守规则"的语言活动所产生的解构效果。站在解构主义的立场上，德里达拒绝形而上学将意义（所指）统统归于语言（能指）的做法，而马拉美对语言常规逻辑的破坏，在德里达看来正是对自己哲学观的一次出色印证。他认为，马拉美的诗歌语言成功地打破了能指与所指之间紧锁的链条，使语言符号（能指）脱离了自柏拉图和亚里士多德以来"再现哲学"的控制，也即语言不再具有"名称效应、命名行为的效应"[②]，也不再具备作者传声筒的功能。[③] 而所有这些语言效果的实现不在于"意义的丰富性，一个单词的挖掘不尽的资源"，而在于"句法的某种游戏作用"。[④]

---

① 艾略特：《密尔顿Ⅱ》，《艾略特诗学文集》，王恩衷编译，国际文化出版公司，1989，第157页。
② 德里达：《马拉美》，《文学行动》，赵兴国等译，国际文化出版公司，1989，第330页。
③ 同上书，第328页。
④ 同上书，第329页。

"句法的某种游戏作用"在德里达对马拉美的论述中至少包含着如下两个方面。第一,让词语频繁地渗透在其他词语中,不断与他者进行意义上的交融,直至丧失语言符号原本固定的身份与含义。如在《金子》一文中马拉美就让"or"(法语"金子")一词在一页之内先后出现于"dehORs[在外]、fantasmagORiques[幻影]、tresOR[珍宝]、hORizon[地平线]、majORe[增加]、hORs[外面]"① 等一系列不同意义、不同词性的词语中,使"or"的本义最终被抹去而"回到虚空"②。第二,将某一事物集中地与诸多其他事物相联系,使得作为能指的语言符号失去与任一所指固定搭配的可能。比如马拉美将"白"这个符号先后与"白雪、寒冷、死亡、大理石;白天鹅、翅膀、羽扇;处女、纯洁、处女膜;纸页、画布、面罩、轻纱、牛奶、精液、银河、星星"等相连接,在这发射状的多方连接中,符号"白"没有确定的意义,也无法将巨大的意义差别统一、整合于一身;在德里达看来,它始终只能在"某个评-说的角度"中暂时实现自己的意义,③ 而不会拥有无所不包、持久不变的自我统一性。德里达还指出了马拉美的文本对名词、动词、形容词跨越界限的使用,对阴性词和阳性词语超越常规的搭配,等等。所有这些句法游戏,在德里达看来都有着共同的作用,即把语言"与所有意义(所指主题)和全部所指物(事物自身、意识的或无意识的作者意图)割断"④,从而让作为能指的语言保持住自己的自由与生命力,不再成为他者的附庸,从而把人们的注意力"引向

---

① 德里达:《马拉美》,《文学行动》,赵兴国等译,国际文化出版公司,1989,第335页。
② 同上书,第336页。
③ 同上书,第329页。
④ 同上书,第334页。

自己"①。

艾略特并没有直接讨论马拉美对语言的破坏性使用,他只是指出马拉美与密尔顿在语言使用上很相似。但通过艾略特对密尔顿语言特点的概述,我们可以捕捉到他对语言解构的兴趣,尽管这种兴趣还不能将艾略特与解构诗学画上等号。艾略特说:"在密尔顿的作品中,日常语言总是受到最大限度而不是最小限度的变形。每一种结构上的扭曲、每一种外国习惯法、每一个按外文方式或意义而不是按英文词意用的字、每一种癖性,都是由密尔顿开先河的具体的破坏行为。没有陈词滥调,没有贬损意义上的诗的措辞,有的只是一串不间断的、不守规则的创新行为。"② 虽然此处艾略特只是表达自己对密尔顿语言风格的肯定,也没有由此上升到语言游戏、符号哲学的高度,但不可否认,他对变形、扭曲、意义替换等语言"破坏行为"的赞扬,已经类似于德里达对马拉美句法游戏的描述。具体而言,艾略特将密尔顿不守常规的语言行动看作对"日常语言"和"陈词滥调"的超越,这实际也就涉及了能指与所指的关系问题。如果说"日常语言"因为扮演着交流工具的角色而总是传达明确的意义并不断重复自身,那么"陈词滥调"则意味着那些其意义过于陈旧而为人所厌烦的话语。二者之间的共同点在于,语言符号(能指)与意义(所指)之间稳定而明确的搭配。因此,艾略特把语言的"不间断的、不守规则的创新行为"看作对日常语言、陈词滥调的超越,已经涉及了对能指与所指常规搭配的否定。在这个意义上,我们可以说艾略

---

① 德里达:《马拉美》,《文学行动》,赵兴国等译,国际文化出版公司,1989,第328页。
② 艾略特:《密尔顿Ⅱ》,《艾略特诗学文集》,王恩衷编译,国际文化出版公司,1989,第156页。

特已经十分接近解构主义的立场,但双方之间并不能说已经高度重合。因为解构诗学,正如德里达所说的,是要使"能指最后没有了所指,那个符号最后没有了对象"[①]——前述德里达对马拉美的论述就表现了他的这一立场。以此而论,在反对语言与意义、能指与所指之间固定搭配之后,如果艾略特的意思只是要给语言符号寻找新的意义、新的所指,那么形而上学控制意义的锁链就仍未被打破,先验的东西仍然高于一切,这样的"解构"立场也就远不是彻底的。事实上,艾略特设想的语言的发展,的确具有这样的保守倾向。虽然他提出,应"对其他语言的文学以及语法结构有所了解"[②],以此突破僵化的语言模式,"避免成为口语和通俗行话的奴隶"[③],但诗歌语言的发展,不过是要"在现今已经确立的措辞中发展种种新的、更精细的形式"[④]。这与德里达所要求的对语言自身表意性的彻底革命,的确还有较长的距离。

总结而言,尽管借着密尔顿肯定了对语言进行适当革命的必要性,但语言在艾略特那里,在相当程度上仍然是属于作者的。而对德里达而言,"一切都始于结构、形态或关系"[⑤]。除此之外,在反对语言作为意义的承载物的同时,解构诗学还由此反对意识形态、政治话语对语言的渗透与控制,正如巴特所说,"文是(应该是)那狂放不羁者,他将臀部露给政治之父看"[⑥]。这种带有政治意味的语言观,更是艾略特所未曾触及的。更需注意的是,在不

[①] 德里达:《第一部讨论》,《文学行动》,赵兴国等译,国际文化出版公司,1989,第97页。
[②] 艾略特:《密尔顿Ⅱ》,《艾略特诗学文集》,王恩衷编译,国际文化出版公司,1989,第163页。
[③④] 同上书,第162页。
[⑤] 德里达:《人文科学话语中的结构、符号与游戏》,《书写与差异》,张宁译,生活·读书·新知三联书店,2001,第515页。
[⑥] 罗兰·巴特:《文之悦》,屠友祥译,上海人民出版社,2002,第64页。

少批评者看来，艾略特对密尔顿诗歌语言在肯定与赞颂的程度上本身就比较可疑。比如克里斯多夫·里克（Christopher Ricks）、托德·H. 萨蒙（Todd H. Sammons）都曾提出，艾略特在 1936 年的《密尔顿Ⅰ》中对密尔顿在语言使用上的负面评价并未在 1947 年的《密尔顿Ⅱ》中得到彻底扭转。[1] 这一观察在一定程度确实有其道理，因为即便是在对密尔顿大加赞扬的《密尔顿Ⅱ》中，艾略特也特意提醒读者，密尔顿的风格"是那种只有他本人才能有效遵循的原则"[2]。言下之意，密尔顿的语言风格并不具有普遍意义。那么，艾略特对密尔顿带有破坏性的语言风格的推崇，本身也就是有所保留的了。

尽管间距十分明显，但艾略特在文学本质、语境作用、语言的破坏行为等几方面的论述，因其开放性而的确体现出了一定程度的解构特质。一个出色的诗学思想家，其意义不应该只限于其所处的时代，他的思想中总会包含着某些超越其自身的元素。从诗学史角度对艾略特作这种比较，有利于我们更充分地看到他的诗学思想的成就与极限，也有利于我们看到诗学史发展某些部位的纹理与脉络。

---

[1] 参见 Christopher Ricks, Chapter 1 "The Milton Controversy", in *Milton's Grand Style*, Oxford: Oxford University Press, 1963; Todd H. Sammons, "A Note on the Milton Criticism of Ezra Pound and T. S. Eliot", *Paideuma: Modern and Contemporary Poetry and Poetics* 17.1 (1988), pp. 87-97. 关于艾略特在这两篇文章之间具体观点上的变化，也请参阅本书第二章第一节。

[2] 艾略特：《密尔顿Ⅱ》，《艾略特诗学文集》，王恩衷编译，国际文化出版公司，1989，第 157 页。

第三节 "客体派"诗学对艾略特的分庭抗礼

与艾略特诗歌的兴起处于同一时代,美国 20 世纪上半叶的诗坛还活跃着另一股诗歌潮流,即"客体派"(Objectivist)诗学。这一流派的形成,肇始于《诗歌》(*Poetry*)杂志 1931 年 2 月号的特辑。担任这一辑编辑的祖科夫斯基(Louis Zukofsky),选登了包括他自己在内的多位诗人的作品,并在主编门罗(Harriet Monroe)的要求下,给这些作品选择了一个总括性的标签——"客体派"。虽然这些诗人在创作上的特点及主张并不十分统一,甚至祖科夫斯基本人都对"客体派"这一标签感到不自在,但时至今日,"客体派"这个名称还是被诗歌史保留了下来。在较为宽泛的意义上,这一诗派的成员有威廉斯(William Carlos Williams)、祖科夫斯基、奥朋(George Oppen)、罗琳(Lorine Niedecker)、莱兹尼科夫(Charles Reznikoff)、克里利(Robert Creeley)等人,其影响也直接渗透到"语言派"诗歌的创作中。但 20 世纪上半叶,相对于艾略特的《荒原》《四个四重奏》所取得的轰动性效应,客体派的创作在美国诗坛并不显眼,直到 20 世纪 60 年代之后,它才陆续获得了更多肯定,被视作 20 世纪美国诗歌的重要组成部分。正如美国诗评家雷切尔·布劳·杜布莱西斯(Rachel Blau Duplessis)所总结的,"因为他们被批评界的接受晚点了,因为他们在诗歌选集中较少露面,因为他们在出版机会上的不均衡,也因为他们作为一个'团体'比较古怪,客体派诗人仅仅是在过去的一二十年间才开始被阅读,被批评界认可,人们终于认识到,他们无论在哪一个方面都是英美后期现代主义最主要的部分"①。

我们把艾略特与客体派的创作进行比较，首先是因为双方在时间上同步，相互之间有参照比对的必要。其次，艾略特提出的"非个人化""客观对应物"等主张，与客体派对"客体"的强调有着表面上的相似，极易混淆。第三，更重要的，客体派的诗学主张正是以 T. S. 艾略特为反对标靶的，这在该派最具影响力的诗人威廉斯的论述中有着明确的体现。梳理双方之间的差异，是在西方诗学坐标系中理解艾略特的重要一步。

一、威廉斯："种树者"的分庭抗礼

在 1948 年的一篇文章中，威廉斯说："暂停一分钟，强调一下我们自己的立场：我们的和艾略特的不一样。我们在制作的是现代的'主干'，这是我们有些未被辨别清楚的重担。平心而论，我们必须说，是以'充盈'（profusion）反对他的'分别'（distinction）。他的一些诗歌有着美妙的表达——在他最长的作品中，用了七种语言，作了三十五个引用。而我们的作品，这么说吧，像是朗斯洛特·安德鲁斯的讲道辞，（在不同时代）人们从中选择一个片断。或者说，我们的作品就是《奥义书》，只贡献一个词！"② 在这段批评艾略特的话中，我们可以看到客体派诗学的两个重要特点，其中一个是简约、直接。艾略特在《荒原》中的那种博古通今式的、令人眼花缭乱的引用，在威廉斯看来是过分雕琢了。威廉斯强调的是在

---

① Rachel Blau Duplessis, "Objectivist Poetry and Poetics", *Cambridge Companion to Modern American Poetry*, ed., Walter Kalaidjian, New York: Cambridge University Press, 2015, p. 99.
② William Carlos Williams, *Selected Essays of William Carlos Williams*, New York: New Directions, 1954, p. 285.

"一个片断""一个词"的简单中生成的诗学力量。这其实代表了当时诗评界对艾略特式"掉书袋"风格的批评。威廉斯道出的与艾略特的第二个也是更为关键的区别在于,客体派强调以客体或场景自身的呈现,保持其自身所具备的复杂性,要求避免对客体或场景作特定的象征性建构与分类,避免情感或意义对客体与场景的贯穿。只有这样,"充盈"才能实现。"我们追求的是'充盈'(profusion),是'聚合'(mass)——多相共生的(heterogeneous)——分类不清的——让人上气不接下气的——去捕捉所有各种事物。"① 而艾略特提出的"客观对应物"则显然是为特定主观情感服务的,尽管在第二章当中我们看到艾略特中后期的许多思考对"客观对应物"说形成了反思,但他本人并未最终否定意象、场景为主观情思服务的性质。威廉斯的两个比喻,颇为有趣地概括了他与艾略特之间的核心区别:"我们不是把玫瑰,一朵玫瑰,放进橱窗里的小玻璃花瓶——我们是在为大树入坑而挖土——在挖的过程中我们自己也消失其中。"② 把玫瑰摆入花瓶,是诗人的摆置;将大树植入土中,植树人隐而不见,是让树自由成长、自己呈现。

上述威廉斯对艾略特主观性过强的批评,至少持续了三十年。早在1918年,他就曾指出,诗歌要想达到最大的发现力,最好的方式就是"跟着指南针行走,而不是踏上任何一条既有的道路"③,这其中任自然本性而反人为的意味不言自喻。因为对于威廉斯来说,"真正的价值在于,事物自身的特殊性给事物赋予了一种特点。联想

---

① William Carlos Williams, *Selected Essays of William Carlos Williams*, New York: New Directions, 1954, p. 284.
② Ibid, p. 286.
③ Ibid, p. 11.

性的、情感性的价值都是虚假的"①。所以,如果事物自身具有韵味,那么它就直接可以成为伟大的作品,如果它没有,任何可爱的描述,任何"宏大篇幅的呈现或华丽的方法都不可能拯救它"②,而艾略特笔下的 J. 阿尔弗瑞德·普鲁弗洛克,在威廉斯看来正是靠着"工艺"水平而非自身的具体性而被塑造出来的人工制品。③

作为美国诗歌史上同样重要的诗人,威廉斯对艾略特的批评是一个难能可贵的坚持,因为艾略特在整个 20 世纪上半叶的影响过于巨大。从 1922 年《荒原》出版引起的轰动,到 1948 年诺贝尔文学奖的授予,很难有诗人或批评家能够对其产生足够有力的挑战。所以难怪威廉斯在反对艾略特诗学风格时,有时难掩内心的焦躁和失望,"你不要指望我们同样的那么有名(就某些特殊的成就、某些引人瞩目的诗作而言)。我们所做的是不一样的事情"④。但是,挑战在当时没有及时形成足够影响的诗学效应,并不代表其没有价值。如今,由威廉斯开启的客体派诗学已经受到了广泛的肯定。有评论者说,它"代表着一个重要的诗学趋势"⑤,但对于著名诗歌评论家奥提瑞(Charles Altieri)先生来说,客体派的重要性更是无可替代:"在最为广义的层面上,可能只有两种基本的抒情诗关联模式——象征主义的与客体派的。前者强调精神力量以各种方式去阐释具体事件,或是用具体事件来考察阐释的性质与可能。而客体派的策略则是构建一个特别的感知场域,在其中,特定客体散发出的

---

① William Carlos Williams, *Selected Essays of William Carlos Williams*, New York: New Directions, 1954, p. 11.
②③ Ibid, p. 21.
④ Ibid, p. 285.
⑤ Jeffrey Twitchell-Waas, "What Were the 'Objectivist' Poets?", *Modernism/ Modernity* 22. 2 (2015), p. 315.

光线成了焦点。"①

让我们再看一下威廉斯的诗来作为实例,领略其对客体自身的直接呈现。

> An elderly man who
> Smiled and looked away
>
> to the north past a house-
> a woman in blue
>
> who was laughing and
> leaning forward to look up
>
> into the man's half
> averted face
>
> and a boy of eight who was
> looking at the middle of
>
> the man's belly
> at a watchchain-②

---

① Charles Altieri, "The Objectivist Tradition", *The Objectivist Nexus: Essays in Cultural Poetics*, eds., Rachel Blau Duplessis and Peter Quartermain, Tuscaloosa: The University of Alabama Press, 1999, p. 26.
② William Carlos Williams, *The Collected Poems of William Carlos Williams: Vol. 1: 1909–1939*, eds., Walton Litz and Christopher Macgowan, New York: New Directions, 1986, p. 206.

收录于《春天与万物》(*Spring and All*, 1923) 中的这首诗作呈现了三个人物：老人、女人和小孩。每个人物在登场亮相的第一行——比如"一个身着蓝色衣服的女人"（"a woman in blue"）——都被给予了完全的独立性，他们被威廉斯从句子的连续性中解放出来，脱离了叙述的把控。同样，三个人物的动作也被保留在进行中的状态，而不是被概括性地描述：老人"笑了、看向"（"Smiled and looked away"），女人"大笑着，同时"（"who was laughing and"），小孩子"盯着中间部分的"（"looking at the middle of"）。诗行末尾的这些对句子的中断，表明威廉斯的重点是要呈现作为过程的动作本身，而不是对动作进行描写。诗作中三个人物之间的关系同样也拒绝了外部视角的贯穿。乍看起来，诗中三个人物的在场关系，有点类似于保罗·鲁本斯《维纳斯与安东尼斯》(1635) 中的画面。在画中，阳光明媚的清晨，维纳斯恋恋不舍地看着安东尼斯半转回来的脸庞，站在她与安东尼斯中间的丘比特紧紧抱住安东尼斯的右腿，试图阻止其离去，安东尼斯则侧身回看着维纳斯。三者间形成了明确的情感联系。但威廉斯这首小诗中三个人物之间的在场关系却难以界定。老人慢慢转身看向别处，或许是因为他与女人的谈话，或许是一个无意识的动作，抑或是受到远处某个事情的吸引。女人看着老人的脸，似乎表达了交流当中的投入，但同样可能是一种不信任的观察。小男孩看着老人的肚子，但什么才是其真正的兴趣所在呢？因此，威廉斯这首诗中的形象、动作与关系，都只是一种直观的呈现，而不是解释、概括或有所意指的表现。它们被最大限度地保留为自身，其未明的意味正是威廉斯所追求的"充盈"。威廉斯是从相遇或照面的意义上来呈现整个场景的，而拒绝对之命名，他写道：

The supreme importance
of this nameless spectacle

sped me by them
without a word—①

当然，威廉斯对客体性的重视，并不限于这样单纯的、个体的偶然经验，他也通过同样的方式来观照他所身处其中的时代，以客观场景本身的张力表现了 20 世纪 30 年代前后美国社会所经历的衰颓与动荡。譬如 1928 年的诗集《冬日来袭》(*The Descent of Winter*) 中的这样一首小诗：

On hot days
the sewing machine
whirling

in the next room
in the kitchen

and men at the bar
talking of the strike
and cash②

---

① William Carlos Williams, *The Collected Poems of William Carlos Williams: Vol. 1: 1909 - 1939*, eds., Walton Litz and Christopher Macgowan, New York: New Directions, 1986, p. 206.
② Ibid, p. 299.

对于席卷而来的经济衰颓以及巨大的社会矛盾，诗中并没有艾略特作品中的那些或宏大或幽深的意象、象征及隐喻，宗教维度的批评与救赎也是缺席。威廉斯要做的就是以简洁直接的现实场景本身，来展现时代的张力、所面临的问题及其迫切性。诗作中，一边是妇女们拼命工作赚取低廉的报酬，另一边是男人们在抱怨着经济的困窘，讨论着罢工行动。通过三个诗节在形式上的安排，男女两性的声音在第二诗节处合流碰撞，女性的辛劳与男性的阔谈，劳动者希望摆脱困境的渴望与实际上的无能为力，忍耐与反抗，在一瞬间得到并列呈现。艾略特在《荒原》《四个四重奏》中对欧洲文明、现代文明、物质文明有着宏大的批判，这决定了他必须使用更具涵盖性的象征与隐喻来表达用意，而威廉斯以具体的现实一景来展现时代的困境，应该说二者之间并无高下之分，都是对现实的负有高度责任感的观照。但对于威廉斯及其诗学伙伴来说，与其在象征的森林里表达对人类的宏大关怀，还不如在现实细节本身的呈现中提升自己的诗学震撼力。正如威廉斯的好友祖科夫斯基在其名篇《诚恳与客体化》当中所说的，象征、隐喻这些主观的建构，就好像一个个"气泡"（bubble），当一个气泡与一个更真实的存在碰撞时，这个气泡实际上连自己是什么样的存在都不知道，"而且一分钟之后它就连气泡都不是了"[1]。

有意思的是，威廉斯也把自己反对艾略特的诗学立场贯彻在了他的自传中。除了直接表明自己对艾略特诗学风格的反感外，威廉斯也有意识地把自己的人生经历以诗的方式书写出来，似乎是要让读者不但看到他的诗学态度，同时也能看到他的诗学践行——强化

---

[1] Louis Zukofsky, "Sincerity and Objectivication", *Prepositions +: The Collected Critical Essays*, Hanover and London: University Press of New England, 2000, p. 201.

他对艾略特批评的有效性。他当然也是用叙述的方式来追忆自己的过去，但他更倾向于描绘出过去的一幕幕具体场景，让场景自身来传递那些未经提纯的、朴素鲜活的、难以言尽的经验，他自己则常立足于这些场景面前保持静观。比如其自传第一部分忆及儿时与父亲、弟弟以及叔叔戈德温和睦相处的生活，关于父亲的部分就是以儿时放风筝的场景来代替主观表达的：

> 父亲做风筝，就好像只有父亲才会做各种东西。有一天，调整了尾部之后，他在院子里把风筝放飞到空中。当晚，他就把线拴在了屋后走廊的栏杆上。次日清晨，南风阵阵，风筝依旧傲然地高挂在空中，紧绷着的风筝线就像小提琴的琴弦一样笔直。我记得我手中握着线，感受那种来自风的拉力与振动。[①]

简单明了的场景、动作，凝定了儿时的乐趣、惊奇的发现、手臂的感觉、对父亲的怀念，它们被保持为一种原初的混合。记忆牵动着当时现场的手臂的感觉，手臂的感觉与风的拉力又牵动着记忆、怀念，彼此间的联动造就了经验的现场感与整体性。威廉斯不再另做补充、解说，这场景本身的表现力就是他的落脚点。他写爱情也是如此，以过去的场景本身来综合展现爱情的发生——环境、气氛、情绪与"力比多"之间的交互作用。1899年，从欧洲返回美国之后，威廉斯在纽约进入高中，其间与一位女孩子有了一段未及挑明的爱情：

[①] William Carlos Williams, *The Autobiography of William Carlos Williams*, New York: New Directions, 1951, p. 8. 威廉斯自传中文字平实，本书引用处均已试译为中文。

> 有一天我们一起去钓鱼。有位老者身材高大，戴着一顶草帽。他就在码头的末端垂钓，我们则在湖水旁落杆——也许他当时是坐在小船里，也可能正好在一棵大树的荫庇之下。那一天天气晴好，有些炎热，湖水如水晶般透明，甚至可见湖底的水草与穿梭其间的小鱼。那双腿，就与我的腿并排悬在水中，对于我这个年龄的男孩子来说，它们是如此如此美丽，它们就在那凉爽的湖水中前后摇摆。①

"孤舟蓑笠翁"、湖底的水草、参天的大树、晴好的天气、身体的冲动，这一切和威廉斯懵懂的爱情相互贯通，共同呈现的是作为经验整体的、在场化的爱意的发生。这其中的"充盈"就在于它保留了爱情发生时整个经验现场脉络交错的纹理。再如他表达对一位贫寒阶层卖鱼人的回忆，先是回忆了这位卖鱼人近三十年每周上门送鱼的历史，讲到他沉默寡语、不苟言笑的特点，以及其虽贫穷却自持而善良的品格。最后，威廉斯没有忘记再用一个客观化的场景来涵盖自己对这位卖鱼人的情感：

> 到1940年代初，他的行动越来越迟缓了。他说自己得了风湿，弗洛斯觉得是心脏出了毛病。他看上去那么瘦削、虚弱。再后来，便不再出现了。他曾跟吉娣·霍格兰说自己得了胃癌，这没有疑问。没人接替他的工作。就像我们家的那只老猫，在度过十二个春秋之后，自己在一天晚上走进了地下室，趴伏在

---

① William Carlos Williams, *The Autobiography of William Carlos Williams*, New York: New Directions, 1951, p. 48.

一把老旧的椅子下，死去了，他应该是放弃了所有抵抗，回家了。①

熟悉又陌生的关系、不舍又释然的心情、同情与尊重的混合、人与猫的生命的交叉，这一切说出来便没有味道，合在一起才是威廉斯真正体会到的，自家老猫死去的一幕则给了他最佳选择。

场景自身的张力、纹理，就是这样在威廉斯自传当中占据着重要位置。的确，它们也是在叙述中形成的，但在这些具体场景的呈现中，主体只是其中一个部分或安静地退居一旁，并不具备凌驾于其上的优势。诗人对场景、事物是直取、直观，而不是象征、改造。威廉斯在自传中将这一创作理念明确称为"诗的客体主义理论"（objectivist theory of the poem）②。这样一种诗学理念，让人不觉怀疑其中是否有中国文化的影子，但威廉斯终其一生从未明确提及中国诗学的影响。海外学者钱兆明先生在《东方主义与现代主义：庞德与威廉斯诗歌中的华夏遗产》一书中曾提出，因为庞德与艾略特在诗中已经言及东方，威廉斯在心理上也就不愿再步其后尘，坦露出与东方世界的精神联系，尽管他的私人藏书里中国文学史相关书目赫然在列。③ 当然，威廉斯与杜尚、塞尚这些现代主义艺术家的共鸣同样不可被忽视，但威廉斯在自传中明言，自己与这些艺术家只是一种竞争关系。诗学渊源上的辨析可能注定是迷宫的游戏。在自传中，威廉斯倒是更愿意用自己的行医体悟来阐明自己的诗学

---

① William Carlos Williams, *The Autobiography of William Carlos Williams*, New York: New Directions, 1951, p. 145.
② Ibid, p. 264.
③ See Zhaoming Qian, *Orientalism and Modernism: The Legacy of China in Pound and Williams*, Durham and London: Duke University Press, 1995, p. 120, p. 143.

立场。

他说，行医与写诗不会使他难以兼顾、疲惫不堪，因为二者是相通的。在这两种生活中，他都有机会对存在、场景、对象形成一种完整的直观。就行医而言，医生不会因病人的社会身份、地位、道德而改变诊断，"死亡不会出于这原因对某个人表示尊敬，艺术家也不会，我也不会"①。病人在就诊当中，也会暂时放下各种社会面具，向医生吐露内心的各种经历、真实的想法。在社会交往中常常会影响彼此认识的各种立场、界限与距离，在行医当中是淡化了的。所以，"行医给了我进入这些自我的秘密花园的通行证"②。同样，他在诗歌创作中所看重的也正是对象、场景自身完整而丰富的存在，而非基于单一视角的主观建构。而这种诗学倾向，正是受到了行医经历的鼓舞，它带来的"兴奋如此剧烈，而写作的冲动也会再次被点燃"③。

批评对方的诗学错误，展现自己的诗学立场，威廉斯在自传中对艾略特的"攻击"还不足以借此完成，他还必须给出自己胜利的可能性。为此，威廉斯在自传中多次介绍了自己在大学的演讲、公开活动中所感受到的听众的欢呼与肯定。而他最微妙的自我肯定，放在了与庞德的一次对话中。庞德对世界资本主义表达了失望，认为银行家、资本家、政治家劫持了整个世界，所以他也反对罗斯福，反对美国政府。威廉斯回忆自己曾去圣·伊丽莎白疗养院看望被关押在那里的庞德，庞德还是向他讲述着这些对政府的看法。作为好友的威廉斯，在观点上并没有驳斥庞德，但从表达方式上对庞德作出了反击。威廉斯说："你所说的都很对，但埃兹拉，你

---

① William Carlos Williams, *The Autobiography of William Carlos Williams*, New York: New Directions, 1951, p. 287.
② Ibid, p. 288.
③ Ibid, pp. 359 - 360.

忘了,尽管你的说明很有逻辑,但逻辑,仅仅逻辑本身,说服不了任何人。"① 这是威廉斯最得意的一次谈话,因为生平第一次,庞德听了他的话之后没有反唇相讥。站在一旁的庞德夫人多萝西也指着庞德,嘲笑他的无言以对。借用这一次对话的胜利,威廉斯强调的正是诗歌写作中具体场景与具体经验的重要性。宏大的主观构想不能将它们替代。而此处他对庞德的批评呼应着的正是他对艾略特的批评——插花匠太过看重自己的主观想法,而不似种树者以大树自己的意蕴为先。

二、祖科夫斯基与奥朋:客体化的"荒原"

祖科夫斯基的《诚恳与客体化》一文发表于《诗歌》1931年2月的"客体派"特辑,可谓是客体派诗学的宣言。文章主要围绕查尔斯·莱兹尼科夫的诗作来展开论述,但其阐明的客体派诗学立场与威廉斯遥相呼应。文章直接引用了威廉斯在《春天与万物》中的一段话:

> 粗糙的象征主义把情感与自然现象联系起来,比如生气的感觉与闪电、爱与花草之间的搭配;它也会更进一步,将某些质感与……它最常用的词儿就是"好像"或者"意象"的"唤醒",这种表达已经为我们所用很长时间了。这种表达的滥用是明显的。毫无价值的"意象"再也不会被精巧地"唤醒","唤醒"了也一文不值。②

---

① William Carlos Williams, *The Autobiography of William Carlos Williams*, New York: New Directions, 1951, pp. 343–344.
② Louis Zukofsky, "Sincerity and Objectivication", *Prepositions +: The Collected Critical Essays*, Hanover and London: University Press of New England, 2000, p. 198.

威廉斯的意思很明确，人工的雕琢并不能构成诗学的成功，尊重、捕捉物象、场景本身的丰富性与张力才是正确的选择。对此祖科夫斯基完全赞同，他说："当写作开始的时候，写作不是幻象（mirage），而是看与思的细节，是与作为持存的事物同在。"[1] 用自己的主观把世界构造成另一副模样，对于祖科夫斯基来说是"俗艳的"（meretricious）[2]，放弃事实本身的"与观念的联系不会成就，反而会令人错过真正的演奏"[3]。

与威廉斯相比，祖科夫斯基更直接地把这种对客体场景自身的强调应用在对社会的描写上，而在具体方式上，祖科夫斯基场景拼贴的力度也要更强一些。比如其鸿篇巨著《A》第一章中所展现的城市街头：

> Worm eating the bark of the street tree,
> Smoke sooting skyscraper chimneys,
> That which looked for substitutes, tired,
> Ready to give up the ghost in a cellar-
> Remembering love in a taxi;
> A country of state roads and automobiles,
> But great numbers idle, shiftless, disguised on streets-
> The excuse of the experts
> 'Production exceeds demand so we curtail employment';
> And the Wobblies hollering reply,

---

[1] Louis Zukofsky, "Sincerity and Objectivication", *Prepositions +: The Collected Critical Essays*, Hanover and London: University Press of New England, 2000, p. 194.
[2][3] Ibid, p. 197.

> Yeh, but why don't you give us more than a meal
> to increase the consumption!①

从摩天大楼的黑烟缭绕到地下室的阴暗,从满街不停歇的车辆到呆滞、虚伪的人群,从资本家裁减员工的谬论到劳动者的反唇相讥,还有待在树上吃叶子的蠕虫、对出租车里一段爱情的回忆,所有这些场景片断以最俭省的方式被呈现出来,更像是现场照片的叠合、谈话的摘录。在这样的客体化呈现中,并没有特定的历史纵深感的设计,也没有特殊的秩序与位置安排,它们只是并列的共相,是1930年前后大萧条时代美国的城市街景。祖科夫斯基与艾略特只有一步之遥,他没有把客体化场景化为象征性的"荒原",也没有为"荒原"中人的堕落安排任何象征性的表现或救赎。在他看来,集中于场景带来的直接经验,才是诗歌创作之道。他把"写作当中细节的准确"称作"诚恳"(sincerity)②,认为任何脱离场景本身的描写都是浮漂的,最终也会让人不知所云。象征与隐喻只会"把人带到云里雾里的所在,把人丢弃在不知所踪的地方"③。

客体派另一位干将奥朋在1934年出版的诗集《不连续序列》(*Discrete Series*)也如同祖科夫斯基的《A》一样,以目击、直击的方式表达城市体验。诗集的各个片断之间并无逻辑或象征意义上的联系,诗人拒绝充当高高在上的灵魂批判者、文明引导者或象征设计者,而是和每一个身在其中的普通人一样,在经验的发生场域中

---

① Louis Zukofsky, "*A*", Berkeley, Los Angeles and London: University of California Press, 1978, p. 7.
② Louis Zukofsky, "Sincerity and Objectivication", *Prepositions +: The Collected Critical Essays*, Hanover and London: University Press of New England, 2000, p. 199.
③ Ibid, p. 197.

行走、观看：

> Bad times:
> The cars pass
> By the elevated posts
> And the movie sign.
> A man sells post-cards.①

这一段落开首处的"坏时代"（"Bad times"）并不乏主观批判的成分，但这并不占据诗作的主体。奥朋主要是把读者带入纽约的街头：快速通过的汽车、高耸的杆子、电影广告牌、卖卡片的人。诗人不打算像《神曲》中的维吉尔那样引导但丁走出地狱，也不像《荒原》的作者那样为现实召唤来印度的雨水，他就是提供一段具体的时空经验，为切实查看当代人的生存状态提供窗口。当然，人的物化、阶层差异这些主题在奥朋笔下的这些场景中并不缺乏，只是场景、经验的具体呈现被放在了更重要的位置。所以，在这样的诗作中，我们看到的不是经过统筹的主观想法、批判视角，而是具体场景中多元化的经验发生。比如，在奥朋这部诗集中，既可看到艾略特式的对资产阶级女性生活方式的不满，也不乏对女性的出自本能冲动的欣赏。现代生活以复杂而多元的面目印刻在诗人的写作中：

> 'O city ladies'

---

① George Oppen, *New Collected Poems*, ed., Michael Davidson, New York: New Directions, 2002, p. 30.

Your coats wrapped,
Your hips a possession

Your shoes arched
Your walk is sharp
Your breasts
　　Pertain to lingerie①

She lies, hip high,
On a flat bed
While the after-
Sun passes.②

通过街头傲然飘过的女性姿态，奥朋对财富不均、阶级分化的现实有所展现，但这并不影响诗人对女性身体的欲望。客体派诗学的重点是具体场景与具体经验，而不是创造方向感与秩序感。在这样的诗歌中，"注意力、关心以及结构，都只关乎心智与世界的不同层面的相遇，这些相遇是有节奏的互动，但不需要任何来自抽象意义的补充性说明"③。"客体派诗学着力于简洁与精确，并把对诚恳的伦理要求铭记于心；这样一种诗学致力于反抗宏大的理论、过度的概

---

① George Oppen, *New Collected Poems*, ed., Michael Davidson, New York: New Directions, 2002, p. 29.
② Ibid, p. 20.
③ Charles Altieri, "The Objectivist Tradition", *The Objectivist Nexus: Essays in Cultural Poetics*, eds., Rachel Blau Duplessis and Peter Quartermain, Tuscaloosa: The University of Alabama Press, 1999, p. 32.

括、神话的思维以及诗意化的崇高。"[1]

三、克里利：艾略特"缺少真正的谋杀"

与威廉斯过从甚密的罗伯特·克里利是20世纪中期美国诗坛的领军人物，同时也是客体派诗学的践行者。他对艾略特的反对意见相较于威廉斯、祖科夫斯基以及奥朋来说，有过之而无不及，甚至让人感觉其中有些基于文坛竞争的嫉妒成分。但客观地讲，克里利把客体派诗学的价值所在——对"在场性"的强调，说得更透彻了。

在1950年4月给友人的一封信中，克里利说：

> 所以，正如你可能猜到的，我们最终要面对托马斯·斯特恩·艾略特等人。T. S. 艾略特有什么问题吗，我将告诉你他非常错误的一个方面，而他的价值意义现在就这样存在着，他也尽力推广他的方式。我当然知道，之前，对于那些愿意花时间读进去的人来说，艾略特的作品有其巨大的价值。我当然知道这一点。但是，当一个开车水平已经相当高的人开始上路潇洒的时候，我们得阻止他。在我们全都遭遇交通事故之前，我们得阻止他。我们不能让他，艾略特，继续代表我们，他有这个能力。因为：艾略特……缺少真正的谋杀（actual murder）。[2]

---

[1] Rachel Blau Duplessis, "Objectivist Poetry and Poetics", *Cambridge Companion to Modern American Poetry*, ed., Walter Kalaidjian, New York: Cambridge University Press, 2015, p. 93.
[2] Robert Creeley, *The Selected Letters of Robert Creeley*, eds., Rod Smith, Peter Baker and Kaplan Harris, Berkeley, Los Angeles and London: University of California Press, 2014, p. 31.

克里利认为艾略特"缺少真正的谋杀",在直接意义上应该是对其剧作《大教堂里的谋杀案》的批评,认为它脱离现实语境,只是幻想的产物;在延伸意义上,这是对艾略特作品缺乏"在场性""当下性"的批评。在克里利及客体派其他诗人那里,"在场"与"当下"并不完全是指一个诗人有没有关心现实中发生的事情,而是指这个诗人怎么来写现实中发生的事情。或者说,按照客体派的标准,诗歌应该把读者带回到经验具体发生的那一刻,人与物最初的相遇,而不是经过酝酿、打磨、设计之后的东西。克里利正是这样来赞赏威廉斯的,"威廉斯会把它当下化(make it now),强调面前的这一个(this that's here);我对此坚决赞同"[1]。威廉斯所写的事物、所用的语言和方法,"就在手边",来自我们的"周遭"(environment),是"与我们同在,靠我们最近的"。[2] 而艾略特的作品,脱离了现实的发生,把诗歌当成了"一个盒子或是一个口袋"[3],把强行征收来的传统堆积在其中。换言之,艾略特即便是有对现实的关怀,但他展示的是其个人智性的财富,而不是"那一刻"的经验。

"在场"与"当下"在克里利那里也更多了一分哲学意味。他赞同海德格尔所说的让事物"是其所是"[4],不认为事物的背后有着某种高高在上、统摄一切的理念或形式——按照柏拉图的说法,这种理念/形式是决定事物存在的根据,只有它们才是真实的。克里利选

---

[1] Robert Creeley, *The Selected Letters of Robert Creeley*, eds., Rod Smith, Peter Baker and Kaplan Harris, Berkeley, Los Angeles and London: University of California Press, 2014, p. 26.

[2] Ibid, p. 29.

[3] Ibid, pp. 34–35.

[4] William V. Spanos and Robert Creeley, "Talk with Robert Creeley", *boundary 2* (special issue) 6.3/7.1 (1978), pp. 14–15.

择拥抱丰富的、不断生发的现象世界。他说:"对于我来说,内容一直在生成着形式。也就是说,因为事物不是已经知道的,它们必须作为一种可能而被揭示。"[1] 事物的存在是一种"散落"(fall),是一个"化于多"[2] 的过程。这样一种存在观,用海德格尔的话来说就是:"存在者之无蔽从来不是一种纯然现存的状态,而是一种生发。"[3] 于是,既然要把事物作为一种可能性呈现出来,保留事物作为一种生发过程的特质,那么就不能在诗中完全用主体视角来描述事物,因为主体一己之视角毕竟有限。克里利说:"先于思,我想这就是重点,眼睛对于所看到的并不明白,它就是在看而已。"[4]

克里利对客体派诗学立场的阐发可谓透彻和充分,但另一方面,他又对客体派诗学立场作了重大的修正。他指出,主观视角在创作中也是不能取消的,这首先是因为主观视角先天性地内在于诗歌创作:"如果缺乏诗歌内容与诗人自己之间的联系,就不可能写出任何东西。换句话说:事物先得进入,然后才能出去(即在诗中以一种客观化的方式呈现——引者注)。"[5] 也即,诗中出现的事物必然是首先与诗人有过交接感触,然后才被拣选入诗的,主体视角的拣选是事物作为诗材进一步自我展现的基础。诗歌创作即便是要走向主体的消亡,也必须建立在"最个人化的"感受、"最审慎的具体主义"的基础之上,[6] 没有真正切实的、具体的感悟,主体的消亡或

---

[1] William V. Spanos and Robert Creeley, "Talk with Robert Creeley", *boundary 2* (special issue) 6.3/7.1 (1978), p. 23.
[2] Ibid., p. 20.
[3] 海德格尔:《林中路》,孙周兴译,上海译文出版社,2004,第40页。
[4] William V. Spanos and Robert Creeley, "Talk with Robert Creeley", *boundary 2* (special issue) 6.3/7.1 (1978), p. 36.
[5] Robert Creeley, *The Collected Essays of Robert Creeley*, Berkeley, Los Angeles and London: University of California Press, 1989, p. 464.
[6] Ibid., p. 483.

客体视角的引入只会显得可笑而无聊。

所以，克里利在诗中引入客体视角、尊重物象自我生发的同时，也同样强调主体视角的必要性。主体视角不足以揭示出存在的丰富和具体，不能代替客体视角而独占诗歌，同样，没有主体视角的铺垫、引发、配合及领悟，客体视角也只是一堆冰冷的词语，而无法成就触动人类灵魂的诗歌。对于诗人来说，一种理想的选择，是主客体两种视角的越界互动。

譬如其诗歌《月》(*The Moon*)[①] 就通过"中断"的运用，使主客视角不断地相互转换与穿越，制造出宽广的经验空间。诗作的第一诗节表述流畅，是诗人出于主体视角对明月的初步描写，表现出轻松观赏的心情，"早些时候这夜中的月/在东方朗照，/映着雪中庭院/与四方——一种可爱的//"。流畅的叙述在此中断。结合诗歌第二诗节，我们可以发现，此处的中断不仅是句子的中断，更是视角的切换，因为诗人的描述性语言转变成了作为物象的月的自我呈现：

> 明亮的清晰与完美的/圆，独自，/如人所言骑行在/黑色的天空。然后我们开始//　　　　　　（第二诗节）
> bright clarity and perfect/roundness, isolate, /riding as they say the/black sky. Then we went//

不难看出，第二诗节中的"月"已脱离了人所赋予它的名，而以自己独特的在场方式——"清晰"和"圆"，直接呈现。原文中"清

---

① Robert Creeley, *The Collected Poems of Robert Creeley*, Berkeley, Los Angeles and London: University of California Press, 1982, pp. 394-395. 因论述克里利这首诗歌主客观视角转换细节的需要，此处所引克里利诗作已试译为中文，并保留了英文原文。

晰"和"圆"的名词形式,也彰显了它们作为物象的独立自在性。而"完美的"与"圆"之间的中断,更是显露出物象本身脱离人为描述的痕迹,仿佛清晨从叶尖滑落的一滴露珠,失去了承载却获得了自我。并且,相对于第一诗节,第二诗节中的位置关系也趋于模糊:月亮只有恒久的独自骑行,无所谓南北东西,也无所谓顾盼与流连。总之,"月"以各种方式脱离着人的主观描述,而直接自在地显露着自身。这无疑是客体视角对主体视角的取代。

第二诗节末尾处,诗人从"忘我"状态中清醒了过来,但主体似乎还没能恢复到连贯表述的状态,因此便有了"然后我们开始"这一不完整的末句。诗歌第三节则完全从物象世界退回到了诗人清醒的日常生活世界,"我们的那些活动/属于晚间的,吃晚饭,闲聊,/看电视,接着/上床,做爱,/然后是睡觉。但我们未/做之前我让她看/向窗外那明月/现已悬于中空,所以//"。这第三诗节的叙述当然出自诗人的主体视角,是诗人在月的永在中对日常生活之重复的无奈的咀嚼。然而,第四诗节中的一个中断再次转换了作品的视角:

> 她抬起头望/径直向上,去看它。/整个夜晚它必定/光亮不息,在那// 事物的事实中——另一个/月,另一个夜——一轮/满月在冬日的/空间,一种白色的孤寂。//(第四、五诗节)
>
> she bent her head and looked/sharply up, to see it. /Through the night it must/have shone on, in that// fact of things—another/moon, another night—a/full moon in the winter's/space, a white loneliness. //

在诗人的呈现中,"她"举头望月,可这一动作却被诗人用分行和句逗悬隔为了三个部分:"她抬起头望/径直向上,去看它。"这种悬隔或中断使"她"的动作的起始、张力、方向均得到凸显,好像诗人曾专注于这一动作良久,在心中留下了极深刻的印象,以至于不得不分画面细致描刻。显然,在相邀赏明月的情境下,诗人是被"她"的望月所深深吸引了。我们也不难想象,在这种吸引之中,诗人会顺着"她"的举首、凝神、注目而同样望向夜空中的明月。也就是说,诗人的主体视角进入了作为他者的"她"的视角。更为重要的是,"我"与"她"的视角在统合之后,又经历了向客体视角的二次转换,因为第五诗节再一次使用了物象直接呈现的方式,主体对物象的勾连、定位、描述都降到了低点:"事物的事实"——事物的自在——阻隔了主体视角的渗透,"另一个/月,另一个夜"不确定地指向未来或过去的某一点,在中断中被悬隔出来的"空间"不完全属于明月,也不完全属于冬日,也不完全属于它自己,"白色的孤寂"也只能在空间、明月、冬日的雪之间来回游走。各个物象摆脱了主体视角的关系设置,作并列式的直接呈现,这给画面带来了巨大的延展性和自由性。

《月》的第六节,作品又切回到主体视角:"我醒来对着蓝色的,/白色的光,在黑暗中,/感觉好像有人/在那,等待着,独自。"连贯的表述框架意味着诗人主体视角的恢复,但"蓝""白""黑"光影的错杂和对某种"等待"的没有结果的猜测,又显示着诗人主体意识恢复的缓慢。诗人处于一种既知又不知的状态。或者说,在梦与醒的边缘,诗人在悉心回味着这一整晚既真亦幻的赏月经历。

总体而言,《月》的视角经历了"主体—客体—主体—他者—客体—主体"这样一个复杂多变、连续转换的过程。作品一方面呈现了月作为物象其自身的自由、莫名、活泼、深邃,也表现了诗人在赏月过程中因发现而生的喜悦、由对比而起的慨叹以及沉浸中的回味等多种主观感受。主客体视角的越界转换,使审美经验得到了多角度、多层次的展现。这完全符合诗人自己所主张的领悟存在的方式,即"既直观(intuit)又识别(recognize)"①。或如奥提瑞先生所言,"具体事物既补充了思维——它被最大程度地带到了可感的物质存在的近旁,也被思维所补充"②。

回顾上述分析,客体派诗人在创作方法上的差异是明显存在的。威廉斯在叙述中加强物象本身的表现,祖科夫斯基与奥朋拼贴手法运用得更多,而克里利则在主客之间探索各种转换。但这些差异并不影响他们的共同诉求,即对场景、物象之具体性的强调以及对场景与物象所引发的具体经验的强调。他们所理解的经验,绝不是经过深思熟虑了的,不是已经有了答案或者方向因而可以闭合了的。他们尊重由场景引发的经验的即时性、在场性与不确定性,正如威廉斯借助爱因斯坦的相对论所说的:"爱因斯坦认为光速是恒定的,在他看来那是唯一恒定的东西,但我们有这样的东西吗?"③ 答案之于威廉斯与其他客体派诗人,当然是否定性的。

四、"诗歌戏剧化":从艾略特到客体派

以上我们梳理了客体派诗人在思想与创作上体现出来的对艾略

---

① William V. Spanos and Robert Creeley, "Talk with Robert Creeley", *boundary 2* (special issue) 6.3/7.1 (1978), p.33.
② Charles Altieri, "Objective Image and Act of Mind in Modern Poetry", *PMLA* 91.1 (1976), p.110.
③ William Carlos Williams, *Selected Essays of William Carlos Williams*, New York: New Directions, 1954, p.286.

特的反对，但双方在诗学立场上，也并非截然两分。他们在"诗歌戏剧化"这一点上就有着相当程度的契合。当然，这种契合未必是一种直接的传承。

在第一章，我们梳理了艾略特"非个人化"诗学当中所包含的对"诗歌戏剧化"的强调。在艾略特看来，作品必须要能够表现不同的立场、观点、感受，展现"声音"的复杂性以及相互之间的冲突。即便在后期的批评文章与诗剧创作中，艾略特弱化了对"声音"的复调追求，但不同"声音"之间的并列共存仍然是其创作的重要特征之一，这在第二章第三节已有交代，此不赘述。

批评者们也非常重视艾略特关于"诗歌戏剧化"的主张，将之视为对浪漫主义、象征主义的重要突破。奥提瑞就认为，这一诗学态度使得《荒原》成为"现代主义诗学的核心"[1]，它向我们表明艾略特是这样一个诗人，即他有能力把诗歌带出罗曼蒂克的浪漫主义幻想，引领其进入"城市经验最根本的部分——各类声音以及精神需求的混杂"[2]。浪漫主义所张扬的"自我"，在这样一种诗学观当中被无情地颠覆。"通过采用非个人化为诗歌的指导观念，艾略特表明了，一个'诚恳'的第一人称的说话者可能不得不意识到使用第三人称的旁观者的存在，其间的讽刺张力被要求保留。"[3] 这样的话，诗歌也就摆脱了作为"自我"或"个体"的单一性，"抵制着'自我'尽力维护的那种自以为是"[4]。这不但是对浪漫主义的反对，对于包括象征主义在内的以"自我-构造"（ego-formation）为特征

---

[1] Charles Altieri, *The Art of Twentieth-Century American Poetry: Modernism and After*, Oxford: Blackwell Publishing, 2006, p.73.
[2] Ibid, pp.73-74.
[3] Ibid, p.53.
[4] Ibid, p.61.

的任何一种精英文化都是一种反叛，因为：

> 不再有单一的发声者，诗作展现的是经过细致安排的作为过程的感知，为各种各样的声音的出现提供了机会。与此同时，除了诗节之间的简单的对峙，诗作还会有更为复杂的结构关系，以引发出超越主体的更为一般性的冲力，这些交织中的冲力正是主体深受其扰的心理困境。①

表达——无论是直白的还是经过转化的，被表达的困境、变化、自我冲突、与他者的冲突所取代，这正是被奥提瑞视为艾略特最具现代性的诗学价值所在。

然而在艾略特之后，诗歌戏剧化的实践是否还会延续？在奥提瑞看来，答案是肯定的，因为这是现代生活、城市生活所带来的经验的不连贯性所决定的。但在延续中会有怎样的变化？"客体派"诗人奥朋的诗作《街》（*Street*）给了我们很好的启示。

> Ah these are the poor,
> These are the poor-
>
> Bergen street.
>
> Humiliation,
> Hardship ...

---

① Charles Altieri, *The Art of Twentieth-Century American Poetry: Modernism and After*, Oxford: Blackwell Publishing, 2006, p. 56.

Nor are they very good to each other;
It is not that. I want

An end of Poverty
As much as anyone

For the sake of intelligence,
'The conquest of existence' —

It has been said, and is true—

And this is real pain,
Moreover. It is terrible to see the children,

The righteous little girls;
So good, they expect to be so good ...①

诗作最后一行当中出现了两个"good",可译作"好""优秀""杰出"等。重要的是,这两个"good"代表的是两种不同意义上的价值判断。前一个"good"是叙述者自己对这条贫困之街上两个女孩的直观的同情与欣赏,表现她们的"纯真"与"无辜"。第二个"good"则是两个女孩自己的愿望,"她们期望变得杰出"("they expect to be so good")。但"杰出"的标准是什么?诗作给出的答

---

① George Oppen, *New Collected Poems*, ed., Michael Davidson, New York: New Directions, 2002, p. 127.

案是"就智慧而言/征服生存"("For the sake of intelligence,/'The conquest of existence'—"),也即摆脱贫困。这是来自社会的定义,因为"据说是这样的"("It has been said")。可是"贫困"——这首诗的主题,并不代表人的智力的贫困、智商的低下,从这一角度对贫困进行解释也就完全忽略了社会制度及资源分配的不公,只能是来自既得利益者的居高临下的嘲讽。"这是来自中产阶级的标准。"① 诗作表明,小女孩的思维至少已经部分地被占主导地位的社会价值观所征服,对于诗人来说"这才是真正的痛"("And this is real pain")。而这样的感慨,又何尝不是针对诗人自己而发出的呢?我们可以清楚地看见,作为言说者,诗人自己对那些流行的看法也有部分的认同——"据说是这样的,确实如此"("It has been said, and is true")。无论是小女孩,还是诗人,都体现出"善"或"好"("good")在个人层面以及阶级政治层面上的双重意义及内在冲突。

奥朋这首诗扩大了艾略特式的人物"声音"的范畴,"声音"不再仅仅是反讽的、精神分裂的、举棋不定的,它们很多时候更是由社会力量塑形而成的,按照主导性意识形态的轨道发展而出的。"声音"的复杂与冲突,不仅仅是个人的、哲学的、伦理的,也是社会的、政治的、阶级化的。奥朋的这种写作,在"客体派"诗人中并不少见,这体现了他们在政治上共同的现实关心,他们对底层劳动人民的同情。而奥朋本人在 1968 年的组诗《无数的一部分》(*Of Being Numerous*)当中更是把"声音"在政治与个人之间的张力展现到了极致。总体而言,这首诗作体现了对美国参与越南战争的反

---

① Charles Altieri, *The Art of Twentieth-Century American Poetry: Modernism and After*, Oxford: Blackwell Publishing, 2006, p. 116.

思与批评,但作者并未采取简单而直接的立场态度,而是呈现面对这一历史事件不同的声音以及声音内部的复杂属性。所以我们会看到诗作开篇的矛盾表述:

> 1
> There are things
> We live among 'and to see them
> Is to know ourselves'.
>
> Occurrence, a part
> Of an infinite series,
>
> The sad marvels;
>
> Of this was told
> A tale of our wickedness.
> It is not our wickedness.①

这战争"讲述了我们的邪恶/它不是我们的邪恶"("A tale of our wickedness. /It is not our wickedness."),要说清楚作为"无穷系列中的一部分"("a part/Of an infinite series")的这场战争,也就是"去理解我们自己"("Is to know ourselves")。而"我们自己"究竟是怎样的?其实"我们"并不是自足独立的。一方面,"我们"

---

① George Oppen, *New Collected Poems*, ed., Michael Davidson, New York: New Directions, 2002, p. 163.

自己的确有所选择，确认参加战争是合理的；另一方面，"我们"的选择又是被操纵的，臣服于政治家所制造的大众心理：

> 6
> We are pressed, pressed on each other,
> We will be told at once
> Of anything that happens
>
> And the discovery of fact bursts
> In a paroxysm of emotion
> Now as always. Crusoe
>
> We say was
> 'Rescued'.
> So we have chosen.①
>
> 7
> Obsessed, bewildered
>
> By the shipwreck
> Of the singular
>
> We have chosen the meaning

---

① George Oppen, *New Collected Poems*, ed., Michael Davidson, New York: Blackwell Publishing, 2006, pp. 165 - 166.

Of being numerous.①

"我们"被告知发生了哪些事情,然后像以往一样,情感被调动成一阵激愤。"我们"带着拯救落难的罗宾逊的使命感,去执行任务。这其中所蕴含的对政治操纵民意的讥讽不言而喻,但是诗人还是反复强调,这也是我们自己的选择 ("So we have chosen" "We have chosen the meaning")。特别是,看到枪林弹雨中的战友,感受到他们的奋勇 ("More capable than I"),"我"无法与他们割离,只能感到钦佩并从中找到群体归属:

14
I cannot even now
Altogether disengage myself
From those men

With whom I stood in emplacements, in mess tents,
In hospitals and sheds and hid in the gullies
Of blasted roads in a ruined country,

Among them many men
More capable than I—

---

① George Oppen, *New Collected Poems*, ed., Michael Davidson, New York: Blackwell Publishing, 2006, p. 166.

> Muykut and a sergeant
> Named Healy,
> That lieutenant also—
>
> How forget that? How talk
> Distantly of 'The People'①

战壕、营帐、医院,一个个具体的战友,怎能使"我"忘记?要怎样才能让自己和他们——"人民"——拉开距离?("How forget that? How talk/Distantly of 'The People'")所以,奥朋这组诗作中的主体,不完全属于个人,它既有个体的主动性,也是政治家们的提线木偶,同时还受到群体归属感的制约。诗作所呈现的这样一种"声音"的戏剧化,其批判的意义也就超越了艾略特对个体的关注,而聚焦于个人与社会政治的具体联结以及困境的复杂构成。或许正因为此,奥朋在诗中明确提示读者,自己的写作绝不是艾略特式的主体内部的自我嘲讽,那种嘲讽对于揭示和应对现实的复杂性也根本起不到作用:

> 4
> And the stoops and doors—
> A world of stoops—
> Are petty alibi and satirical wit

---

① George Oppen, *New Collected Poems*, ed., Michael Davidson, New York: Blackwell Publishing, 2006, p. 171.

Will not serve.[1]

以上我们以奥朋的作品为例,看到艾略特的"诗歌戏剧化"主张在社会政治方向的延展。而在当代许多少数族裔的诗作中,我们还可以见到"诗歌戏剧化"对于种族政治的表现。相对于艾略特着重于挖掘个人灵魂的复杂性,后来的美国诗人更为自觉地把个人的内心声音与社会政治的背景联系起来,更为切实地观照复杂的现实问题、社会问题。这一发展方向解构了艾略特作品所呈现出来的那种虽然必要,但却有些宏大和遥远的"共同体的价值观"[2]。当然,这样的"诗歌戏剧化"趋势,因为时代语境,也已经超越了艾略特当年的设想。

---

[1] George Oppen, *New Collected Poems*, ed., Michael Davidson, New York: Blackwell Publishing, 2006, p. 165.
[2] Charles Altieri, *The Art of Twentieth-Century American Poetry: Modernism and After*, Oxford: Blackwell Publishing, 2006, p. 104.

第五章　艾略特诗学的中国回响

艾略特与中国的关联是毋庸置疑的，他对我国现代诗歌的发展有过巨大的影响。九叶诗人则是20世纪上半叶接受艾略特诗学影响最为集中的群体，但他们在接受之中也有所变异。在许多表面相似的描写当中，九叶诗人寄托着与中国现实密切相关的诉求，值得重视。与九叶诗人相似，当代的上海诗人对艾略特的借鉴，虽有许多写作特点上的明证，但最精彩之处仍在于对当下复杂的城市体验的呈现。

艾略特与中国的另一方面共鸣，在于他对佛教元素的吸收，除《荒原》外，《四个四重奏》中也不乏佛教意象如"莲花"的出现。但艾略特很少直接地、集中地来谈论佛教。除了承载他对现实的批判，佛教对于艾略特还意味着什么？通过对《四个四重奏》的分析，我们会发现艾略特与佛教，特别是我国的禅宗思维有着更深层次的契合。双方共同反对的是带着固见的形而上学思维。最后，不得不说的是，能在中国古代、现代与当代文学文化领域内均找到与之对话的窗口，这足以说明艾略特这位诗人的神奇与伟大。

第一节　九叶诗人对艾略特的诗学接受与主题变奏

在混乱动荡的20世纪40年代，九叶诗派在中国诗坛开始了自己独具特色的诗歌实践。与他们之前二十年的诗歌创作相比，九叶诗人的最大特点在于他们强调了对抒情的节制和知性成分的重要性。这一诗学转向包含了来自 T. S. 艾略特的巨大影响。穆旦的好友王佐良先生就曾明确表示："当时我们都喜欢艾略特——除了《荒原》等诗，他的文论和他所主编的《标准》季刊也对我们有影响。"[①] 稍加梳理便可看出，艾略特诗学的几个重要面向在九叶诗人那里均有不同程度的表现。难能可贵的是，九叶诗人在诗学借鉴中能够充分把握中国的现实处境，书写出了具体而鲜活的个体经验。九叶诗人也在"时间"主题上借力于艾略特，但最终以中国的现实为依托，形成了对艾略特"时间"主题的变奏。

一、诗学风格与理念的接受

在第三章中，我们曾对艾略特推崇的"机智"风格作过梳理。"机智"是他在马维尔的创作中所看到的一种可贵品质，它意味着轻快与严肃的结合，优雅的抒情格调与坚实的理智之间的结合。与此同时，对马维尔的欣赏又与对法国作家拉福格的钦佩相叠加，艾略特"为拉福格对所谓浪漫主义式的激情所持的批判态度和掩盖甚至轻视自己的真情的行为所打动。在那些具有洞察力的同学中，艾略特已经是一位智者加演员的天才，也就是说，他懂得感情是可以人为制造的。同时他还有非凡的才智。像许多青年人一样，他看穿了一切，不可能对那些其他人所看重的事物采取严肃的态度"[②]。所以，正如《J. 阿尔弗瑞德·普鲁弗洛克的情歌》以及《荒原》所显

[①] 杜运燮、袁可嘉、周与良编《一个民族已经起来——怀念诗人、翻译家穆旦》，江苏人民出版社，1987，第 2 页。
[②] 彼得·阿克罗伊德：《艾略特传》，刘长缨、张筱强译，国际文化出版公司，1989，第 21 页。

示的,"机智"也成了艾略特自己的写作风格之一,"反讽"则是艾略特最常用来表达"机智"的手段。而这一诗学特质,在九叶诗人那里几乎随处可见。

也许是因为亲自翻译过《荒原》和《J. 阿尔弗瑞德·普鲁弗洛克的情歌》,穆旦对"机智"与"反讽"的把握是九叶诗人中最为出色的。《防空洞里的抒情诗》就以用词的夸张、场景的轻佻与滑稽、强烈的对比,构成了幽默的气氛,同时也形成了对自我、他人以及时代的嘲弄:

> 我已经忘了摘一朵洁白的丁香夹在书里,
> 我已经忘了在公园里摇一支手杖,
> 在霓虹灯下飘过,听 LOVE PARADE 散播,
> O 我忘了用淡紫的墨水,在红茶里加一片柠檬。①

穆旦喜欢用抒情性十足的"O",但正是这样一个夸张的声音使得他的抒情产生出异样。洁白、丁香、手杖、摇摆、公园、霓虹、情歌、淡紫、红茶、柠檬,多么清新优雅而又舒适的生活情调,然而在一个战乱随时会将人的生命夺走的年代,"我"却沉溺于这唯美的生活,其间的讽刺意义自不待言。同时,被反讽的并不止于"我",还有"我"身处其中的这人群。所引诗段的上文是"我"和各色人愉快的交谈,在敌人的炸弹就落在头顶的防空洞里时,他们有说有笑,并向"我"推荐五光十色的《申报》新闻,谈论着楼价和征婚启事。生死存亡似乎切割不断这些避难者的日常生活之流,表面轻松的谈

---

① 穆旦:《穆旦诗全集》,李方编,中国文学出版社,1996,第49页。

话下蕴含着对这些庸众的鄙视，但小资情调十足的"我"又何尝不是和他们一样呢？对"我"的与对人群的反讽在诗中合二为一。

杜运燮的《追物价的人》也结合时事进行了尖锐的反讽："物价已是抗战的红人。/从前同我一样，用腿走，/现在不但有汽车，坐飞机，/还结识了不少要人、阔人，/他们都捧他，搂他，提拔他，/他的身体便如烟一般轻，/飞。但我得赶上他，不能落伍。/抗战是伟大的时代，不能落伍。"①诗作对"物价"进行了拟人化处理，对其"一路高升"赞扬膜拜，但实际上却尖锐地讽刺"物价"飞涨、权贵者勾结谋利的现实，幽默中迸现出来的是诗人对现实的严肃批判。同类作品还可见于穆旦的《蛇的诱惑——小资产阶级的手势之一》《从空虚到充实》，杭约赫的《知识分子》，辛笛的《阿Q答问》《欧战休战纪念日所见》，唐祈的《雾》《时间与旗》，陈敬容的《逻辑病者的春天》以及袁可嘉的《上海》《南京》等。

艾略特的"客观对应物"说也是九叶诗人借鉴的重点。袁可嘉提出以现实、玄学与象征相结合来追求新诗现代化，其中"象征"这一部分正直接受到艾略特"客观对应物"说的影响。当然，正如孙玉石先生所指出的：在20世纪30年代，就已经有很多诗人"把哲理思考完全融化在象征性的意象之中，隐藏在抒情本体的构造深处"②，比如卞之琳、废名、曹葆华等。九叶诗人对客观对应物的运用则更加自觉与成功，更为立体地展现出诗人身处纷乱现实中恐惧、莫名又复杂的情绪。比如杜运燮的《露营》一诗：

今夜我忽然发现/树有另一种美丽：/它为我撑起一面/蓝色

---

① 杜运燮：《杜运燮六十年诗选》，人民文学出版社，2000，第335页。
② 孙玉石：《中国现代主义诗潮史论》，北京大学出版社，1999，第253页。

纯丝的天空;

  零乱的叶与叶中间,/争长着玲珑星子,/落叶的秃枝挑着/最圆最圆的金月;

  叶片飘然飞下来,/仿佛远方的面孔,/一到地面发出"杀",/我才听见絮语的风。

  风从远处村里来,/带着质朴的羞涩:/狗伤风了,人多仇恨,/牛群相偎着颤栗。

  两只幽默的黑鸟,/不绝地学人打鼾,/忽然又大笑一声,/飞入朦胧的深山。

  多少热心的小虫,/以为我是个知音,/奏起所有的新曲,/悲观得令我伤心。

  "吉普"在我的枕旁,/枪也在,衣裤也在,/它们麻木地沉默,/但我不嫌那种忠实。夜深了,心沉得很,/深处究竟比较冷,/压力大,心觉得疼,/想变做雄鸡大叫几声。①

对于这首诗,孙玉石先生曾这样评论道:"生活的现实化作了诗人的体验。我们可以感觉到诗人的情绪:环境的冷寂,自我内心的沉重,诗的最后,以'想变做雄鸡大叫几声'这一象征性的意象抒情,传达了诗人在现实和历史的重压之下渴望胜利与光明到来的强烈情感。"② 诗人内心的压抑感得到了充分的概括,但以意象、场景的叠加来传达的压抑感中的几重流变仍值得注目。诗歌开始先描写了一幅纯净之美的画面,但第二段"零乱的叶"又告诉我们撑起这片天空的并非枝繁叶茂的树,而只有"秃枝",狰狞与刺痛感随之而出。

---

① 杜运燮:《杜运燮六十年诗选》,人民文学出版社,2000,第67—68页。
② 孙玉石:《中国现代主义诗潮史论》,北京大学出版社,1999,第348页。

紧接着,"叶片"自然凋零的过程充满着杀气,惊醒了诗人,紧迫感骤起;质朴的"风"带来一种临时的舒缓,却又随即被清除,因为凶残与忠实(狗)、病态(伤风)、文明(人)、野蛮(仇恨)和极度的恐怖(连愚钝牛群也颤栗)交织在一起,形成难以承受的混乱感。之后的诗行似乎更让人绝望。"黑鸟",不祥之鸟,与人逗乐,然后大笑而走,只留下深山环绕中的一片寂静,其中的诡异只可能制造恐怖感与精神分裂;自然生物的歌唱使诗人愈加悲观,只有在武器的忠实中安慰自己的心灵。最后,在刺骨的冷与疼的感觉下,诗人要化作雄鸡大叫,也许我们可以将之理解为对胜利的渴望,但也许它更是在描绘内心情绪的不可化解和对人类存在的了无答案。穆旦的《五月》对客观对应物的运用也比较醒目:

> 勃朗宁,毛瑟,三号手提式,
> 或是爆进人肉去的左轮,
> 它们能给我绝望后的快乐,
> 对着漆黑的枪口,你就会看见
> 从历史的扭转的弹道里,
> 我是得到了二次的诞生。
> 无尽的阴谋;生产的痛楚是你们的,
> 是你们教了我鲁迅的杂文。[①]

诗中,武器、人肉、弹道、枪口、阴谋、鲁迅的杂文等一系列意象与事件的并置赋予全诗鲜明的现代特色,并混合式地传达出作者的

---

① 穆旦:《穆旦诗全集》,李方编,中国文学出版社,1996,第87页。

愤恨、复活的希望以及面对历史与社会的失望。再如辛笛的《风景》："列车轧在中国的肋骨上／一节接着一节社会问题／比邻而居的是茅屋和田野间的坟／生活距离终点这样近／夏天的土地绿得丰饶自然／兵士的新装黄得旧褪凄惨……"① 诗作对国家的状况痛心疾首，然而却不做直陈，而是用一节节的列车车厢形容问题之多，更能引起惊讶与无奈；夏日的自然显出生命的勃发，与现实中兵士的落魄形成鲜明反差，场景自己的对比更显出持久的沉痛。

"机智""反讽"与"客观对应物"说主要在九叶诗人的创作中有着明显体现，而艾略特关于"诗歌戏剧化"的说法——参见第一章第二节，则在九叶诗人们的诗论中引起了直接的回应。袁可嘉在《诗与民主——五论新诗现代化》一文中指出："现代文化的趋向在吸收一切复杂的因素，给它们适当的安排而求得平衡，而不在拒绝事物底复杂性，满足于简化的、单纯的统一。"② 因此，"不是说现代诗人已不再需要抒情，而是说抒情的方式，因为文化演变的压力，已必须放弃原来的直线倾泄而采取曲线的戏剧的发展"③。在《新诗戏剧化》中，袁可嘉把新诗戏剧化的方式概括为三类：外向的、内向的和诗剧的。他说前两类分别可以里尔克和奥登为代表，尽管第三类他没有说谁是代表，但不难看出这第三种"诗剧"创作方式就是以艾略特为代表的。事实上，里尔克和奥登在诗歌理论上从来也没有像艾略特那样鲜明地提出过诗歌戏剧化的主张，所以有学者毫不讳言地指出，袁可嘉的整个"这一思想显然源于艾略特"④。郑敏

---

① 蓝棣之编选《九叶派诗选》，人民文学出版社，1992，第 20 页。
② 袁可嘉：《论新诗现代化》，生活·读书·新知三联书店，1988，第 49 页。
③ 同上书，第 47 页。
④ 陈旭光：《中西诗学的会通——20 世纪中国现代主义诗学研究》，北京大学出版社，2002，第 265 页。

在《诗人与矛盾》中也曾说过:"一般说来,自从20世纪以来诗人开始对思维的复杂化,情感的线团化,有更多的敏感和自觉。诗中表现的结构感也因此更丰富了。"[①] 这与艾略特在《玄学派诗人》《"修辞"与诗剧》《诗的三种声音》等文章中的相关表述十分接近。

九叶诗人当然也在创作上积极践行新诗戏剧化的理念,在作品中努力超越单一话语与价值判断的局限,着力于表现处于矛盾、分裂、多元局面中的个体与群体。比如穆旦的《神魔之争》,在对话中设置了"东风""神""魔"和"林妖"等角色,分别代表不同的价值立场。他们每一个都有自己的生存哲学,彼此僵持不下的对话与表白就构成了全诗。《防空洞里的抒情诗》描绘了战争背景下的一个荒诞的戏剧场景,其中,生者与死者的视角交替上场,主人公既是自我陶醉的小资产者,又是清醒观察世界的智者,大众的盲目可怜与庸俗残酷得到并列呈现。在杭约赫的《火烧的城》《复活的土地》以及唐祈的《时间与旗》里,诗歌戏剧化则在历史与现实各条线索错综复杂的交织中得到实现。

九叶诗人对艾略特诗学想法的借鉴与吸收,对他们自身创作的成功以及中国现代诗歌的演进起到了有益作用。与此同时,九叶诗人在诗歌主题上对艾略特也有所继承,特别是"时间"主题,但九叶诗人始终以自己的本土现实为精神探索的起点,最终形成了对艾略特"时间"主题的变奏。

二、时间之流与意义缺失

艾略特对于"时间"的思考集中体现在《四个四重奏》中,他

[①] 郑敏:《诗歌与哲学是近邻——结构-结构诗论》,北京大学出版社,1999,第54页。

对世俗时间无意义的循环深感不满。生老病死、创造毁灭,一切就那么不断重复着,在某个时刻看来新鲜的,从更宏观的角度看去就只是无意义的重复:

> 我的开始之日便是我的结束之时。/一座座房屋不断竖起来又倒下去,/化为瓦砾一片,被扩展,/被运走,被毁碎,被复原,/原址成了空地、工厂或僻径。/从旧石块到新楼房,从旧木材到新火焰,/从陈火到灰烬,从灰烬到泥土,/如今却成了人畜的肉体、骨骼、皮毛、粪便,/也成了玉米秆和叶片。
>
> 《东科克尔村》之一

受困于基本生存需求和物质世界的不断更替,人类不会得到幸福。九叶诗人在创作中表达了同样的情绪,比如穆旦的《隐现》:"无尽的河水流向大海,但是大海永远没有溢满,海/水又交还河流,/一世代的人们过去了,另一个世代来临,是在他们/被毁的地方一个新的回转,/在日光下我们筑屋,筑路,筑桥:我们所有的劳役不/过是祖业的重复。"[①] 这与《东科克尔村》的描写何其相似!又如杜运燮的《盲人》将"人类的脚步"比作"时间",因为它们"一般的匆促",而又缺乏目的:"问他们往哪儿走,说就在前面,/而没有地方不听见脚步在踌躇。"[②] 辛笛在1948年的上海看到"比邻而居的是茅屋和田野间的坟/生活距离终点这样近"(《风景》)[③],道出了时间无意义的滚动。在唐祈的笔下,时间则成为助长遗忘、催人麻木

[①] 穆旦:《穆旦诗全集》,李方编,中国文学出版社,1996,第235页。
[②] 杜运燮:《杜运燮六十年诗选》,人民文学出版社,2000,第69页。
[③] 蓝棣之编选《九叶派诗选》,人民文学出版社,1992,第20页。

的东西:"冷风中一个个吹去的/希望,花朵般灿烂地枯萎,纸片般地/扯碎又被吹回来的那常是/时间,回应着那钟声的遗忘。"① 如果任由自己浮沉于这样的时间之流,迎来的就只有死亡。

在第二章第四节我们已经看到,寻求超越时间之流的艾略特,并没有弃绝"时间"而去,抽象地希冀"永恒"。他选取了"当下""现在"作为通向永恒的必经之路。他的超越之路在于有限与无限、形而下与形而上、此岸与彼岸之间的整合,在于对立面的和解。九叶诗人,特别是唐祈和杭约赫对时间的思考,虽然有很多与艾略特相似的地方,是《四个四重奏》主题的回响,② 但并不带有那么浓厚的哲理性与宗教性。对时间之流的超越,在九叶诗人那里仍然是一个完全现实化的命题,除了表达对现实的慨叹,它们承载的是诗人们对启蒙任务的自觉继承以及对文艺自律性的强烈维护。

三、启蒙意识的张扬:"现在"与"过去"之争

"过去的时间留在这里,这里/不完全是过去,现在也在内膨胀,/又常是将来,包容了一切"③,唐祈的代表作《时间与旗》第一部分的这一段留下了《四个四重奏》的明显印记:"现在的时间与过去的时间/两者也许存在于未来之中,/而未来的时间却包含在过去里。/如果一切时间永远是现在/一切时间都无法赎回。……可能发生过的和已经发生的/指向一个目的始终是旨在现在。"两位诗人的诗句都传达了一种整体性的时间观,其中,过去、现在和将来是统一在一起的,而又特别统一于"现在"。因此,应当承认,"《时间

---

① 蓝棣之编选《九叶派诗选》,人民文学出版社,1992,第267页。
② 参阅朱徽:《T. S. 艾略特与中国》,《外国文学评论》1997年第1期;刘燕:《艾略特在中国》,《艾略特》,四川人民出版社,2001。
③ 蓝棣之编选《九叶派诗选》,人民文学出版社,1992,第268页。

与旗》就受益于艾略特的《荒原》和《四个四重奏》"[1]，但双方的不同之处同样难以忽略。

在艾略特那里，"将来"与"过去"统一于"现在"，因为它们只能在瞬间性的"当下"得到讲述、理解和呈现，所谓的"无限"或"永恒"也是如此。所以艾略特的"现在"的重要性在于其哲理与宗教的维度。而唐祈的"现在"则完全着眼于现实矛盾："无论欢乐与分裂，阴谋与求援/卑鄙的政权，无数个良心却正在受它的宣判。"唐祈并不采纳艾略特在"现在"与"永恒"之间设置的一体两面结构，而是执着于时间横向坐标上"现在"的重要性。而这个"现在"的任务就在于改变"过去"，创造"未来"："斗争将改变一切意义，/未来发展于这个巨大的过程里，残酷的/却又是仁慈的时间，完成于一面/人民底旗。"[2]

杭约赫的《复活的土地》在"时间"主题上也直接透露出艾略特的影响。"通过严酷的时间和空间，/不同的颜色、不同的声音/在一面旗帜下凝聚。/纵然还得遭遇零零落落/大大小小的战争，/这旗帜将带领世界，展开/白鸽的翅翼，奔向/胜利——人类的理想"[3]，这无疑回响着艾略特所说的"只有通过时间，时间才被征服"（《烧毁了的诺顿》）。但艾略特是要人们在当下现实中看到上帝对罪恶的惩罚，让人们在当下现实中领悟永恒。所以，战争虽有其现实意义，但更重要的是它是精神自我反思、通向彼岸的契机。只有认识到这一点，时间才能转化为永恒，人类才能超越时间循环。和唐祈一样，杭约赫没有采纳这种设想，他强调当下时间中战争本身的重要性和

---

[1] 朱徽：《T. S. 艾略特与中国》，《外国文学评论》1997年第1期，第125页。
[2] 蓝棣之编选《九叶派诗选》，人民文学出版社，1992，第277页。
[3] 同上书，第170页。

"胜利"的重要性，因为它们会带来全新的时间，让我们告别"过去"："年轻的历史悄悄地走来，把它/占有的空间和时间，展露给/我们，化身为一件负荷，/从这个辽阔的世界，到每个人的/出生的血地——像一头犍牛，拖着这片沉重的犁，将/僵硬的土地翻转，笑开嘴，来迎候绿色。"①"年轻的历史"彰示着希望，它"将/僵硬的土地翻转"更表明了它将与"过去"完全不同。

可见，在唐祈和杭约赫那里，"过去"就象征着腐朽堕落的时间，而"现在"对"过去"的斗争将带来时间的新生、人类的希望。那么，唐祈和杭约赫笔下的"现在"与"过去"之争，具体包含着什么样的现实目的呢？他们究竟要告别怎样的"过去"？他们要传达的仅仅是抗日救亡、解放中国的呼声吗？当然不是。这里涉及的，是被时代中断的启蒙追求，是民主与封建之争、人性蒙蔽与复活之争。

《时间与旗》和《复活的土地》都写于抗战胜利的背景下，此时它们描述的现实斗争有两个方向：反殖民势力和反封建。前一主题自鸦片战争以来一直延续到抗战胜利，它已经深入国人心中，关键是后一个问题。反封建，实际上牵涉到民主与启蒙的问题。李泽厚曾经指出，1927年国民革命后，"具有长久传统的农民小生产者的意识形态和心理结构，不但挤走了原有那一点可怜的民主、启蒙观念，而且这种农民意识和传统的文化心理结构还自觉不自觉地渗进了刚学来的马克思主义思想中"②。

唐祈的《时间与旗》表现了启蒙任务中的民主意识。诗中，上

---

① 蓝棣之编选《九叶派诗选》，人民文学出版社，1992，第172页。
② 李泽厚：《中国现代思想史论》，天津社会科学院出版社，2003，第29页。

海仍笼罩着"半封建半殖民地社会的光阴"①，第二节告诉我们"政府"其实仍旧是以"封建尺度"② 来统治的，但幸好，"几千年的残酷，暴戾，专制，/裂开于一次决定的时间中"③。的确，抗战胜利后国人还没有彻底从封建社会中走出，人民还没有真正成为自己的主人。唐祈的诗行直指封建的本质——"残酷，暴戾，专制"，这实际上是再次唱出了"民主"的口号。而袁可嘉在他的《诗与民主——五论新诗现代化》中也曾明确指出，"目前我们亟需的不仅是政治的一面的革新，而是全面的文化的革新，而我所论及的诗的革新正是创建民主文化的一个重要部分"④。九叶诗人对民主社会的向往是共同而强烈的，他们以自己的诗作积极参与到民主意识的建设中。

杭约赫的《复活的土地》则有着略有差别的启蒙立场。在诗中，我们看到使"时间"走出循环的"年轻的历史"代表民主的生活、"人民"的利益以及"人类的尊严"，但这一新的历史还涉及了"人""人性""理智"的复活，这在中国现实中也是极有价值的。自20世纪初叶以来，中国知识分子对人性的反思在多个方面都有推进，但这一启蒙传统也在战争局面下停滞不前，甚至销声匿迹。经历了人类历史上最为野蛮的第二次世界大战，杭约赫在《复活的土地》中对"人性"好残杀的一面作出了反思："人性被/压缩、变形、腐蚀，给卷进/疯狂旋转的'轴心'，毁灭！"⑤ 他呼吁健康人性的复归，呼吁理性的力量："理智和自身的遭遇，也/惊醒了人类，懂得如何去/

---

① 蓝棣之编选《九叶派诗选》，人民文学出版社，1992，第267页。
② 同上书，第271页。
③ 同上书，第277页。
④ 袁可嘉：《论新诗现代化》，生活·读书·新知三联书店，1988，第51页。
⑤ 蓝棣之编选《九叶派诗选》，人民文学出版社，1992，第166页。

珍惜兄弟间的友谊。"[①] 这是启蒙思想另一脉络的延续。这"年轻的历史"开启的不仅仅是和平的年代，而且也是人性复归的年代。

抗日战争的胜利并不直接等同于民主的到来，也不等同于对人性的充分认识。唐祈与杭约赫通过"现在"与"过去"的矛盾斗争，将关于"时间"的思考与启蒙任务结合起来，这有其深刻的历史内涵。他们是要在对"过去"的扬弃中，迎来真正美好的时间、给人带来希望的时间。这样一种时间，虽然没有加入宗教的永恒感和超越矛盾的宁静感，但却富含中国社会迫切需要的启蒙反思。

四、自律性的强调：艺术超越时间

除了在"现在"与"过去"之间的斗争中审视时间，九叶诗人还在文艺与现实的对立中玩味时间，他们把文学艺术看作超越时间循环与无谓的重要渠道。这其中暗含的是九叶诗人在当时的社会背景下对文艺自律性的维护。

"果实是为了花的落去，/闪烁的白日之后才能有夜晚的含蓄，/如果人能生活在日夜的边际，/薄光里将有一个新的和凝。"[②]（唐湜《诗》）这是唐湜关于"诗"的描述。诗中的"果实""花""闪烁的白日"和"夜晚的含蓄"，有着不同性质的美好，然而在时间之流中，它们永远处于一种分离割裂的状态，因此也都是有缺陷的。在诗人看来，只有"诗"才能摆脱时间的旋涡，进入中间态，将总是失之交臂的事物结合在一起，创造和保留"日夜的边际""新的和凝"。在《我的欢乐》中，唐湜又一次表现了类似的对时间的超越：

[①] 蓝棣之编选《九叶派诗选》，人民文学出版社，1992，第169—170页。
[②] 同上书，第303页。

"我不迷茫于早晨的风,/风色的清新,/我的欢乐是一片深渊,/一片光景,/芦笛吹不出它的声音,/春天开不出它的颜色,/它来自一个柔曼的少女的心,/更大的闪烁,更多的含凝……时间的拘束/在一闪的光焰里消失!"① 诗中的少女也许是诗人心中的爱人,而这"少女的心"的包容、莫测与"含凝"也正呼应着上述唐湜对"诗"的概括。正因为有着诗的特性,包含着一个无限敞开的精神世界,这"少女的心"能够轻松突破"时间的拘束"。

陈敬容的《雕塑家》则描绘了雕塑艺术的"含凝"性对时间的超越。"你手指下有汩汩的河流/把生命灌进本无生命的泥土,/多少光、影、声、色、终于凝定,/你叩开顽石千年的梦魂……有时万物随着你一个姿势/突然静止;在你斧凿下,/空间缩小,时间踟躇,/而你永远保有原始的朴素。"② 因为艺术因素的加入,顽石被赋予了生命。这一固定的形态是"原始的朴素"的,但却包含着无限的想象,沟通着古今。现实无法将它凝定,循环的时间无法使它老化,因为它的生命不是时间给予的,它也不是按时间的规律活动的。所以在它面前"时间踟躇"了,这是个超越于它之外的"异物"。

杜运燮的《落叶》同样提供了一种以艺术、审美的眼光超越现实时间循环的例证。诗人将造物主比作一个"严肃的艺术家",自然万物就是他创作的艺术品,然而,因为"没有创造出最满意的完美作品",所以他不断地推翻重来,于是我们会看到:"一年年地落,落,毫不吝惜地扔到各个角落,/又一年年地绿,绿,挂上枝头,暖人心窝。/无论多少人在春天赞许,为新生的嫩绿而惊喜,/到秋天

---

① 蓝棣之编选《九叶派诗选》,人民文学出版社,1992,第309—310页。
② 辛笛等:《九叶集》,作家出版社,2000,第61页。

还是同样,一团又一团地被丢进沟壑。"① 时间的循环、自然的交替被作者诗化为追寻完美艺术的过程,因而有了自己存在的理由。

不难看出,在九叶诗人那里,文学艺术之所以能超越时间之流,就在于它们的不确定性、敞开性、包容性,正是这些特性使得它们能够摆脱时间之流的单向线性轨道。这种对文学艺术特性的观察与推崇,反映出了九叶诗人对文艺自律性、独特性的高度自觉意识。

1947年,袁可嘉总结式地提出了能够代表其他九叶诗人的诗歌观念,即"现实、象征、玄学"②的综合。从诗歌本体意义上讲,这个观点是主张诗歌全面地反映人生经验,将现实生活、艺术美以及哲理玄思都交织容纳在一起。显然九叶诗人对诗歌艺术的整合功能是十分信任的。但值得注意的是,袁可嘉在说明这个诗歌信念时第一点就说道,"绝对肯定诗与政治的平行密切联系,但绝对否定二者之间有任何从属关系"③,接下来第二点又提到应尊重"诗底实质"④。所以"现实、象征、玄学"的综合既是要张扬现代诗的多维空间,也是要强调诗作为艺术其本身的合法性,肯定诗本体价值与社会生活的必要间距。

但是反观社会现实,从20世纪30年代开始,左翼文学的声音越来越高,以至到20世纪40年代初"人民的文学"更是"控制着文学市场的主流"。⑤诗歌文学的本体价值在一定程度上被降格。谢冕先生认为:"这种事实成为新诗引进和强化现代意识的巨大障碍。"⑥诗歌的现代主义倾向日趋消失,而民间化趋势和传声筒作用

---

① 杜运燮:《杜运燮六十年诗选》,人民文学出版社,2000,第159页。
②③ 袁可嘉:《论新诗现代化》,生活·读书·新知三联书店,1988,第4页。
④ 同上书,第5页。
⑤ 同上书,第112页。
⑥ 穆旦:《穆旦诗全集》,李方编,中国文学出版社,1996,第12页。

日趋增强。诗歌艺术的本体价值与社会斗争的间距步步消失。在此背景下，袁可嘉的《诗与意义》《"人的文学"与"人民的文学"——从分析比较寻修正、求和谐》等文章正意在强调文学本身的价值所在，反对将文学工具化，或将之"沉沦为某种欲望的奴隶"，因为这些做法都"远离诗的本体"①。

正是在文学艺术的本体价值有可能被忽视时，九叶诗人对它的维护与强调才显得格外强烈。九叶诗人在作品中以艺术审美来超越时间之流的选择，正是他们文学艺术自律意识的不自觉的流露。他们以诗歌和艺术来超越世俗时间，就是要使诗歌、艺术超越现实生活的价值得到彰显。只有这样，诗歌本体价值与现实之间的必要张力才能得以维持。

当然，作为新批评派的鼻祖之一，艾略特同样肯定诗歌艺术的本体价值和自律性。在这方面九叶诗人应该是受到艾略特影响的，正如袁可嘉自述他自己"提出的诗的本体论、有机综合论、诗的艺术转化论、诗的戏剧化论都明显地受到瑞恰兹、艾略特和英美新批评的启发"②。但是艾略特在论述这些问题时是结合文学史传统而言的，不涉及文艺的审美功能与现实工具作用的冲突。在他生活的年代，欧洲文学的发展已经有了自己成熟的轨迹，社会的动荡也没有对文学艺术本身构成威胁，两次世界大战的"洗礼"反而刺激了文学家们更加自由、大胆地表现自己对世界的各种感受。因此，尽管九叶诗人与艾略特对文学本体价值有着类似的认识及同样的重视，但九叶诗人围绕文艺的本体价值无疑有着更加迫切的现实危机感，以超时间性来强调文艺自律性正是他们释放这种焦虑的方式之一。

---

① 袁可嘉：《论新诗现代化》，生活·读书·新知三联书店，1988，第86页。
② 袁可嘉：《半个世纪的脚印：袁可嘉诗文选》，人民文学出版社，1994，第298页。

第二节　城市"荒原"与悬置的反讽
——当代上海诗人与艾略特的共鸣

艾略特在中国的影响，不止于九叶诗派，也不止于民国时期。直到 20 世纪 80 年代朦胧诗兴起的前后，艾略特仍然是促进中国诗歌发展的重要因素。"艾略特凭借他那高超的诗艺，构架了一个个完整的象征体系——诗的世界。这世界的完美感动着把诗当作诗来追求的后来者诗人们。中国当代诗人中受到艾略特影响者，肯定不在少数，正如西川在给张子清先生信中说：'艾略特对我国当代诗坛的影响不容忽视，即使是那些不以模仿艾略特诗歌为能事的诗人们也大多接受了他的某些信条。'"① 在这一共识之下，有的学者着重于从艺术形式上对艾略特的当代影响作出总结，比如刘锋教授的论文《从庞德和艾略特看美国现代主义诗对当代中国诗的影响》"从艾略特构建整体象征体系的几种技巧的角度简述他对当代中国诗的影响"②；有的学者则侧重于探讨朦胧诗人们接受现代主义诗歌影响时独特的中国背景与意识，提出"这种诗（艺术）与社会的双重艰难，历史与现实的双重沉重，自我（诗人）与民族的双重孤独，正是当代中国一批有出息、有才华的诗人、艺术家们艺术存在与艺术崛起的基本前提"③，这决定了"'朦胧诗'的哲学基础是当代中国的理性怀疑主义，从这点看待西方现代派诗歌，其哲学基础总体上则是一种非理性的怀疑主义。二者间的一个根本不同就是：前者怀疑的

---

①② 刘锋：《从庞德和艾略特看美国现代主义诗对当代中国诗的影响》，《外国文学研究》1995 年第 2 期，第 37 页。
③ 李黎：《在融合中铸造东方的现代诗魂——对当代中国新诗潮与西方现代主义诗歌之间关系的一个考察》，《当代作家评论》1987 年第 5 期，第 82 页。

目的是思考与行动,而后者已失去思考的动力与行动的目的"①。虽然较民国时期,20 世纪 80 年代前后的诗人们已经很少直接表露对艾略特诗歌的接受,但从批评界大量的实例梳理来看,这一影响关系显然并未中断。

事实上时至今日,在笔者看来,艾略特对中国诗坛的强劲影响仍在延续。以当代上海诗人为例,我们可以在他们的创作中清晰地辨识出浓烈的"荒原"感,许多对城市生活瞬间的描写与艾略特笔下的伦敦或"荒原",仍然发生着跨越时空的对应。而上海诗人在应对"荒原"的方式上,也与艾略特所说的"只有通过时间,时间才能被拯救"相契合,当然,其中少了一分宗教气息、彼岸意识,多了一分对城市经验复杂性的尊重。此外,艾略特式的"反讽"在上海诗人的创作中也有突出表现,但自嘲的诗行中融入了更多反抗的意味及可能。

一、"荒原"感受及其应对

当代上海诗人表现"荒原"感受最为剧烈的,莫过于孙思的《上海的黄昏》。诗作以连续四个段落描写了上海的都市生活给人带来的失望。随处可见的混凝土建筑、被楼群屏蔽的天空、拥挤堵塞的车流和人流,共同制造出令人窒息的气氛,"上海的黄昏被带着硬度的/高楼,割得七零八落//这个时候,白天的耀眼已退去/夜晚的灯光还没亮起/天和地呈一样的灰色//这些裹着烟雾般的黄昏/似乎是最后一坨黏糊的砝码/压在了人们已经弯到地平线/以下的耐心//

---

① 李黎:《在融合中铸造东方的现代诗魂——对当代中国新诗潮与西方现代主义诗歌之间关系的一个考察》,《当代作家评论》1987 年第 5 期,第 83 页。

所有的路都被人和车塞满/车尾的废气、蒙古马队般/只往人的五脏六肺奔,这种/弥漫的不适,过了很久/也不肯褪去,让你恨不得/拿把刀,在那个地方/割一道口子"[1]。其中的黄昏、烟雾以及传递出来的压抑感,让人不得不想起J.阿尔弗瑞德·普鲁弗洛克所经历的那个傍晚,"让我们走吧,你和我,/此时黄昏正朝天铺开/像手术台上一个麻醉过去的病人;/……/那黄雾的背脊摩擦着窗玻璃,/那黄雾的口鼻摩擦着窗玻璃,/它用舌尖舔黄昏的各个角落"。当然普鲁弗洛克所经历的压抑感带有相当程度的自我麻醉,而孙思诗作中的"弥漫的不适"更具外在的压迫性,其挣脱的意识也更见张力,"让你恨不得/拿把刀,在那个地方/割一道口子"。

程林的《午夜站在延安路天桥上》对"荒原"感的呈现也颇见艾略特的印迹,但相对于孙思的《上海的黄昏》,它给"荒原"找到了更多救赎的希望:

> 这座桥
> 没有汹涌的河水
> 只有时间
>
> 但偶尔有几辆别克、奥迪
> 从我的脚下
> 向虹桥高尚生活区钻去
> 那里有浓妆艳抹的霓虹灯和口红的海洋

---

[1] 赵丽宏主编《上海诗人》(第三卷),上海文艺出版社,2014,第19页。

她们就在我的脑后
只是我不愿回头

我看见一位褴褛的老人
肩上有一只麻袋
手上有一根竹竿
旁若无人地走在宽阔的八车道上

如果昏黄的街灯眼睛再睁大一些
如果老人疲惫的步伐再灵巧一点

天亮之前
延安路就会把他带到外滩
那是上海
最早看见太阳升起来的地方①

诗作开篇即传递出一种紧迫感,延安路天桥下流过的不是河水,而是时间。而时间之流中充塞着奔驰着的名车、对美色与豪宅的追求。这应和着艾略特《荒原》的第四节《水里的死亡》对物欲洪流的描写,"腓尼基人弗莱巴斯,死了已两星期,/忘记了水鸥的鸣叫,深海的浪涛/利润与亏损。/海下一潮流/在悄声剔净他的骨。在他浮上又沉下时/进入旋涡"。与艾略特一样,诗人程林焦虑于时间之流如何才能摆脱物质之流。这种焦虑感,在《荒原》中凭借着预示着雨

---

① 程林:《纸上的时光》,长江文艺出版社,2013,第4页。

水的雷声，得到了模糊的解决，在《J. 阿尔弗瑞德·普鲁弗洛克的情歌》中更是难以摆脱：

> 还有时间，还有时间
> 为接待你将要照面的脸孔准备好一副脸；
> 还有时间去扼杀与创造，
> 还有时间用手完成所有事业
> 在你的盘子上拾起并丢下一个问题；
> 你有时间我也有时间，
> 还有时间犹疑一百遍。

相比之下，程林的《午夜站在延安路天桥上》在焦虑感的摆脱上表现得要更加果断一些。诗人拒绝对物化的现实投去钦羡的目光，却注目于褴褛无助的、正在走向外滩的眼盲老者。一句"旁若无人"表面写老者，实则写世人的冷漠，无人愿意停下脚步，带老者离开危险的机动车道；得不到人世的温暖，老人唯一的希望就在于街灯能够再亮一些，他自己的步伐再灵巧一些，这是多么尖锐的讽刺。更重要的是，诗人抱着信心与乐观，寄望于在太阳重新升起的地方，在那里江水将涤清自私的欲望，自然的光明将驱走物质的黑暗。外滩，正是在这样一种意义上，成为诗人的寄托。它不再是现实中经济发展的象征，不再是高度物质与财富的符号，而是与"虹桥高尚生活区"不一样的存在。在这样的设置中，外滩与任何罗曼蒂克的摩登生活、自我麻痹的殖民情结失去了关联，摆脱了媚俗的小资情调及西方想象，被恢复为江岸自身。程林这首诗的特点就在于，它通过艺术的力量对"荒原"的一部分作了转化，使之成为灌溉"荒原"的水源,而没有像艾略特在《荒原》中那样去召唤来自遥远东方的雨水。救赎的方向与希望就在"此地"。

与程林先生这首诗相似,当代上海诗人的许多作品都是在"荒原"般的现实中就地取材,就近寻找改变与救赎的可能性。或者说,在"荒原"感的呈现上,他们近于艾略特的《荒原》,而在应对"荒原"感的策略上,他们更近于《四个四重奏》所主张的在现实中寻求领悟、解脱,而不是寄望于遥远的"异托邦"。[①] 但这种领悟又不似艾略特那样总要与绝对、无限挂钩,而是更具生活气息,着眼于当代城市经验的复杂性与可能性,如徐芳的《楼上的春天》。

《楼上的春天》首先表现了在城市荒原中寻春而不获的失望,"我已不再寻找/那丛迎春/那树海棠/还有芭蕉上的雨/曾像蛛丝一样闪亮/也像琴韵一样叮咚……脚跟跟着脚尖飞跑/手臂加手指地伸展/春天究竟有多长/其实我并不知道"[②]。坚硬的城市建筑、密不透风的楼群,似乎使得春日的自然律动难觅踪影,由"迎春""海棠""芭蕉"和"蛛丝"象征的自然的律动在城市中没有安身的位置。那么,诗人就这样与春天隔绝了吗?未必。"如今,我坐在电动的门里/云动风摇,摇摇晃晃的春天/竟也能使高楼摇动/也能使金属的门窗呐喊/春天当真不会/因我的罢工而罢工?"[③] 恰恰是通过这看似与自然律动完全无缘的、坚硬的城市建筑,通过高楼的撼动、门窗的呐喊,春风以一种更加挥洒有力的姿态向诗人显现,而且作为一种新的介质,它将诗人对春的感受带离地面、带向高空直至融入远方:"有些透亮—/有些香味—/是春风把我送到了极高处/比电梯能够运

[①] 参见第一章第三节、第二章第四节以及本章第三节关于《四个四重奏》的论述。
[②] 徐芳:《上海:带蓝色光的土地——徐芳诗歌近作》,华东师范大学出版社,2009,第109页。
[③] 同上书,第109—110页。

达的楼层还高/在一片翻滚的绿浪上/风暖衣轻……"[1] 看似冰冷坚硬的城市楼群，却给诗人带来了新的体验春的角度。所以，此处的诗意，不仅仅是关于春的，而是由春和城市共同促成的。春和树木花草之间的古典共鸣，在城市语境中被粉碎了，"但城市的共时在另一意义上却空前发达并且精确起来"[2]。正因为这样，诗人在末段写道："春天永远是春天/不论南北不论高低/不论它离土有多么远/不论窗户的结构阳台的大小/也不要问我是谁/我从哪里来/与春天无沾无碍/有几人能够做到?"[3] 城市的确带来隔绝于自然律动的"荒原"感，但其中也暗含着解除它的自反性力量，这的确是一个独特的视角。

赵丽宏先生的长篇组诗《沧桑之城》（2005）也是从"荒原"感过渡到超越"荒原"的体悟。诗人重点抒写了上海城市面貌的变化，这些变化给人们带来惊喜，然而随着诗行的行进，诗人开始发现自己在这座城市中感受到的惊喜演变成了疑惑。虽然"拉着父母的手/我曾经走遍这座城市/熟悉了她的容貌/了解了她的历史/看见了她雍容华贵的风度/也看见她/贫困无奈和窘迫"[4]，但是诗人猛然发现"她"急促的脚步已经悄悄越出了自己的视野。作为现代化和工业化进程的标志，"烟囱"开始在城中林立，它们"日日夜夜在冒烟/烟云中还带着火光/妩媚而热烈/明朗而飘然"[5]，可是它们不单"冶炼着智慧和激情"[6]，也"飘散着扬弃的渣滓"[7]。它们在这座城中的身

---

[1][3] 徐芳：《上海：带蓝色光的土地——徐芳诗歌近作》，华东师范大学出版社，2009，第110页。
[2] 同上书，第251页。
[4] 赵丽宏：《沧桑之城》，上海文艺出版社，2005，第94页。
[5] 同上书，第104页。
[6][7] 同上书，第105页。

份日趋复杂了,"它们是摆脱贫穷的通道/是城市急促的呼吸/也是城市无奈的哮喘"①。在比喻的三重叠加中,这一曾经象征着经济发展的事物被转换为令城市衰朽的病灶。

作为工业化进程的恶果,烟囱的密集景观令诗人困惑和诧异。烟囱被清除后,城市的天空豁然开朗,但很快又被无数的摩天大楼所占据。这些新型"烟囱"再次令诗人困扰,"我也曾登上/那星外来客般怪异的/东方明珠/看世纪之交的风景/熟悉的城市/在俯瞰的瞬间/竟变得如此陌生/我看到高楼如林/飘忽的云雾/在摩天大厦腰间飘萦/这样的景象/如同科幻电影/纷杂而浩瀚/神秘而幽深/我无法想象/人们如何在这一片/钢筋水泥的森林中/繁衍生存"②。巨大高耸的建筑,使原本现实的场景变得怪异和陌生,高度的疏离感在诗人与城市之间再一次出现。但这一疏离感并没有累积到难以克服的程度,很快,诗人便从这物化的世界中找到了感悟的角度。"俯瞰使我亲近生活/沉思的目光/阅览现实的人生/世界精微而博大/我们每个人/不过是天地间/一粒微尘。"③难以理解的城市发展,虽然对个体形成一种压迫和拒绝,但诗人也借由这物性——摩天大楼的高度去体悟世界的广博与个体的渺小。"钢筋水泥的森林"无疑是对人进行征服的物的力量,也同时提供了领悟世界、反观人生的新的视点。

二、上海诗人对"反讽"的改造

当代上海诗人对艾略特的接受或双方之间的共鸣,还可见于反讽手法的使用。这一艺术手法既能够针砭现实,也能批评诗人主体

---

① 赵丽宏:《沧桑之城》,上海文艺出版社,2005,第105页。
② 同上书,第120页。
③ 同上书,第123页。

的渺小无力，在现代主义以降的诗学传统中有着重要位置。但当代上海诗人在反讽的使用中展现了自身的特色。准确地说，他们作品中的反讽，是一种悬置了的反讽、停留在半空的反讽：诗人们在讽刺自身的同时，有所保留，甚至体现出某种程度的自我肯定与得意扬扬。这并不代表诗人们已经取消了真诚的自我批评，而是说他们已不再以某种绝对的姿态来对抗现实与自我，这其中潜藏的是更为灵活的对现实的抵抗策略。

程林先生的《衡山路的酒吧》的开篇即令人哑然失笑：

> 到这里来的人都不是来喝酒的
> 这里的酒
> 贵得让一个真正的酒鬼
> 心疼①

或为寻欢，或为作乐，这才是衡山路酒吧夜夜笙箫的理由。诗人的直言不讳中包含着尖锐的批判，同时诗人也不掩饰自己的沉沦，"比如我／就是来这里让震耳欲聋的音乐／把自己彻底粉碎／然后像灰尘一样地飘回家"②。除了音乐的轰炸，诗人也在欣赏女郎们裸露的"星光"。最可笑的是，诗人交代了自己在酒吧的"胜利"。这个胜利不是争强，不是猎艳，而是作为一个善于利用商业规则的消费者，诗人在一夜沉沦中，仅消费了一杯啤酒：

> 没有下酒菜

---

①② 程林：《纸上的时光》，长江文艺出版社，2013，第3页。

> 一杯扎啤
> 照样让我坐到关门
> 而且仅此一杯①

以最低消费在衡山路度过一晚，诗人的扬扬自得溢于言表，然而这正是诗作的结尾。这里找不到普鲁弗洛克面对堕落与死亡的惊恐，只有诗人获得胜利的喜悦。综观全诗，诗人对自我的讽刺是触手可及的，但诗作又包含着一种游击战式的对消费文化的反抗，一种借力打力、以商业运行之道还诸商业的反抗或挑衅。这就如同约翰·菲斯克所说："在社会控制之外始终存在着大众文化的某种因素，它避开了或对抗着霸权力量。大众文化始终是一种关于冲突的文化，它总是关涉到生产社会意义的斗争，这些意义是有利于从属者的，并非主流意识形态所喜欢的那种，这场斗争的胜利，不论如何地转瞬即逝或受到限制，总能创造出大众的快乐，因为大众的快乐始终是社会性的和政治性的。"② 从这一角度来理解，诗作中的"我"在衡山路的迷醉，便不是完全的、彻底的自我反讽，因为这一条反讽的轨道还通向着主体抵抗现实的某种可能。

吴福辉先生曾在《多棱镜下有关现代上海的想象——都市文学笔记》一文中谈到新感觉派小说的都市消费场所的书写中，表现了"对'物质享受'的迷恋"，"表达出机械文明压迫下人的孤独、忧郁和被压扁的状态"。③ 陈思和先生则将海派文学传统的特征概括为

---

① 程林：《纸上的时光》，长江文艺出版社，2013，第3页。
② 约翰·菲斯克：《解读大众文化》，杨全强译，南京大学出版社，2001，第2页。
③ 吴福辉：《多棱镜下有关现代上海的想象——都市文学笔记》，《湖北大学学报》2003年第4期，第12页。

"繁华与糜烂同体"[1]。从程林的《衡山路的酒吧》来看，这些海派文学的传统仍然贯穿在诗作中，但值得注意的是，诗人们在诗作中又添加了一份抵抗的行动与策略，正是这一点，让作品中的反讽意味更加复杂。

缪克构的《年华》，也是在反讽中暗含着对现实的一种积极抵御。诗作描绘的是他平常无奇的办公室生活：

> 周一　干事把一份新闻周刊摆上我
> 　的桌头
> 一到周五　他又在放周刊的位置
> 　摆上一份读书周报
> 这是他的工作　他总能干得有条不
> 　紊　令人欢喜
> 而我也在他的工作中看清了日历
> 　度过了好年华
> 这样两份报刊　提示我一周的开始
> 　和结束
> …………
> 我从来不让报刊在我的桌头摆放时
> 　间超过一天
> 这样　日子每天都是新的
> 看不出今天得到的一张人民币与昨

---

[1] 陈思和：《复杂的叛逆性——现代海派文学的特点》，《郑州大学学报》2009 年第 1 期，第 103 页。

> 天的有何不同
>
> 两份报刊　免费赠阅　串起我的日子
> 并且从来不勉强我看看上面都登了
> 些什么①

诗作的反讽产生于桌上的两份报纸，这是干事每日放在桌上的。"我"用不着天天读它们，它们仅仅提示着时间的变化，日子也就是这么得以"串起"来的。一个安心于自己办公室平淡节奏的人，就这样散淡地消磨着光阴，这是何其琐屑的生活，而他似乎还自得其乐。但细加考察，这真的仅仅是一种自我嘲弄吗？未必。"我"更多是把这赠送的报刊当作时针，而非报刊本身，这其实暗示着"我"的某种独立性，"我"与报刊新闻的某种距离。当然，这并不是说诗作对特定报刊有何不满，正如诗作所体现的，它们之于"我"，并不涉及具体内容，任何两种其他报刊可能同样如此。"我"与桌面上的它们的距离，暗示出的是"我"与报刊中的现实所保持的距离，是"我"的某种自持与审视的态度。

与程林、缪克构的快节奏不同，汪漫习惯于在诗中先进行长长的铺垫，塑造出一个抒情的主体，直到最后再去戳破那个完美的气泡。但这一戳破，也不完全是对主体的讽刺，而寄托着对单一性话语的拒绝，比如《静安寺，或者安静》。

诗作首先将静安寺置放于当代都市意象的包围中，对它的浮躁现状作出了批评。"一座古寺能坚持安静下来吗？／——周围是超市、

---

① 铁舞选编《忘却的飞行——上海现代城市诗选》，大众文艺出版社，2006，第79—80页。

百乐门舞厅、地铁、旧电车/寺内和尚,敲打木鱼/怀揣设置在震动状态的手机/侧耳倾听黄色高墙外的大街宽阔的喘息……/佛,大隐隐于市/它有力量让佛音天籁穿越市声/抵达我们的身体和内心?"① 诗人不再相信佛门只还是一处清静的所在,还可以在商业、娱乐、物质的进攻中独善其身。经过一番对物质化世界的描写,诗人也表达了自己对现实的反感与不适应,并且自问:"而我,一个书生/能够坚持安静下来吗?……我恐慌于自己对数字的迷恋大于汉字/我不安于内心日益汹涌着/关于物质、异性的蛊惑和美。"② 这是任何一个对都市生活有所反思的人都会提出的问题。经过各个诗节不断地批判与反省,我们本期望诗人汗漫能够对此问题给出一个智慧的解答,可惜最后的诗行还是泄露了诗人的无力:"目前,我所能做的仅仅是在深夜洗洗冷水澡/此时,静安寺外有洒水车开动,水雾迷离……"③ 一种巨大的反讽的张力就这样被建构出来,一个如此严肃地反思现实与自我的诗人,最后也只是通过洗洗冷水澡让自己安静下来。现代主义的主体挫败感再次出场。但与程林的《衡山路的酒吧》相似,诗人在洗洗冷水澡这一选择中颇有几分自得,暗含着一种对宏大答案的嘲弄。这种态度应该说来自诗人对话语、概念之多维性的认识。比如这喧闹的静安寺,诗人看到它是佛教古寺;它又是近代历史中的静安寺,与张爱玲旧居毗邻而居于沪上西区;如今它成为城市的中心;对于一个从乡村环境进入上海的人而言,它又是一种存在。于是,静安寺的"安静"便不是一个内涵可以概括的,它要如何进入安静也需要分而论之。这就好像陈惠芬先生所

---

① 杨斌华、陈忠村主编《新海派诗选》,上海文艺出版社,2014,第89—91页。
② 同上书,第90页。
③ 同上书,第91页。

说的:"存在一个'共同'的上海吗?像上海这样一个历史复杂、阶层多样、移民历史悠久的城市,可能形成'统一'的城市认同吗?撤除种种对于'繁华'的'共同记忆',不同阶层乃至性别的个人或群体在城市与自我身份的认同上将发掘出怎样的经验和记忆?"[1] 诗人汗漫显然持相似的立场,拒绝为"静安寺的安静"这个问题承担所有的重量,或将所有问题化零为整。所以,诗作对主体的反讽尽管毋庸置疑,确然存在,但正如我们看到的,主体的无力又并不完全是一种被批判的对象,它同时也包含着理性的冷静,是一种规避宏大选择、规避绝对性立场的姿态。

可见,无论是在"荒原"感的表达中,还是在对自我的"反讽"中,当代上海诗人虽与艾略特有着相当程度的共鸣,但区别也是明显的。上海诗人们,更多地也更直接地从现实生活中发掘各种审美与反抗的可能。这样一种倾向,也许会被认为削弱了批判的力量,甚至会被认为是向庸常现实的一种臣服。但笔者认为,我们不应该过于苛责。因为诗歌并不唯有反叛、批判、挣扎、警醒这一个向度,如果将当代诗歌限定于这一个维度当中,或是将这个维度简单化,反而是对诗歌的阉割。王家新先生曾为20世纪90年代的"个人写作"辩护称,"90年代诗歌写作开始成为一种既能承担我们的现实命运而又向着诗歌的所有精神与技艺尺度及可能性敞开的艺术"[2]。这样一种辩护同样适用于今天的上海诗歌创作。特别是在面对城市诗歌的时候,我们应该留意到,今日的城市体验或都市体验是何其复杂和多元,而上海作为中国城市化进程较快的区域,其带出的城

---

[1] 陈惠芬:《"文学上海"与城市文化身份建构》,《文学评论》2003年第3期,第148页。
[2] 王家新:《没有英雄的诗——王家新诗学论文随笔集》,中国社会科学出版社,2002,第129页。

市经验也不能简单归一。正如杨扬先生所说的,"城市化进程在中国至今还处在成长阶段,城市化过程中,人的审美经验的转变,这已是一个不争的事实"①。

综上所述,当代上海诗人作品中的艾略特印迹是清晰可辨的,这足以证明艾略特诗风强劲的影响力及其演变发展的可能。而上海诗人们立足于当下的、敏锐的生活体悟,又给艾略特的诗风注入了新的生命,并以对宏大叙事、绝对终点的取消,拉开了与艾略特的距离。

第三节 "旋转的世界的静点"与"般若波罗蜜"
——艾略特与禅宗思想的契合

佛教思想并不是T. S. 艾略特经常讨论的话题,但却与他思想的形成及诗歌创作密不可分。1911至1913年间,身为哈佛大学学生的艾略特先后修习了梵语、梵文哲学等与佛教相关的课程。② 二十年后,诗人仍心存感激地回忆起当初这些学习给自己带来的收获:"曾有两年时间在查尔斯·兰曼(Charles Lanman)的指导下学习梵文,并随詹姆斯·伍兹(James Woods)研习了一年帕坦加利(Patanjali)那复杂的形而上学,这些学习让我进入一种得以开悟的神秘化境界之中。"③ 在艾略特的诗歌中我们则可以找到更多他与佛教之间的关联。如《荒原》第三部分《火诫》的末段疾呼"烧啊烧啊烧啊烧啊",即是化用了佛陀在伽耶顶对僧众说法时的用语,表现

---

① 杨扬:《城市化进程与文学审美方式的变化》,《文艺争鸣》2004年第1期,第81页。
② Manju Jain, *T. S. Eliot and American Philosophy: The Harvard Years*, Cambridge: Cambridge University Press, 1992, pp. 254 - 255.
③ T. S. Eliot, *After Strange Gods*, London: Faber and Faber, 1933, p. 40.

人类深陷于种种欲火而不能自拔的状况。艾略特本人对这一段诗文的注释，显示他曾通过亨利·柯拉克·华伦（Henry Clarke Warren）的《见于翻译中的佛教》(*Buddhism in Translations*) 读到过一些英译佛教经文。《四个四重奏》首篇《燃烧了的诺顿》中光亮水池里高挺的"荷花"，是艾略特对佛教意象的直接使用。而《四个四重奏》次篇《东科克尔村》中"一座座房屋生死有期：/一度营建，一度世代居住/一度狂风吹折松脱的窗棂""定时的四季更换，星斗转移，/定时的挤奶与收获，/定时的男女交合，牲畜交媾。/脚抬起来又落下，/吃，喝，拉屎和死亡"等场景描写，也使学者们敏锐地注意到，佛教对现实无常的强调同样也为艾略特所吸收。哈罗德·E. 麦卡锡（Harold E. McCarthy）就认为："无论是不是真的悲观……毫无疑问，对于无常与痛苦的直觉在艾略特的诗中扮演着至关重要的角色。"[1] 张剑教授也曾指出这些描写与佛教所谓"轮回"有一致之处。[2]

然而，除了一些显见的引用和对人生无常的共同慨叹外，艾略特与佛教之间还有着其他方面的暗合。特别是在《四个四重奏》中，艾略特对超越性境界的探求与禅宗一脉——包括中国禅宗以及被禅宗奉为经典的大乘佛教思想——对于"悟"的态度有着颇为令人瞩目的呼应。这些呼应，体现在双方对超越性境界相似的描述方式、认识理解及实现途径之中。将《四个四重奏》中"旋转的世界的静点"与佛教之大成境界作并列比较后，这些呼应便可一一探明。而这些呼应，可以帮助我们从另一角度理解本书第二章第四节所提到

---

[1] Harold E. McCarthy, "T. S. Eliot and Buddhism", *Philosophy East and West* 2.1 (1952), p. 41.
[2] 张剑:《艾略特与印度:〈荒原〉和〈四个四重奏〉中的佛教、印度教思想》,《外国文学》2010年第1期，第44页。

的艾略特关于"瞬时性""当下性"的强调。语言、知识与视角的有限性,二元对立思维模式的取消,个体经验与无限永恒的交叉,这些对于艾略特来说既是哲学又是诗学的关怀,在《四个四重奏》与禅宗的遥相呼应中可以得到再一次的确证。

一、盘旋游移的"旋转的世界的静点"

"旋转的世界的静点"是艾略特在《四个四重奏》中所设想的一个超越现实的理想境界,这一理想的境界超越现实的万千矛盾、计较、得失与痛苦,而给人带来无上的慰藉,使人摆脱有限世界的烦扰而臻于无限,"脱离实际欲望的内心自由,/从行动与痛苦中超脱出来的舒坦,/从内心与外部冲动中超脱出来的平和,/被恩惠的感觉,一种既动又静的白光所/围绕"。既然这"旋转的静点"有着如是好处,那么它究竟在哪里,又有怎样的面目呢?艾略特给出了已为人们传诵吟咏的答案,但却令人费解:

> 在旋转的世界的静点。既无众生也无非众生;
> 既无来也无去;在静点上,那里是舞蹈,
> 不停止也不移动。别称它是固定,
> 过去和将来在这里相聚。既非从哪里来,
> 　也非
> 朝哪里去的运动,
> 既不上升也不下降。除了这一点,这个静点,
> 只有这种舞蹈,别无其他的舞蹈。
> 我只能说,我们到过那里,说不上是什么
> 　地方。

> 也说不上时间多长，因为那将把它放在
> 　时间里计算。

看起来，这个"旋转的世界的静点"是难以描述的，艾略特也只是用双重否定的、来回游移的方式来对之加以刻画，任何一种对于它的直接的、正面的描述似乎都不能成立——对之唯一正面的界定是"舞蹈"，但仍然是一种充满变化与不确定性的隐喻。如果我们在《四个四重奏》中继续加以寻找，就会发现艾略特一直在用这种双重否定的、自我矛盾的、盘旋游移的方式对理想中的超越性境界进行描述：如在《烧毁了的诺顿》的最后一节，艾略特告诉我们"无限与无欲/除了在时间范畴里/以有限的形式/限制在非存在与存在之间"；在《东科克尔村》中，他提出"黑暗将是光明，静止将是舞动"；在《干燥的塞尔维吉斯》中，他提醒人们，摆脱循环与苦难的希望既不在此岸也不在彼岸，"你们已不是离开海港时的你们，/也不是快要登岸的人。/此时时间已经隐退，/此处在此岸与彼岸之间"；在终曲《小吉丁》中，代表永恒的仲冬之春，虽"一直光辉灿烂"，却同时也露出属于短暂现实的"倦容"。艾略特的超越性境界似乎永远存在于对立二极的中间地带，来回盘旋，游移不定，拒绝停靠在任何一端。

《四个四重奏》的这样一种描述方式究竟有何寓意呢？它看上去令人十分费解，但却并不那么陌生。因为，在大乘佛教及其影响之下的禅宗的经典文献中，诸般超越性境界也是以同样方式得到描述的。佛教、禅宗在这一描述方式中寄寓着其认识事物、对待世界的整个方式，而艾略特也似乎参透了同样的道理。

二、"旋转的世界的静点"与"般若波罗蜜"

超越性境界,在禅宗一脉的不同经文中有着多种多样的称呼,或曰大道,或云三藐三菩提,或说菩萨行,或称涅槃,亦名般若波罗蜜。它们与艾略特对以"静点"为代表的超越性境界的描述隔空相应。如六祖慧能昔日于韶州大梵寺讲法,讲毕遂与僧众道别,并总结"大道"云:"但无动无静,无生无灭,无去无来,无是无非,无住无往,坦然寂静,即是大道。"① 这与艾略特关于"静点"的描述几乎如出一辙。而慧能对"大道"的这种描述,又是与影响禅宗的大乘诸经典一脉相承的。如《金刚经》所载,释迦牟尼为试探弟子须菩提对法的参悟,特意以"三藐三菩提"境界向其提问:

> 须菩提,于意云何?如来得阿耨多罗三藐三菩提耶?如来有所说法耶?
> 须菩提言:"如我解佛所说义,无有定法名阿耨多罗三藐三菩提,亦无有定法如来可说。何以故?如来所说法皆不可取、不可说,非法非非法。"②

"三藐三菩提"即"正遍知",乃大彻大悟之意。按常见,如来早已觉悟,必得此法。然须菩提深得如来精义,坦然答其问曰,所谓"三藐三菩提"之法根本无从确定,难以描述,只能说它不是法也不是"非法"。同样是一种迂回不定式的解答。再如维摩诘装病,引来文殊师利探望,遂为其讲述何谓"菩萨行",即菩萨的境界,"在于生死不为污行,住于涅槃不永灭度,是菩萨行;非凡夫行,非圣贤

---

① 《金刚经·坛经》,鸠摩罗什译,袁啸波注,上海古籍出版社,2001,第170页。
② 同上书,第13页。

行,是菩萨行;非垢行,非净行,是菩萨行"①。菩萨的境界是不离现实又不堕于现实,住于涅槃而不求寂灭,不落凡夫俗子之路,也不同于圣贤大德之道,"既不胡作非为,又不一尘不染"②。这种不落两端、居中游移的表述与艾略特对"静点"的描述有着异曲同工之妙。

大乘、禅宗以此方式描述"悟"之境界——"大道""三藐三菩提"及"菩萨行",并不是在玩弄文字游戏,也不是要将超越性境界弄得玄而又玄,而是集中表现了它们认识事物、对待世界的根本方式。

大乘佛教对人类从自我出发对世界作出种种划分、判断、分类、界定极不赞同,认为世界万物本无确定自在之性(本质、本体、本性),而人为识之便、利之诱而强说之,于是渐立诸相——为事物建构本质——并起有/无、喜/恶、乐/哀、远/近、高/下、因/果、得/失、成/败、性/象等诸般分别心。在大乘经典中这一组组的分别被称为"二见"——类似于西学中的二元对立思维模式,而这诸般"二见"皆为人心对事物的片面界定与狭隘划分,并非事物自身所有的样貌。《楞伽经》曾以兔子有无长"角"为喻来形象地说明这一道理。佛说:"大慧,应知兔角离于有无,诸法悉然,勿生分别。云何兔角离于有无?互因待故,分析牛角乃至微尘,求其体相终不可得,圣智所行远离彼见,是故于此不应分别。"③ 意即,我们无法直接言说兔子头上有没有角,无法直接作出判断,因为只有在参照比对之中才能获得答案;人说兔子无角、牛有角,是二者相待而得出的结

---

① 《维摩诘经》,赖永海、高永旺译注,中华书局,2010,第88页。
② 同上书,第95页。
③ 《楞伽经》,赖永海、刘丹译注,中华书局,2010,第48—49页。

论，如果脱离开这相待，而直接去探求何为兔角、何为牛角乃至一切事物的体相（性、本质），终归是要竹篮打水一场空的。也即，事物"皆相待立，独则不成"①，没有绝对的"有"，也无绝对的"无"，归根到底，何者为有，何者为无？而"有无论者，执有执无，二俱不成"②。有无论者，执着于"有"与"无"之间的分别、差异、距离、界限，皆是对事物体相作片面的界定与虚妄的分别，形成了慧能所说的"边见"③。"有""无"之别如此，其他诸般二见同样归于虚妄而不应执着。

禅宗一脉又将对二见、边见的颠覆态度贯彻始终，认为一切二见、边见皆要被打破，这其中就包括对"大道""三藐三菩提""菩萨行""涅槃"和"般若波罗蜜"等超越性境界的二见、边见——这是最后要被去除的也是最难被去除的。所有的禅宗经典以不同方式触及了这一点。我们已经看到的禅宗经典对"大道""三藐三菩提""菩萨行"采取的游移不定、居中盘旋式的解说方式，就是意在避免对"悟"之境界作出片面的、本体论的肯定或建立，进而使之引发有无之见、高下之分、此岸/彼岸之别，使人陷入狭隘的执着，作茧自缚。与此同理，"涅槃"与"般若波罗蜜"也同样是以游移于二见两端、居中盘旋的方式得到描述的。

《楞伽经》有云，"不生不灭则是涅槃"④。按常见，生为烦恼无边，灭为寂灭超脱，如此，涅槃应属后者。然而按禅宗义理，涅槃不应着任何一端，不应属任何一边，因为"凡所有相，皆是虚

---

① 《楞伽经》，赖永海、刘丹译注，中华书局，2010，第73页。
② 同上书，第49页。
③ 《金刚经·坛经》，鸠摩罗什译，袁啸波注，上海古籍出版社，2001，第118页。
④ 《楞伽经》，赖永海、刘丹译注，中华书局，2010，第180页。

妄"①。生与灭都无自性，怎能以"边见"相执着？关于涅槃，除有生/灭之二见，还有世间/涅槃、缚/解之分别。《维摩诘经》载宝印手菩萨言曰："乐涅槃、不乐世间为二，若不乐涅槃不厌世间，则无有二。所以者何？若有缚，则有解；若本无缚，其谁求解？"② 若将现实世界视为一种束缚，厌恶它的有限与贫乏，那么涅槃就被视为一种可喜的解脱；但若现实本身根本无所谓束缚不束缚，其是否有限与贫乏需"相待立"，也需视人心作为而定，那么"涅槃"之为"解"也就未必了。可见，"缚"与"解"皆为虚构，事实上，这两端既有别又无别。故维摩诘拒绝对这两端作任何一种绝对的肯定或否定，而选择立于中道："说身无常，不说厌离于身；说身有苦，不说乐于涅槃；说身无我，而说教导众生；说身空寂，不说毕竟寂灭。"③ 抛弃单向的、肯定性的"是"，而选择游走在二见之间、诸相之外，尊重无常与永恒、现实与超越、烦恼与解脱之间本无绝对分别的存在样貌，正是禅宗一脉描述涅槃的内在出发点。

至此，我们也可以理解释迦牟尼对"般若波罗蜜"的解说了。佛对弟子大慧曰："以智观察心无分别，不堕二边，转净所依，而不坏灭获于圣智内证境界，是则名为般若波罗蜜。"④ "般若"即智慧，"波罗蜜"意为到彼岸。但超越现实抵达彼岸的真正智慧，恰恰是要"心无分别，不堕二边"，跳出此岸/彼岸及一切"二边"分别，摆脱人心对现实事物及理想境界片面的界定与狭隘的划分。若以西方的批评话语来说，"般若波罗蜜"以及前述各种"悟"境所共同体现的

---

① 《金刚经·坛经》，鸠摩罗什译，袁啸波注，上海古籍出版社，2001，第10页。
② 《维摩诘经》，赖永海、高永旺译注，中华书局，2010，第152页。
③ 同上书，第85页。
④ 《楞伽经》，赖永海、刘丹译注，中华书局，2010，第213页。

乃是一种对形而上学思维的反叛，对本质论及二元思维模式的强烈拒绝。所以，"佛说般若波罗蜜，既非般若波罗蜜，是名般若波罗蜜"[①]。真正的大智慧，不是在般若波罗蜜和非般若波罗蜜之间作一些机械的、狭隘的区隔，而是能够不为这种区隔所束缚，自由来往，穿行无碍。

我们已经看到了大道、三藐三菩提、菩萨行、涅槃、般若波罗蜜等禅宗世界中的"悟"境与艾略特《四个四重奏》中以"静点"为代表的超越性境界之间遥相呼应的表述方式，即不着两边、跳出分别、盘旋游走、迂回不定的话语模式。禅宗在这样的话语模式中寄寓着对"体相"，即本性、本质的反对，因为事物、境界本无体相，世人"无有相建立相，无有见建立见，无有因建立因，无有性建立性"[②]，进而再作二见（二元）分别，妄上加妄，实不可取。那么，艾略特在呈现"静点"时是否秉持了相同的佛学立场？诗人不曾直接告诉我们，但材料显示，他至少是领悟了这样的佛学立场。艾略特曾在佛学思想与西方哲学之间作过简短的比较：

> 要理解印度哲学家们的思想——他们妙到巅毫的思考让欧洲那些伟大的哲学家们显出孩童般的幼稚——最好的方法之一就是努力从我的头脑中去除自古希腊以来就为欧洲哲学所习以为常的所有那些种类与区别的划分。之前我一直研习的欧洲哲学不啻为一种障碍。我得出的结论是，……我要理解到那神秘境界的唯一可能在于，忘记作为一个美国人或一个欧洲人所

---

① 《金刚经·坛经》，鸠摩罗什译，袁啸波注，上海古籍出版社，2001，第27页。
② 《楞伽经》，赖永海、刘丹译注，中华书局，2010，第69页。

具有的思维及感觉方式。[1]

去除分别心，放弃条分缕析的思维方式，返璞归真，直面事物与自心，是接近佛教精神的关键。艾略特的这一理解与禅宗精神无疑是一致的。可见，他运用双重否定、不着两边、盘旋迂回的方式描绘"静点"以及相关理想之境，完全有可能是像禅宗一脉那样意在打破一系列虚妄的二元划分。而《四个四重奏》的一系列精神探索更是以实例证明了这一点。在"旋转的世界的静点"上，我们找到的不是完全撇开现实的超脱，而是"不运动的升华，无淘汰的提纯"；显然诗人不想在二元论的基础上实现"升华""提纯"，他的"升华"与"提纯"不是以高下分别、淘汰一方为指导的。因此，"无限与无欲"只能"以有限的形式/限制在非存在与存在之间"，"无限"与"有限"不是界限分明、截然对立的，相反，二者相互依存、随机转换，那种以形而上学的方式将"无限"抽象化、本质化、彼岸化、实有化的做法不是艾略特的选择。所以他会提醒人们，"前进，旅客们！不是从过去/逃进不同的生活，或者逃进未来；/……/你们已不是离开海港时的你们，/也不是快要登岸的人。/此时时间已经隐退，/此处在此岸与彼岸之间，/……/这就是你们真正的前程"，他要人们跳脱惯常思维，既从现实循环中警醒，也打消对一个虚无缥缈的彼岸的想象。他要追寻的是超越二元对立的"中道"，是立足于现实而实现的对现实的超越。他颂扬圣人的天职是"了解时间有限与无限的交叉点"，他描绘永恒之花时也带着其作为现实之人的感性体验："既无满枝蓓蕾也无凋零枯萎，/不在繁衍生息的计划之

---

[1] T. S. Eliot, *After Strange Gods*, London: Faber and Faber, 1933, pp. 40-41.

内。/……/浓郁的芬芳里带着甜味。"人类的希望不能定格在对某处恒常所在的想象中，也不在对立的现象世界的无常流动中，只有"在溶化与结冰之间/灵魂的活力在颤动"。于是我们也能够理解，诗人并没有因两次残酷的世界大战而彻底厌弃现实，相反，他提醒人们这样的现实正是净化心灵、重拾永恒之爱的契机，"玫瑰与紫杉所经历的过程都相等。/没有历史的民族不能从时间里得救"。形而上与形而下、此岸与彼岸、永恒与短暂、有限与无限等种种二元分别，在艾略特的描写中都要被消除。他要使原本被分别对待的二元两端得到交叉的机会、融汇的可能。这也就是维摩诘所说的"若菩萨行于非道，是为通达佛道"①，非清净的世俗之路反而是印证佛法的正道，因为"一切烦恼，为如来种，譬如不下巨海，不能得无价宝珠"②，亦即神会所说的"不离是生而得解脱"③。美国学者克里奥·麦克莱利·克恩斯（Cleo McNelly Kearns）曾指出，艾略特受到佛教的最大影响并不在于他对佛文经句的直接引用，而体现在他形成的一种态度中，即"对人们习以为常的许多本体论范畴存疑"的态度，④ 可谓一语中的。

三、"雨中花亭里的时刻"与"各各须自悟"

"旋转的世界的静点"与"般若波罗蜜"是T. S. 艾略特与佛教对各自超越性境界的一种称呼。在二者的比较当中，我们看到了相

---

① 《维摩诘经》，赖永海、高永旺译注，中华书局，2010，第125页。
② 同上书，第129页。
③ 杨曾文编校《神会和尚禅话录》，中华书局，1996，第30页。
④ Cleo McNelly Kearns, "T. S. Eliot, Buddhism, and the Point of No Return", *The Placing of T. S. Eliot*, ed., Jewel Spears Brooker, Columbia: University of Missouri Press, 1991, p. 133.

似甚至是相同的描述与刻画方式。在种种相似的背后,我们看到的是二者共同的对形而上学思维的拒绝,对二元思维的放弃,对此岸/彼岸内在统一性的重视,对现实人生更完整、更灵活的态度。这也决定了二者会采取同样的途径去通达理想境界,即不是在书本或冥想中去体味一种外在于现实生活的、抽象的、自在的超越境界,而是在自身切实的经验与生活中悟解人生、体悟永恒,以自身的经验与生活为基础,将抽象的永恒具体化,或按禅宗所云"各各须自悟"①。

《四个四重奏》开篇处,我们被引入"我们的最初世界""玫瑰园"里。在其中,一切都"旨在现在",没有流逝的过去、没有将到的未来,时间超越了无谓的循环,而停留在"现在",而达致永恒。在这里,水池虽干,"却充满了阳光中流出来的水,/荷花静静地静静地拔高,/光明的中心流泻的光流,闪闪发光",永恒的意味自不待言。然而这样一处超越性境界并不存在于某个遥远的、与现实无关的彼岸世界,反而存在于诗人活泼的记忆中,因为我们的"脚步声在记忆中回响/沿了我们没有走过的那条长廊/朝着我们从未打开过的那扇门/进入玫瑰园"。在另一处诗人又说,"醒悟不在时间之中/但只有在时间里,玫瑰园里的时刻,/雨中花亭里的时刻,/雾霭笼罩的大教堂里的时刻,/才能被记起;才能与过去和未来相联系。/只有通过时间,时间才被征服"。"玫瑰园里的时刻"我们已经在诗人的描绘中见证过,它是诗人记忆深处的无上妙境,此处与之并列的"雨中花亭里的时刻""雾霭笼罩的大教堂里的时刻"显然也都是诗人记忆中的重要时刻。而艾略特的意思很清楚,要超越时间

---

① 〔宋〕普济:《五灯会元》,中华书局,1984,第13页。

的循环、现实的无常,其途径不是要否定、忘记现实及一切经历,而是要恢复对现实经验的记忆,在这些现实经验与活泼记忆中,倾听永恒与无限的消息,寻找有限与无限、短暂与永恒交互转化的契机。所以在诗中,流动不息的密西西比河虽因"狂暴,破坏"令人烦恼,却能"提醒人们想要忘却的事情"——时间的流逝、生命的短促,促人觉醒;而当"他的律动呈现在育婴室内,/四月庭院里的臭椿树上,/秋天餐桌上的葡萄香味里,/冬夜傍晚煤气灯下的家庭团圆中"时,更是在流逝的时间中传递出永恒的"生"的消息和"爱"的暖意。可见,现实、经验、记忆在艾略特对超越性境界的追求中扮演着至关重要的角色。它们虽属此岸世界,却就是通往彼岸的一扇扇窗口,它们虽属有限,但同时也就是无限得以实现的载体,事实上它们就是超越发生时的起点、发生过程中的环境和落脚点。这与禅宗的修行路径是一致的。

禅宗坚决反对脱离现实生活和个人经验而抽象地求道。马祖道一曾一度执迷于打坐修禅,远离世事,断绝尘缘,认为这样就能"坐佛"。慧能座下弟子怀让禅师前去点化,谓其曰:"汝学坐禅,为学坐佛?若学坐禅,禅非坐卧。若学坐佛,佛非定相。"[①] 意即佛、禅与万物一样,本无确定本性及存在方式,为何你要固执地将它们定位在枯坐静守这个形式中,又偏颇地将空寂作为它们的本性呢?这仍然是犯了"无有相而建立相"的毛病,在此岸/彼岸之间划下了莫须有的界限。马祖道一听后,当下彻悟,明白了自己枯坐静守仍然是画地为牢,太过执着。所以之后他不再以此方式参禅,不再执着于此岸/彼岸之分别,而是欣然返回到生活之流中体悟禅意,并留

---

① 〔宋〕普济:《五灯会元》,中华书局,1984,第127页。

下了禅宗史上关于修行的名言：

> 著衣吃饭，长养圣胎。任运过时，更有何事？①

日常生活、起居坐卧就是佛、禅所在之地，关键在于自己能否"离一切相"，"离一切相即佛"。②"离一切相"不是远离现实生活，追求眼不见为净；这种做法仍是在作垢/净二分，仍然是着相。"离一切相"，按照慧能的解说，乃是"于相而离相""于念而无念"，③ 身处现实诸相之中而不受束缚，虽有种种思念却不受制约，这才是彻底的不执着，才能达到"来去自由，无滞无碍"④。这样一种修行方式，"虽不是一种积极的入世理论，却也决不是消极的避世主义。融宗教信仰于现实的生活，这正是慧能禅宗的一大特色"⑤。马祖道一也以此道理点化他人，如大珠慧海禅师前去参拜马祖：

> 祖问："从何处来？"曰："越州大云寺来。"祖曰："来此拟须何事？"曰："来求佛法。"祖曰："我这里一物也无，求甚么佛法？自家宝藏不顾，抛家散走作么！"⑥

佛法禅意不在他处，就在你自己的生活经历中，需要你自己作出努力，悉心拆解自己在远近周围竖起的一道道篱笆与界限，然后才能

---

① 〔宋〕普济：《五灯会元》，中华书局，1984，第129页。
② 《坛经》，尚荣译注，中华书局，2010，第107页。
③ 《金刚经·坛经》，鸠摩罗什译，袁啸波注，上海古籍出版社，2001，第90页。
④ 宗宝本：《坛经·顿渐品》，转引自洪修平：《禅宗思想的形成与发展》，江苏人民出版社，2011，第252页。
⑤ 洪修平：《禅宗思想的形成与发展》，江苏人民出版社，2011，第246页。
⑥ 〔宋〕普济：《五灯会元》，中华书局，1984，第154页。

豁然开朗。所以二祖阿难会说"各各须自悟",六祖慧能直言"各自观察,莫错用心",[1] 而禅宗弟子明上座悟道后则感慨:"如人饮水,冷暖自知。"[2] 这都是在强调现实生活、个人经验在参禅悟道过程中的不可或缺。超越或醒悟不能隔离于个人的生活、经验而实现,相反,它以个人生活、现实经验为载体,并且就是对个人生活、现实经验局限性的一种转化。禅宗的"这种解脱当然是不离凡夫身、不离世俗间的"[3]。由此可见,不离现实而求超越,在自身经验中寻求体悟,正是艾略特与禅宗通往理想境界的一致途径。

四、同中有异

以上我们梳理了 T. S. 艾略特《四个四重奏》与禅宗在超越性境界这个主题上所表现出的种种一致。他们在描述各自超越性境界时,共同采用了一种盘旋来回、游移不定的话语方式;在对超越性境界的理解上,共同表现出了对此岸/彼岸二元两分思维模式的拒绝;在实现超越性境界的途径上,双方则共同强调现实生活、个人经历对于超越的不可或缺。《四个四重奏》有此表现,首先在于艾略特在哈佛大学的佛教经典阅读,其次也与其个人悟解密切相关,特别是与第三章提及的艾略特所受到的宗教思想的影响不无关联。

艾略特与大乘、禅宗精神之间的种种相通,为我们理解《四个四重奏》这部名作提供了一个新的视角。但不可否认的是,艾略特与大乘、禅宗精神之间仍然存在着重要差异,相比之下,艾略特的内心还是有许多执着。他对于超自然、超现实力量的信任显而易见,

---

[1] 《金刚经·坛经》,鸠摩罗什译,袁啸波注,上海古籍出版社,2001,第105页。
[2] 〔宋〕赜藏:《古尊宿语录》,中华书局,1994,第36页。
[3] 洪修平:《禅宗思想的形成与发展》,江苏人民出版社,2011,第245页。

在摆脱二元两分模式的过程中，他对于来自彼岸的救赎还是保留了深深的寄托。在《烧毁了的诺顿》中，他就将人类纷争与矛盾的和解寄托在"星空"之中，他写道："我们在摇曳的树顶/在反映在树叶上斑驳的亮光中移动/听见下面潮湿的土地上/传来猎犬和野猪的声音，它们/一如既往地遵循着追逐的模式/但在星空里却得到和解。"此岸无法解决的人类的矛盾，只有在遥远的星空，通过更高的视角而得以化解。作为虔诚的基督徒，艾略特笔下的这"星空"当然是上帝及圣灵的所在。来自这遥远"星空"的，不仅仅是给人类带来和谐的爱，还有涤除人类罪恶的净化力量，《小吉丁》就描写了"俯冲的鸽子/带着炽烈的恐怖火焰/划破长空，那火舌宣告/人涤除罪愆和过错的途径"。当这作为净化力量的烈火和象征爱与和解的玫瑰"合二而为一时/一切都会平安无事/世界万物也会平安无事"。所以诗人在诗中多次强调祈祷的作用，"祈祷远胜于一番话语——祈祷时头脑的/意识活动，或者/祈祷时发出的声音"，亦即重要的不在于祈祷的内容，而在于在超现实力量面前保持谦卑的姿态。诗人也告诉我们取得内心平静并不是终点，"我们必须保持平静，并且进入/另一个剧烈的阶段/以便进一步与（上帝）合一，更深地交流/感情"。

艾略特在诗中保留的这些执着，在大乘、禅宗看来仍然是要去除的。对超现实力量有所期待，在禅宗那里就是对佛有所期待。然而我们已经一再看到，禅宗认为这样的想法仍然是着相，着相就必然落入两分思维，正如黄檗希运所言，"才作佛见，便被佛障。才作众生见，便被众生障。作凡作圣、作净作秽等见，尽成其障"[1]。对

---

[1] 〔宋〕赜藏：《古尊宿语录》，中华书局，1994，第39页。

于禅宗而言，这种做法仍然是画地为牢，作茧自缚，犯了"执有执无"的毛病，落入狭隘的"边见"。"佛者，觉也"，归根到底，佛对于禅宗而言，不是某种外在于人的拯救性力量，而关乎人是否能在形而上学的体相之见、"二见""边见"等狭隘认识中有所觉醒与超脱。尽管存在这些差异，尽管艾略特的相关表述也带有鲜明的基督教色彩，但与禅宗精神的契合足以体现艾略特跨越文化界限的宏阔。

结　语

要对艾略特的诗学思想作一个明确的结语并不容易。在《玄学派诗人》中艾略特曾说过这样一段话："我们的文明涵容着如此巨大的多样性和复杂性，而这种多样性和复杂性，作用于精细的感受力，必然会产生多样而复杂的结果。诗人必然会变得越来越具涵容性、暗示性和间接性，以便强使——如果需要可以打乱——语言以适合自己的意思。"[①] 通过正文的论述，我们可以发现，复杂且涵容的不仅仅是他的诗歌语言，更是他的诗学思想。在多侧面的交互一体中，在多维度的辩证统一中，艾略特给我们留下的是一个立体的、动态的诗学空间。

在对传统的推崇与吸收中，他强调着当下的意义、个人的作用，这并不是一种矛盾性的夸夸其谈，其诗歌创作就给出了对这一诗学观的最好的印证。比如《荒原》对文学传统的吸收是史无前例的，但它却成就了艾略特卓越不群的个性风格，并扭转了一代诗风。在反对浪漫主义情感泛滥的过程中，他又恰当地保留了文学世界所不应该缺少的感性因素："客观对应物"说通过对艺术形式的强调含蓄地肯定了个人情感对于文学创作的重要性；"统一的感受力"说则以

[①] 艾略特：《玄学派诗人》，《艾略特诗学文集》，王恩衷编译，国际文化出版公司，1989，第32页。

每个个体的感觉和感知去统领思想与信仰,鼓励人们在真切的、当下的直觉中感悟真理、体验永恒。这足以让我们认识到艾略特并不是一个简单的知性主义者,感性体验同样是他诗学追求不可分割的内核。

当然,一个绝对主义者根本无法建构出这样一种矛盾统一的思想体系。当他在1916年就断言"所有重要的真理都是个人性的真理",就连上帝这永恒世界的象征也总是"需要重新被阐释"时,我们应该明了这种相对论倾向不会在其思想发展中轻易消失。相反,这一倾向几乎渗透在其诗学思想的方方面面。除了传统与个人、过去与现在、理性与感性、形式与情感之间的统一,艾略特关于文学本体的认识更是其相对主义精神的出色注解。

艾略特对文学自律性的强调令人印象深刻,文学不同于社会学、哲学、心理学、伦理学,也不同于宗教宣传。他竭力反对文学与他者之间的混淆。这对后来英美诗学思想的发展意义重大。可是很少有人注意到,在强调文学自身合法性的同时,艾略特从来不对"文学是什么"这一问题作出明确的解答,事实上,他从根本上反对任何一种对文学的简单界定。在关于他与新批评的争论中,在关于他与解构主义诗学的相似中,艾略特对"文学性"、文学本质的质疑已经明确无疑。这不是说他不关注文学本身,而是说他拒绝用某种框架、某一定义把文学限制住,他宁愿在文学自律的同时保持着它的开放性。历史的视角、多元的把握,才是他接近文学的真正途径。

艾略特在宗教上对"绝对"的追求,也体现出相对主义倾向。《F. H. 布拉德雷哲学中的知识与经验》《什么是基督教社会》《四个四重奏》等作品无不体现出这一点。艾略特主张以个人的感性体验来表达对无限的感悟,以"瞬间"和"当下"这两个时间维度来沟通永恒，这都是要在绝对和相对之间进行整合。他反对任何意义上的抽象理念，包括信仰。所以，绝对与相对的调和对于艾略特来说，并不只是宗教思想问题，同时也正是他亲自践行的诗学理念。或者我们应该说，哲学探索、宗教关怀与其诗学实践内在地形成了相互影响与牵引，共同成就了艾略特在绝对与相对之间所作的精深的探索。

总之，对于这样一位开创文学新时代的大家，我们应该秉持一种辩证多元的视角，以便尽可能地全面展现其思想的宽度与复杂。每一次对艾略特诗学思想的探索，或许只是对他的另一次接近。他的深刻与开放，值得我们继续作出各种辨析与梳理，正如他自己在谈到作品阅读时所鼓励的那样。

主要参考文献
（按出版时间）

中文部分
一、艾略特作品
《四个四重奏》，裘小龙译，漓江出版社，1985。
《T. S. 艾略特诗选》，紫芹选编，四川文艺出版社，1988。
《艾略特诗学文集》，王恩衷编译，国际文化出版公司，1989。
《基督教与文化》，杨民生、陈常锦译，四川人民出版社，1989。
《情歌·荒原·四重奏》，汤永宽译，上海译文出版社，1994。
《艾略特文学论文集》，李赋宁译，百花洲文艺出版社，1994。
《艾略特诗选》，赵萝蕤等译，山东大学出版社，1999。
《批评批评家》，陆建德主编，李赋宁、杨自伍等译，上海译文出版社，2012。
《现代教育和古典文学》，陆建德主编，李赋宁、王恩衷等译，上海译文出版社，2012。
《大教堂凶杀案》，陆建德主编，李文俊、袁伟等译，上海译文出版社，2012。

二、其他相关作品
奥古斯丁：《忏悔录》，周士良译，商务印书馆，1963。

洪谦主编《西方现代资产阶级哲学论著选辑》，商务印书馆，1964。

伍蠡甫等编《西方文论选》，上海译文出版社，1979。

索绪尔：《普通语言学教程》，高名凯译，商务印书馆，1980。

辛笛：《辛笛诗稿》，人民文学出版社，1983。

陈敬容：《陈敬容选集》，四川人民出版社，1983。

刘若端编《十九世纪英国诗人论诗》，人民文学出版社，1984。

韦勒克、沃伦：《文学理论》，刘向愚等译，生活·读书·新知三联书店，1984。

〔宋〕普济：《五灯会元》，中华书局，1984。

袁可嘉：《现代派论·英美诗论》，中国社会科学出版社，1985。

杭约赫：《最初的蜜》，文化艺术出版社，1985。

蓝棣之编选《现代派诗选》，人民文学出版社，1986。

彼得·琼斯编《意象派诗选》，裘小龙译，漓江出版社，1986。

李黎：《在融合中铸造东方的现代诗魂——对当代中国新诗潮与西方现代主义诗歌之间关系的一个考察》，《当代作家评论》1987年第5期。

赵澧、徐京安主编《唯美主义》，中国人民大学出版社，1988。

吴宗英：《现代西方新托马斯主义》，福建人民出版社，1988。

伊格尔顿：《当代西方文学理论》，王逢振译，中国社会科学出版社，1988。

袁可嘉：《论新诗现代化》，生活·读书·新知三联书店，1988。

黄晋凯、张秉真、杨恒达主编《象征主义·意象派》，中国人民大学出版社，1989。

卡勒：《索绪尔》，张景智译，中国社会科学出版社，1989。

艾布拉姆斯：《镜与灯》，郦稚牛等译，北京大学出版社，1989。

袁可嘉主编《现代主义文学研究》，中国社会科学出版社，1989。

彼得·阿克罗伊德：《艾略特传》，刘长缨、张筱强译，国际文化出版公司，1989。

王佐良：《英诗的境界》，生活·读书·新知三联书店，1991。

瑞恰兹：《文学批评原理》，百花洲文艺出版社，1992。

波德莱尔：《恶之花》，郭宏安译评，漓江出版社，1992。

马·布雷德伯里、詹·麦克法兰编《现代主义》，胡家峦等译，上海外语教育出版社，1992。

雪莱：《雪莱抒情诗选》，查良铮译，人民文学出版社，1993。

袁可嘉：《半个世纪的脚印：袁可嘉诗文选》，人民文学出版社，1994。

王圣思编选《九叶之树常青——九叶诗人作品选》，华东师范大学出版社，1994。

〔宋〕赜藏：《古尊宿语录》，中华书局，1994。

刘锋：《从庞德和艾略特看美国现代主义诗对当代中国诗的影响》，《外国文学研究》1995年第2期。

杨曾文编校《神会和尚禅话录》，中华书局，1996。

穆旦：《穆旦诗全集》，李方编，中国文学出版社，1996。

王佐良：《英国诗史》，译林出版社，1997。

海德格尔：《在通向语言的途中》，孙周兴译，商务印书馆，1997。

朱立元主编《当代西方文艺理论》，华东师范大学出版社，1997。

皮埃尔·布吕奈尔、伊沃纳·贝朗瑞：《19世纪法国文学史》，郑克鲁译，上海人民出版社，1997。

朱徽：《T. S. 艾略特与中国》，《外国文学评论》1997年第1期。

韦勒克：《近代文学批评史》（第四卷），杨自伍译，上海译文出版社，1997。

张世英主编《新黑格尔主义论著选辑》，商务印书馆，1997。

巴赫金：《诗学与访谈》，白春仁、顾亚玲等译，河北教育出版社，1998。

卡勒：《文学理论》，李平译，辽宁教育出版社，1998。

德里达：《文学行动》，赵兴国等译，中国社会科学出版社，1998。

玛里琳·巴特勒：《浪漫派、叛逆者及反动派：1760—1830年间的英国文学及其背景》，黄梅等译，辽宁教育出版社，1998。

塔迪埃：《20世纪的文学批评》，史忠义译，百花文艺出版社，1998。

蒋洪新：《走向〈四个四重奏〉——T.S.艾略特的诗歌艺术研究》，湖南人民出版社，1999。

韦勒克：《批评的概念》，张金言译，中国美术学院出版社，1999。

刘象愚编选《爱伦·坡精选集》，山东文艺出版社，1999。

孙玉石：《中国现代主义诗潮史论》，北京大学出版社，1999。

伍蠡甫、翁义钦：《欧洲文论简史》，人民文学出版社，1999。

黄宗英：《艾略特——不灭的诗魂》，长春出版社，1999。

杜运燮：《杜运燮六十年诗选》，人民文学出版社，2000。

辛笛等：《九叶集》，作家出版社，2000。

佩特：《文艺复兴》，张岩冰译，广西师范大学出版社，2000。

塞尔登编《文学批评理论——从柏拉图到现在》，刘向愚、陈永国等译，北京大学出版社，2000。

《问题与观点：20世纪文学理论综论》，史忠义、田庆生译，百花文艺出版社，2000。

刘燕：《艾略特》，四川人民出版社，2001。

《金刚经·坛经》，鸠摩罗什译，袁啸波注，上海古籍出版社，2001。

德里达:《书写与差异》,张宁译,生活·读书·新知三联书店,2001。

约翰·菲斯克:《解读大众文化》,杨全强译,南京大学出版社,2001。

赵毅衡编选《新批评文集》,百花文艺出版社,2001。

蒋洪新:《英诗新方向——庞德、艾略特诗学理论与文化批评研究》,湖南教育出版社,2001。

陈旭光:《中西诗学的会通——20世纪中国现代主义诗学研究》,北京大学出版社,2002。

柏格森:《时间与自由意志》,吴士栋译,商务印书馆,2002。

济慈:《济慈书信集》,傅延修译,东方出版社,2002。

罗兰·巴特:《文之悦》,屠友祥译,上海人民出版社,2002。

莱文森:《现代主义》,田智译,辽宁教育出版社,2002。

白璧德:《法国现代批评大师》,孙宜学译,广西师范大学出版社,2002。

王家新:《没有英雄的诗——王家新诗学论文随笔集》,中国社会科学出版社,2002。

李泽厚:《中国现代思想史论》,天津社会科学院出版社,2003。

陈惠芬:《"文学上海"与城市文化身份建构》,《文学评论》2003年第3期。

吴福辉:《多棱镜下有关现代上海的想象——都市文学笔记》,《湖北大学学报》2003年第4期。

白璧德:《卢梭与浪漫主义》,孙宜学译,河北教育出版社,2003。

杨扬:《城市化进程与文学审美方式的变化》,《文艺争鸣》2004年第1期。

白璧德：《文学与美国的大学》，张沛、张源译，北京大学出版社，2004。

董洪川：《"荒原"之风：T. S. 艾略特在中国》，北京大学出版社，2004。

韦勒克：《近代文学批评史》（第六卷），杨自伍译，上海译文出版社，2005。

刘燕：《现代批评之始：T. S. 艾略特诗学研究》，广西师范大学出版社，2005。

赵丽宏：《沧桑之城》，上海文艺出版社，2005。

张弘：《西方存在美学问题研究》，黑龙江人民出版社，2005。

兰色姆：《新批评》，王腊宝、张哲译，江苏教育出版社，2006。

铁舞选编《忘却的飞行——上海现代城市诗选》，大众文艺出版社，2006。

徐芳：《上海：带蓝色光的土地——徐芳诗歌近作》，华东师范大学出版社，2009。

陈思和：《复杂的叛逆性——现代海派文学的特点》，《郑州大学学报》2009 年第 1 期。

张剑：《艾略特与印度：〈荒原〉和〈四个四重奏〉中的佛教、印度教思想》，《外国文学》2010 年第 1 期。

《维摩诘经》，赖永海、高永旺译注，中华书局，2010。

《楞伽经》，赖永海、刘丹译注，中华书局，2010。

《坛经》，尚荣译注，中华书局，2010。

洪修平：《禅宗思想的形成与发展》，江苏人民出版社，2011。

凯利·克拉克、吴天岳、徐向东主编《托马斯·阿奎那读本》，北京大学出版社，2011。

程林:《纸上的时光》,长江文艺出版社,2013。

托马斯·阿奎那:《神学大全》,段德智译,商务印书馆,2013。

杨斌华、陈忠村主编《新海派诗选》,上海文艺出版社,2014。

赵丽宏主编《上海诗人》(第三卷),上海文艺出版社,2014。

莎士比亚:《莎士比亚全集》(第九卷),朱生豪译,人民文学出版社,2014。

叶芝:《叶芝诗集》,傅浩译,上海译文出版社,2018。

托马斯·阿奎那:《论存在者与本质》,段德智译,商务印书馆,2018。

孙琴安:《上海诗歌四十年》,上海社会科学院出版社,2019。

英文部分

一、艾略特作品

T. S. Eliot, *After Strange Gods*, London: Faber and Faber, 1933.

T. S. Eliot, *Selected Essays*, London: Faber and Faber, 1951.

T. S. Eliot, *On Poetry and Poets*, London: Faber and Faber, 1957.

T. S. Eliot, *The Use of Poetry and the Use of Criticism*, Cambridge: Harvard University Press, 1961.

T. S. Eliot, *Knowledge and Experience in the Philosophy of F. H. Bradley*, London: Faber and Faber, 1964.

T. S. Eliot, *To Criticize the Critic and Other Writings*, London: Faber and Faber, 1965.

T. S. Eliot, *The Complete Poems and Plays 1909–1950*, New York: Harcourt, Brace & World, 1971.

T. S. Eliot, *The Sacred Wood and Major Early Essays*, Mineola: Dover Publications, 1998.

T. S. Eliot, *The Letters of T. S. Eliot* (*Volume 3: 1926 – 1927*), eds., Valerie Eliot and John Haffenden, New Haven and London: Yale University Press, 2012.

T. S. Eliot, *The Complete Prose of T. S. Eliot*, Vol. 1, eds., Jewel Spears Brooker and Ronald Schuchard, Baltimore: Johns Hopkins University Press, 2014.

T. S. Eliot, *The Complete Prose of T. S. Eliot*, Vol. 3, eds., Frances Dickey, Jennifer Formichelli and Ronald Schuchard, Baltimore: Johns Hopkins University Press, 2015.

二、其他相关作品

C. S. Lewis, *A Preface to Paradise Lost*, London: Oxford University Press, 1942.

William Carlos Williams, *The Autobiography of William Carlos Williams*, New York: New Directions, 1951.

Allen Tate, "The Man of Letters in The Modern World", *Hudson Review* 5.3 (1952).

Harold E. McCarthy, "T. S. Eliot and Buddhism", *Philosophy East and West* 2.1 (1952).

William Carlos Williams, *Selected Essays of William Carlos Williams*, New York: New Directions, 1954.

F. O. Matthiessen, *The Achievement of T. S. Eliot*, New York and London: Oxford University Press, 1958.

William Empson, *Milton's God*, London: Chatto and Windus,

1965.

The Criterion: 1922 - 1939, Vol. 5, 6, London: Faber and Faber, 1967.

Ronald Schuchard, "T. S. Eliot as an Extension Lecturer", *Review of English Studies* 25. 98 (1974).

Louis Zukofsky, "*A*", Berkeley, Los Angeles and London: University of California Press, 1978.

René Wellek, "Poetics, Interpretation, and Criticism", *Modern Language Review* 69. 4 (1979).

Lewis Freed, *T. S. Eliot: The Critic as Philosopher*, Indiana: Purdue University Press, 1979.

Edward Lobb, *T. S. Eliot and the Romantic Critical Tradition*, London: Routledge & Kegan Paul, 1981.

Cairns Craig, *Yeats, Eliot, Pound and the Politics of Poetry: Richest to the Richest*, London and New York: Routledge, 1982.

Robert H. Canary, *T. S. Eliot: The Poet and His Critics*, Chicago: American Library Association, 1982.

Robert Creeley, *The Collected Poems of Robert Creeley*, Berkeley, Los Angeles and London: University of California Press, 1982.

T. S. Eliot: The Critical Heritage, ed., Michael Grant, London: Routledge & Kegan Paul, 1982.

William Skaff, *The Philosophy of T. S. Eliot: From Skepticism to A Surrealist Poetic 1909 - 1927*, Philadelphia: University of Pennsylvania Press, 1986.

William Carlos Williams, *The Collected Poems of William Carlos*

Williams: Vol. 1: 1909 - 1939, eds., Walton Litz and Christopher Macgowan, New York: New Directions, 1986.

Erik Svarny, '*The Man of 1914*': *T. S. Eliot and Early Modernism*, Milton Keynes: Open University Press, 1988.

Richard Shusterman, *T. S. Eliot and the Philosophy of Criticism*, New York: Columbia University Press, 1988.

Robert Creeley, *The Collected Essays of Robert Creeley*, Berkeley, Los Angeles and London: University of California Press, 1989.

Dennis Brown, *The Modernist Self in Twentieth-Century English Literature: A Study in Self-Fragmentation*, New York: St. Martins Press, 1989.

Eric Sigg, *The American T. S. Eliot: A Study of the Early Writings*, Cambridge: Cambridge University Press, 1989.

Alexander Leggatt, *Shakespeare's Political Drama: The History Plays and the Roman Plays*, London and New York: Routledge, 1989.

W. B. Yeats, *The Collected Poems of W. B. Yeats*, ed., Richard J. Finneran, New York: Palgrave Macmillan, 1989.

The Placing of T. S. Eliot, ed., Jewel Spears Brooker, Columbia: University of Missouri Press, 1991.

Manju Jain, *T. S. Eliot and American Philosophy: The Harvard Years*, Cambridge: Cambridge University Press, 1992.

Declan Kiberd, *Inventing Ireland: The Literature of the Modern Nation*, Cambridge: Harvard University Press, 1995.

Zhaoming Qian, *Orientalism and Modernism: The Legacy of China in Pound and Williams*, Durham and London: Duke University

Press, 1995.

The New Criticism and Contemporary Literary Theory: Connections and Continuities, eds., William J. Spurlin and Michael Fisher, New York: Garland Publishing, 1995.

Zhang Jian, *The Passage He Did Not Take: T. S. Eliot and the English Romantic Tradition*, Peking: Foreign Language Teaching and Research Press, 1996.

The Objectivist Nexus: Essays in Cultural Poetics, eds., Rachel Blau Duplessis and Peter Quartermain, Tuscaloosa: The University of Alabama Press, 1999.

The Cambridge Companion to T. S. Eliot, ed., A. David Moody, Shanghai: Shanghai Foreign Language Education Press, 2000.

T. S. Eliot's Orchestra: Critical Essays on Poetry and Music, ed., John Xiros Cooper, London and New York: Garland Publishing, 2000.

Louis Zukofsky, *Prepositions + : The Collected Critical Essays*, Hanover and London: University Press of New England, 2000.

Donald J. Childs, *From Philosophy to Poetry: T. S. Eliot's Study of Knowledge and Experience*, London: The Athlone Press, 2001.

Terry Eagleton, *Nudge-Winking*, 2002, https://www.lrb.co.uk/v24/n18/terry-eagleton/nudge-winking.

Jane Mallinson, *T. S. Eliot's Interpretation of F. H. Bradley: Seven Essays*, Dordrecht: Kluwer Academic Publishers, 2002.

George Oppen, *New Collected Poems*, ed., Michael Davidson, New York: New Directions, 2002.

M. L. Rosenthal, *The Modern Poets*, Peking: Foreign Language Teaching and Research Press, 2004.

Ronald Tamplin, *A Preface to T. S. Eliot*, Peking: Peking University Press, 2005.

Charles Altieri, *The Art of Twentieth-Century American Poetry: Modernism and After*, Oxford: Blackwell Publishing, 2006.

Janet Neigh, "Reading from the Drop: Poetics of Identification and Yeats's 'Leda and the Swan'", *Journal of Modern Literature* 29.4 (2007).

James Matthew Wilson, "'I Bought and Praised but Did Not Read Aquinas': T. S. Eliot, Jacques Maritain, and the Ontology of the Sign", *Yeats Eliot Review* 27 (2010).

Lion Suette, *Dreams of a Totalitarian Utopia: Literary Modernism and Politics*, Montreal & Kingston · London · Ithaca: McGill-Queen's University Press, 2011.

Charles I. Amstrong, *Reframing Yeats: Genre, Allusion and History*, New York: Bloomsbury, 2013.

Peter Lowe, "Churches Built and Churches Bombed: T. S. Eliot's Vision of National Loss and Spiritual Renewal", *English Studies* 94.8 (2013).

T. S. Eliot and Christian Tradition, ed., Benjamin G. Lockerd, Madison and Teaneck: Fairleigh Dickinson University Press, 2014.

Robert Creeley, *The Selected Letters of Robert Creeley*, eds., Rod Smith, Peter Baker and Kaplan Harris, Berkeley, Los Angeles and

London: University of California Press, 2014.

Steve Ellis, *British Writers and the Approach of the World War II*, New York: Cambridge University Press, 2015.

Cambridge Companion to Modern American Poetry, ed., Walter Kalaidjian, New York: Cambridge University Press, 2015.

Steve Ellis, "An Under-Nourished Universe: Food and Drink in T. S. Eliot's Plays", *Yeats Eliot Review* 31.1/2 (2015).

Dragoş Osoianu, "The Urban Ecology in T. S. Eliot's *The Waste Land*", *Ovidius University Annals* (Economic Sciences Series) 16.1 (2016).

图书在版编目(CIP)数据

T. S. 艾略特的诗学世界 / 虞又铭著 .— 上海：上海社会科学院出版社，2020
 ISBN 978-7-5520-3305-2

Ⅰ.①T… Ⅱ.①虞… Ⅲ.①埃利奥特(Eliot, Thomas Stearns 1888—1965)—诗歌研究 Ⅳ.①I561.072

中国版本图书馆 CIP 数据核字(2020)第 173757 号

T. S. 艾略特的诗学世界

著　　者：虞又铭
责任编辑：包纯睿　陈如江
封面设计：周清华
出版发行：上海社会科学院出版社
　　　　　上海顺昌路 622 号　邮编 200025
　　　　　电话总机 021-63315947　销售热线 021-53063735
　　　　　http://www.sassp.cn　E-mail：sassp@sassp.cn
排　　版：南京展望文化发展有限公司
印　　刷：上海颛辉印刷厂有限公司
开　　本：890 毫米×1240 毫米　1/32
印　　张：9.5
插　　页：1
字　　数：219 千字
版　　次：2020 年 11 月第 1 版　2020 年 11 月第 1 次印刷

ISBN 978-7-5520-3305-2/I·412　　　　　定价：58.00 元

版权所有　翻印必究